HEFESTO

© Hilda Rojas Correa, 2020

Diseño portada: Pamela Díaz Rivera
Imagen de portada: Istock
Corrección: Pamela Díaz Rivera
Revisión: Julia Pinto / Andrea Valenzuela

Primera edición, enero 2020
©Editorial Pamela Díaz Rivera E.I.R.L
Briones Luco 0910, La Cisterna
Santiago, Chile

Safe Creative 1908061621839
ISBN: 9789569752506

HEFESTO

Libro 1 Serie Dioses en la Tierra

Hilda Rojas Correa

No me importa quebrar el orden que ha habido en el Olimpo, si con ello me quedo contigo.

HEFESTO

PRÓLOGO

—Los humanos nos han confinado al eterno olvido. Los templos han sido destruidos, su fe ahora está depositada en otros dioses. No somos más que mitología, un eco de nuestra era dorada —sentenció Zeus, solemne. La voz del gran dios del trueno, soberano del Olimpo, resonaba grave en el Gran Salón de mármol y oro inmaculado. Miró a todos los dioses presentes; hermanos, hijos, incluso los dioses más ancestrales que los concibieron, esas fuerzas titánicas de la naturaleza que ya no estaban confinadas en las profundidades lúgubres del Tártaro, sino fundidas en sus elementos y rara vez se materializaban en un cuerpo.

Siglos habían pasado cuando sus cadenas y barrotes se debilitaron. Ese fue el primer indicio de que el poder los estaba abandonando. Algo más grande les estaba arrebatando aquello que los hacía ser dioses. En ese momento, esos indicios no fueron una amenaza para Zeus, su inconmensurable poder seguía siendo el mismo de siempre, pero, con el pasar del tiempo…

—Los humanos nos han despojado de sus ofrendas, sus plegarias ya no nos invocan —continuó; un silencio denso hacía que el sonido de su voz fuera molesto, incluso para él mismo—. Todo ha llegado a su fin.

El silencio se rasgó, cuando todas las voces de los dioses se alzaron al mismo tiempo. Se negaban a creer en las palabras del rey del Olimpo. ¡No podía ser! Pero sabían, en el fondo, que era cierto, ninguno de ellos había sido invocado en una plegaria desde hacía siglos. Sus nombres solo los utilizaban para blasfemar, sus fiestas y ceremonias fueron prostituidas por los humanos que rogaban y adoraban a otros dioses...

—Pero los humanos nos recuerdan, entonces, todavía existimos para ellos, padre —señaló Atenea esperanzada, en medio del clamor de los dioses. Todos, al mismo tiempo, argumentaban que no existía el olvido.

—¡No importa lo que hagamos! ¡Es inútil! —tronó la voz de Zeus, acallando a todos los inmortales—. De nada sirve nuestro poder. No tenemos propósito si los humanos no creen en nosotros, sin sus plegarias, sacrificios y ofrendas no somos nada. Su fe está en esas deidades y fuerzas foráneas que abundan en la tierra... Es nuestra condena, el Creador de los Cuatro Primeros nos ha castigado por jugar con este mundo y sus criaturas. Se nos ha negado el poder de influir en sus vidas, relegándonos a ser fuerzas invisibles de la naturaleza.

—¿Y eso cómo lo sabes, esposo? —preguntó Hera, quien jamás había visto esa expresión en el rostro de Zeus.

Zeus miró de soslayo a Hipnos, hijo de la noche y heraldo de los dioses ancestrales, quien solo asintió en silencio, admitiendo que él fue el portador del mensaje.

—Entonces, ¿eso es todo?, ¿se acabó? —interpeló Hefesto, quien, hasta ese momento, solo se había limitado a observar en silencio; no clamó, no rogó, no opinó. Sabía que había algo más en el ominoso discurso de Zeus, de lo contrario, él no estaría armando toda esa puesta en escena, digno del teatro griego de antaño. Se acercó a su padre adoptivo con su andar irregular, a sabiendas de lo que aquella imperfección provocaba en él; el más puro de los rechazos. Lo encaró, alzando su rostro poco agraciado y cubierto por su barba sucia e hirsuta—. ¿Así de simple?

—No hay motivos para continuar, todo terminó. Está prohibido intervenir en el destino de los humanos, como lo hemos hecho hasta ahora; en las decisiones que determinen su historia, en sus reinados, en sus creencias. Nuestra sangre no podrá, ni deberá mezclarse con la de ellos. Ya no habrá más gobernantes humanos de estirpe divina. Todo eso se acabó —sentenció firme y luego suspiró—. Todos, sin excepción son libres de partir, si ese es vuestro deseo. Pero les recuerdo, el Olimpo es la fuente de nuestro poder, mientras más tiempo permanezcan entre los humanos, su inmortalidad y poderes los irán abandonando al punto de envejecer, y luego llegará la inexorable muerte —advirtió—. Si desean conservar aquello que los hace dioses, deberán volver cada diez años y comer una de las manzanas doradas del último árbol que conservamos del jardín de las Hespérides, antes de que fuera profanado. Eso les permitirá vivir en la tierra sin néctar ni ambrosía.

El silencio se instaló en el Gran Salón, los dioses se miraban unos a otros con gran desconcierto. No sabían qué hacer, miles de años de grandeza, de influir en el destino de los humanos, de hacer su voluntad, se redujeron a la desconocida libertad del olvido.

Una risa grave e irrespetuosa resonó fuerte, haciendo eco en el Gran Salón.

—Si vieran vuestras caras en este momento —se burló Hefesto entre carcajadas llenas de sorna—. ¿Acaso no se dan cuenta de que son libres de los dictados y caprichos del gran y poderoso Zeus? —interpeló, mirando directamente a los ojos grises del imponente dios, sosteniendo el contacto, irreverente.

—No me provoques, Hêphaistos[1] —siseó Zeus, amenazante.

—¿O qué? ¿Me castigarás como lo has hecho con la mitad de los humanos y dioses? —Rio sin ganas—. Yo no te pedí que te autonombraras como mi padre, todos aquí saben que solo soy hijo de mi madre. —Subrepticiamente, miró a la gran diosa protectora de la familia y el matrimonio. ¡Vaya ironía! Su propia madre no soportó sus imperfectas facciones, el color tostado de su piel, sus ojos casi humanos. Siendo tan solo un bebé, lo lanzó del Olimpo avergonzada y asqueada de su propia creación, dejándolo tullido. Si no fuera por la generosa y compasiva Tetys, esposa del titán Océano, habría muerto en el mar tras una infinita agonía.

Edades y edades habían pasado desde ese entonces. No importaba lo que él hiciera para obtener un poco de amor; rogar, llorar, manipular, intercambiar, engañar. Nada de ello servía, la punzada de dolor y el rencor no se iban de su corazón.

—¡Mírame, madre! Observa vuestra creación, soy la personificación de tus horribles celos y sed de venganza. —Se atrevió a desafiarla una vez más, pero ella solo desviaba su mirada, dándole una fría indiferencia. Hefesto negó con su cabeza, era inútil—. No sé qué decisión tomarán vosotros, lo que es yo, me largo de aquí. —Se encogió de hombros, no le preocupaba su destino de ahora en adelante. Solo sabía que estaría lejos de todos ellos.

Tal vez, la mortalidad no era tan mala después de todo, pero eso lo decidiría en el transcurso de los siguientes diez años.

---

1 *Se lee Jefaistos*

Dio media vuelta y se encontró frente a frente con su esposa, Afrodita, quien lo miraba con desconfianza. Desde hacía mucho tiempo que no vivía con ella, prefería estar separado de la diosa y que cada uno hiciera su propia vida.

Quiso desearle suerte, pero entre ellos había asuntos irreconciliables; infinitos y graves errores que habían cometido. El más grande por parte de él, fue el primero; forzar ese matrimonio a cambio de liberar a Hera por una trampa que puso en su trono. La diosa del amor y la belleza nunca fue capaz de sentir algo por él. Durante mucho tiempo Hefesto intentó ganar su favor, pero ella siempre amó a otros. Los esposos siempre fueron enemigos. Jamás pudo tocarla otra vez después de que consumaron su matrimonio.

—Encuentra la paz y sé feliz. Te libero para siempre de nuestra unión. Desde ahora, nuestro matrimonio está disuelto. Tengo entendido que los humanos tienen un buen nombre para ello; «divorcio». —Afrodita, desconcertada por aquellas palabras, solo atinó a asentir. En ese mismo instante, se desvaneció en el aire el cinturón de oro que Hefesto había hecho para ella, el cual la volvía irresistible para cualquiera que posara sus ojos sobre la diosa. Fue un regalo para su ego, uno inútil.

El símbolo de su unión, una que jamás debió ser, ya no existía.

Cojeando, Hefesto se abrió paso entre esas deidades de belleza sobrenatural. Esa hermosura que llegaba al punto de la sublime perfección, perfección que él nunca poseyó y que siempre le restregaba en la cara que nunca perteneció al Olimpo. Era un adefesio, lisiado y deforme, que solo servía cuando les convenía obtener algo de él; joyas, construcciones, armas, armaduras e infinidad de artefactos bellos y mágicos que salían de su fragua.

Ya no más, al fin era libre.

Tal vez, entre los humanos podría ser algo más que un artesano destinado para servir. Tenía la esperanza de tener una vida tranquila... vivirla realmente, a su modo.

En sus manos estaba el poder que jamás pensó que le iba a ser otorgado.

Forjar su propio destino.

CAPÍTULO I

Carahue, al sur de Chile, 2018.

La tierra temblaba bajo sus pies. Todos los días podía percibir hasta el más insignificante movimiento telúrico acariciando su piel. Hefesto disfrutó del momento, las vibraciones de la tierra lo hacían sentir vivo.

Los tiempos habían cambiado, él fue testigo del gran salto que había dado la humanidad en los últimos doscientos años. Tal prodigio parecía ser solo obra de los dioses, pero lo dudaba, pues él mismo fue testigo del ingenio humano. Podía decir que solo intervino en pequeños aportes, facilitándole a algunos inventores la pieza clave —un perno especial, engranajes, resortes— para dar vida a sus creaciones, las cuales solo beneficiaron a los humanos. No necesitaba recompensa o mención alguna, solo le bastaba con saber que había sido de ayuda en el progreso.

Después que dejó el Olimpo, Hefesto no volvió a ver a ningún dios, nunca más. A veces se preguntaba si todavía vivían. Cada diez años regresó, sagradamente, a comer una de las manzanas doradas y llevarse un poco de ambrosía para no olvidar su sabor. En el Gran Salón ya no se percibía esa energía divina, y parecía llevar siglos desierto; el trono de oro de Zeus, otrora esplendoroso, ahora estaba lleno de herrumbre; las celestiales residencias de los demás dioses, vacías; el fuego de su antigua forja, muerto… Lo único que permanecía, como si nada hubiera pasado, era la fuente de ambrosía y el manzano.

Pero no le importaba aquel abandono, volvía cada diez años. La inmortalidad seguía siendo atractiva para él por un motivo muy simple, le fascinaban los humanos. Tan frágiles, imperfectos, llenos de errores y pecados, pero, irónicamente, poseían una inmensa capacidad de volverse a levantar una y otra vez.

Había algo precioso en ello que no se cansaba de ver.

Pero los miraba de lejos, evitaba todo contacto que no fuera más allá de un saludo casual o una conversación relacionada con su trabajo.

Llevaba nueve tranquilos años en esa larga y angosta franja de tierra, rodeada de mar, desierto y montañas, cubierta de bosques, valles, salares y arena.

Y volcanes, cientos de ellos. Era lo que más le gustaba, su influencia en ese país pasaba inadvertida; temblores, terremotos, erupciones volcánicas e incendios forestales estaban a la orden del día, y nadie perdía la cabeza por ello. Claro que a él no le era indiferente provocar tales catástrofes, e intentaba aplacar su culpa. Al poco tiempo de llegar a Chile, se hizo voluntario del cuerpo de bomberos de la zona, por lo que, si había algún siniestro de gran envergadura, él ayudaba a sofocarlo con un poco más que agua.

Siendo bombero, Hefesto era muy silencioso y eficiente. Sin embargo, casi todo su tiempo lo dedicaba a ser un simple herrero y artesano. La forja y el yunque todavía eran parte de su ser, y aunque lo intentó, jamás pudo separarse de ellos.

—Don Tahiel —lo llamaron desde el umbral del portón de hierro del taller.

Tahiel era su nombre humano en ese país —siempre cambiaba de identidad—, significaba «hombre libre» en mapudungun, lengua de los mapuche, los habitantes primarios de Chile y Argentina. También decía la tradición de esa cultura que «Tahiel», era un canto sagrado que incita a la unión del hombre con el universo. A Hefesto le pareció de lo más apropiado usar ese nombre en ese país, era muy especial.

Hefesto miró de reojo a quien llamaba. Se trataba de don Anatolio, un campesino del lugar, a quienes se les llamaba «huaso». El viejo era un hombre de la tierra, con la piel curtida por el sol y que contrastaba con su cabello blanco.

El hombre solía frecuentar el taller cuando necesitaba herrar algún caballo. Desde que el maestro llegó a Carahue, siempre contrató sus servicios por ser excepcionales.

—¡Aquí! —respondió Hefesto, sin dejar de martillar la barra de acero incandescente.

El hombre entró con más confianza hacia el fondo del taller. Hacía un calor descomunal que, en conjunción con el del verano, era casi insoportable estar en ese lugar. Don Anatolio empezó a sudar de inmediato y se secó la nuca con un pañuelo.

—¿Tiene un tiempecito, maestro? —preguntó humilde, mirando con mucha curiosidad todo lo que había a su alrededor. El taller era conocido, no solo por ser una herrería, sino por las espadas, cotas de malla, armaduras y escudos que el dios hacía por encargo. Su trabajo era codiciado por utilizar técnicas metalúrgicas ancestrales, sin usar casi nada de tecnología actual, por lo que tenía cierta reputación y lo contactaban para realizar réplicas para museos, armas especiales de caza o, simplemente, para decorar la casa de algún amante de la historia.

Hefesto dejó de golpear el acero y, limpiando el sudor de su frente con su antebrazo, lo invitó a sentarse sobre un cajón de madera que yacía sobre el suelo. Se quitó el parche de cuero que cubría uno de sus ojos, razón por la cual muchos pensaban que era tuerto. En realidad, era una antigua medida de seguridad para proteger el ojo que estaba más expuesto a las chispas incandescentes que saltaban en todas direcciones. Le incomodaban las modernas gafas de seguridad. Anatolio siempre lo miraba, intentando deducir si su ojo estaba bueno o no.

—Vuestra merced dirá —dijo Hefesto con su singular forma de hablar y acento extraño, era una combinación entre antiguo y moderno. Le costaba el sonido de la erre y su tono era un poco brusco. No podía evitar llamar la atención. Cada vez que le preguntaban de dónde provenía, solo respondía un escueto «mis padres eran griegos», y si le insistían que les hablara de Grecia, él zanjaba el tema diciendo «nunca he visitado ese país».

—*Güeno*, como verá, no he *venío* con un caballo. Esta vez se trata de mi nieta…

Hefesto parpadeó, evidenciando su sorpresa, y pocas veces alguien lograba aquello. Anatolio se quedó en silencio, miró al maestro que lo observaba interesado, se aclaró la garganta y continuó.

—*Pue…* la Millaray está *empecináá* en que quiere aprender a hacer chucherías profesionales. —Hefesto alzó una ceja—. Pero no se preocupe —balbuceó nervioso, sabía que no era una buena idea—, yo le dije que *usté* no tiene *naá* de tiempo *pa'* andar enseñando esas *leseras*...

—¿A qué se refiere vuestra merced con la palabra «chucherías»? —interrogó Hefesto, frunciendo el ceño. Lo que nacía de la fragua no eran chucherías.

—Aros, collares, pulseras, anillos... esas cosas —especificó don Anatolio un tanto vacilante.

—Orfebrería —señaló adusto—. ¿Por qué desea aprender vuestra nieta ese arte? —preguntó interesado.

—¡Qué sé yo! —Anatolio se encogió de hombros y resopló, hacía demasiado calor—. Supongo que quiere aprender un oficio; la Millaray no tiene cabeza *pa'l* estudio, lo único que le gustaba en el colegio eran las artes manuales y la historia. Trabaja en lo que puede por aquí y por allá, pero tiene esa obsesión de chiquitita. Cuando era una cosita así... —Alzó la mano hasta llegar a un metro sobre el suelo—, hacía chucherías. Podía estar horas encerrada haciendo aritos *pa'* sus hermanas.

Hefesto se quedó pensativo. Siempre, en cada país que residía, tomaba un joven como aprendiz. Pero, conforme pasaban los años, cada vez eran menos los interesados en la metalurgia. Para qué decir en la orfebrería. A lo largo de los años y en esa ciudad, nadie se había tomado la molestia de pedirle que él le enseñara. Al dios del fuego le quedaba un año todavía antes de partir de nuevo al Olimpo, por lo que dudó unos instantes en recibir a la nieta de Anatolio para introducirla en el oficio.

Un ruido provino desde el portón, Hefesto miró en aquella dirección, y tal parecía que la muchacha en cuestión estaba espiando. No alcanzó a verla del todo, ella se escondió tan rápido que, por un segundo, Hefesto dudó de haberla visto.

En fin, que fuera mujer no significaba problema alguno en ese momento, solo iba a ser una lástima dedicarle tan poco tiempo para enseñarle, porque él nunca quebraba su regla de emigrar cada diez años. Había recorrido todo el mundo, pero su próximo destino era incierto, solo lo decidía cuando terminaba de comer su manzana dorada.

Hefesto solo esperaba que Millaray no fuera bella y seductora como Afrodita. Odiaba tratar con mujeres demasiado hermosas, demasiado perfectas, demasiado frívolas, superficiales, orgullosas de sí mismas, y de su efímera condición. La belleza femenina solo le hacía recordar sus errores y su implacable memoria le hacía revivir sus fracasos.

—¿Y por qué no vino ella a preguntar? ¿Acaso no tiene lengua para hablar? —interpeló Hefesto con interés.

—*Güeno*... La verdad, es que ella quería venir, pero *usté* está *too* el día *ocupao* —respondió Anatolio, mirando de reojo hacia el portón—. Prefiero ahorrarle el mal rato de que *usté* le diga que no.

—Hasta donde sé, vuestra merced no es un pitoniso del Oráculo de Delfos... —reprendió con ironía.

—¿El Oráculo de qué? —preguntó el huaso confundido. A veces, el maestro decía cosas sin sentido.

—Nada... A lo que me refiero, es que usted no tiene el poder de adivinar mi respuesta —explicó, aligerando su tono de voz; si eso era posible, siempre sonaba severo—. Dígale a vuestra nieta que venga mañana a las seis de la mañana. La pondré a prueba durante una semana y decidiré si es apta para que yo le transmita mis conocimientos.

—¿Está hablando en serio, maestro? —Don Anatolio estaba estupefacto, jamás imaginó que conseguiría una respuesta positiva inmediata.

—Es lo que acabo de decir.

—¡Gracias, don Tahiel! —El viejo se puso de pie y le tendió la mano. Hefesto respondió al gesto con un apretón firme—. Mi chiquilla va a estar re contenta, maestro. Muchas gracias... —continuó sin soltarle la mano.

—Recuerde, es una semana de prueba, no deseo que la ilusione —insistió Hefesto.

—Sí, sí... no se me olvidará —replicó don Anatolio con una gran sonrisa medio desdentada, pero llena de gratitud—. Mi niña se pondrá contenta. —Soltó la mano de Hefesto y se dirigió a la salida.

Hefesto se quedó mirando al anciano hasta que el portón se cerró. Agudizó su oído y notó el murmullo de la voz de Anatolio y otra voz femenina que, de pronto, se alzó, lográndose escuchar con claridad un «¿en serio?». El tono jubiloso y emocionado de la mujer le hizo esbozar una sonrisa al solitario dios.

Volvió a la fragua, se colocó el parche y continuó con su trabajo.

*****

Hefesto, todas las noches caminaba hacia la orilla del río Imperial, el cual desembocaba en el Océano Pacífico a unos 22 kilómetros de distancia de Carahue. El ambiente estaba fresco, y él disfrutaba mucho sus paseos nocturnos. Sentir el aire puro entrando por sus pulmones era algo refrescante, un alivio. Estaba todo el día en el taller, pero aquello no era toda su vida. A lo largo de los años, había aprendido a darle lugar a las cosas, su trabajo era algo que amaba, pero entre los humanos, descubrió que le gustaba realizar otras actividades, entre ellas, solazarse de la simpleza del descanso.

Por algún motivo extraño, a Hefesto le gustaba residir en lugares donde hubiera agua, ya fuera un río, un lago o el mar. Le fascinaba mojarse los pies y sentir la corriente del agua acariciando su piel. Miró al cielo, en el sur de Chile era particularmente nítido. Si se adentraba en el campo, en medio de la oscuridad, el espectáculo era abrumador, la inmensidad del universo a ojo desnudo. Sentía que, si solo alzaba sus manos, podría alcanzar las estrellas.

El mundo y las fuerzas de la naturaleza seguían su inmutable curso.

Ese era el único indicio que le decía que los dioses aún seguían vivos.

*****

Millaray tocó el portón con decisión. Estaba todo oscuro, y apenas se vislumbraba un haz de luz que evidenciaba que había alguien en pie. Del otro lado, pudo escuchar el singular sonido de los pasos del maestro. Estaba nerviosa, siempre había visto de lejos a don Tahiel y cómo trabajaba en su taller. Desde que ese hombre llegó al pueblo, siempre admiró a la distancia las obras de arte del maestro. Todavía podía recordar el revuelo que se causó cuando un cliente se llevó una armadura medieval. Todos querían tocar el reluciente metal y comprobar que era de verdad.

El portón se abrió dando un chirrido que sonó demasiado fuerte a esas horas de la madrugada. Millaray se tuvo que obligar a mirar hacia arriba. Desde lejos, no se notaba que don Tahiel fuera tan enorme y corpulento, ni tampoco sabía que él poseía esos impresionantes ojos color café, enmarcados bajo cejas gruesas. Eran tan claros como la miel, y tan penetrantes, que casi sentía que él podía leerle la mente. Tampoco ayudaban a sus nervios la barba prolija y abundante que cubría la mitad de su rostro, ni el cabello largo, negro y ondulado, veteado de algunas canas. ¿Cuánto años tendría? Su apariencia indicaba unos cuarenta años, pero no le sorprendería si tuviese un par menos.

—Buenos días, maestro… —logró articular con un hilo de voz; se aclaró la garganta—. Mi abuelo vino ayer y…

—Eres Millaray —dijo Hefesto, lacónico. Ella asintió enérgicamente con la cabeza. En respuesta, el dios abrió más el portón en silencio, y con un gesto la conminó a que entrara.

—Quería darle las gracias por aceptarme como aprendiz…

—El título de aprendiz te lo ganarás en una semana, si es que te considero apta para el oficio, muchacha —intervino Hefesto con dureza. Cuando Anatolio le habló de ella, él pensó que se trataba de un bebé de dieciocho años, pero la mujer tenía, en apariencia, unos diez años más, muy cerca de esa edad que hacía que fueran más apetecibles todavía.

Era un dios huraño y casi ermitaño, pero era muy capaz de apreciar y disfrutar del sexo opuesto, y tampoco estaba muerto.

Millaray había llegado vestida con ropa cómoda; pantalones de mezclilla largos, zapatos de seguridad, una camiseta negra de algodón de mangas largas y el cabello largo, liso y negro tomado en un moño desordenado, pero firme. Había ido vestida para trabajar, y eso le gustó mucho a Hefesto. El atuendo revelaba que la mujer se tomaba en serio el oficio.

Pero, como si hubiera sido una especie de mal augurio, Millaray era hermosa, de un modo muy peculiar. En apariencia era una mujer común y corriente; colores y formas normales, como cualquier humana de su edad y del lugar que provenía. En aquel país, sus habitantes eran como si fueran hijos de la misma tierra y llevaban con orgullo sus tonalidades; piel morena, ojos castaños y cabello negro azabache, rostro delicado y redondeado. Pero había algo en sus ojos, un aura ancestral en su mirada. Una inusual perfección en esos rasgos tan característicos de su linaje mestizo entre la casta mapuche y española. Femenina, pero con un espíritu bravío y belicoso.

Hefesto había vivido lo suficiente entre dioses y humanos para saber que ella era especial. Millaray era de esa clase de personas que no sabía que era hermosa o, tal vez, no le importaba si lo era o no. Una piedra preciosa en estado bruto.

Por primera vez, en cientos de años, Hefesto se sentía atraído por una humana con tan solo verla.

Por supuesto que él sentía atracción y deseo por aquellas criaturas, y las disfrutaba —y vaya que lo hacía cuando tenía la rara ocasión—. Pero muy, muy pocas, a través de los años, lo cautivaron. No obstante, ninguna le hizo cuestionar su decisión de seguir siendo inmortal o de emigrar cada diez años. Hefesto era un vagabundo que disfrutaba de su libertad… pero, muy en el fondo, ansiaba la llegada del momento en el cual él sabría, indudablemente, que había encontrado su hogar para quedarse.

Y, mientras llegaba ese momento, él recorría el mundo. Al estar entre los humanos era feliz. Él no era un adefesio ni un ser deforme, solo era normal, uno más entre ellos. Cuando vivía en el Olimpo todo era muy diferente, se sentía como un castigo, en vez de ser un privilegio. Ser imperfecto entre seres perfectos no era una característica apreciada, ni tampoco ignorada. La crueldad de algunos dioses era tan baja y despiadada como la de algunos humanos que no tienen corazón.

—Bueno, entonces… ¿por dónde empezamos? —preguntó Millaray con entusiasmo y mirando con mucha curiosidad e interés todo lo que conformaba el taller; herramientas, materiales y trabajos a medio terminar.

—Desayuno —respondió Hefesto. No le gustaba trabajar con el estómago vacío y le encantaba la comida humana—. ¿Comiste algo, muchacha?

—No —respondió lacónica. Estaba tan ansiosa que no pudo probar bocado, pero en ese momento sus entrañas rugieron.

—Nunca se trabaja sin desayuno, hasta aquí puedo escuchar vuestro estómago.

Millaray enrojeció, su piel olivácea escondía casi por completo esa reacción, solo la delataban sus pómulos que parecían dos tomates. No solía azorarse con frecuencia, pero cuando sucedía, era porque pasaba una vergüenza colosal, o cuando se encontraba con algún hombre que fuera atractivo.

Ahora su rubor se debía a ambas razones.

Don Tahiel jamás había capturado su atención, solo su arte. Pero claro, eso era porque no lo había visto tan de cerca, el hombre era impresionante, su mirada era imponente, pero no la intimidaba… no del todo. Su acento y forma de hablar, eran una extraña mezcla; era como estar frente a un personaje extranjero de un libro antiguo viviendo en la época actual, y si le agregaba ese tono grave y profundo, el resultado era inquietante. Tendría que ser de piedra para que todo ese conjunto no le afectara.

Todo se había complicado; mentalmente, Millaray se daba de cabezazos; deseaba aprender más que nada en el mundo, pero al lado del maestro, bueno, tendría que acostumbrarse a estar sonrojada la mayor parte del tiempo.

—Acompáñame a la cocina —decretó el dios.

—Muchas gracias —dijo Millaray en un hilo de voz—. Disculpe las molestias.

Hefesto emitió una especie de gruñido, el cual ella no pudo interpretar si era una respuesta que confirmaba que estaba molesto, o si solo era para desestimar la disculpa. La guio hasta el fondo del taller, donde había otra puerta que lo conectaba con la casa.

Hefesto abrió la puerta y la invitó a pasar en primer lugar a la cocina. Millaray apenas pudo reprimir el impulso de quedar boquiabierta. Le dio la bienvenida el aroma fuerte del café de grano, mezclado con el del pan marraqueta² tostado. Era una habitación amplia, sus paredes eran de un blanco inmaculado, los electrodomésticos eran de acero, y al centro reinaba una mesa metálica con cubierta de vidrio que contaba con dos sillas.

El desayuno estaba a punto de ser servido solo para una persona.

—Asiento, por favor —conminó Hefesto a Millaray, quien se sentó en el lugar vacío.

—Gracias —susurró ella sin saber dónde poner las manos. Don Tahiel la ponía nerviosa.

Hefesto, como si se tratara de una especie de ceremonia, sirvió frente a Millaray un platillo; al lado derecho puso una cuchara, al lado izquierdo una servilleta de papel y, al frente, un plato para el pan.

—¿Qué bebes y comes, muchacha? —preguntó Hefesto, intentando no intimidarla. Sus pómulos estaban ruborizados y ella apenas emitía palabras, era como ver un gatito asustado. Él se reprendió internamente, hacía tanto que no trataba con una mujer —siglos, literalmente—, que había perdido las maneras adecuadas…

---

2 *Es un tipo de pan propio de Sudamérica, consumido principalmente en Bolivia, Chile y Perú. Este pan está elaborado a base de harina blanca de trigo, agua, levadura y sal, y requiere más tiempo de fermentación que otros panes; no contiene grasas y se caracteriza por su forma peculiar; agrupa panes pequeños en una sola pieza que pueden separarse con facilidad y por ser crujiente.*

Aunque, pensándolo bien, él no recordaba cuándo había sido la última vez que había desayunado con una. ¿Lo había hecho alguna vez?

—El café huele rico —señaló Millaray—. Y el pan también.

Hefesto se aclaró la garganta, le incomodaba que Millaray estuviera tan cohibida.

—¿El café lo tomas con leche? —preguntó, suavizando su tono de voz.

—Sí, por favor… ¿Necesita ayuda, maestro?

—No —respondió seco—. Gracias, muchacha. Ya lo tengo todo, solo dame unos segundos —agregó, rectificando de nuevo su tono y tomó un pan tostado que ya se había enfriado.

En silencio, Hefesto le dio la espalda y preparó el café con leche y, con disimulo, encerró el pan entre sus manos. Un leve fulgor dorado se coló entre sus dedos por un segundo, para luego morir. El pan estaba caliente de nuevo.

—Aquí tienes, muchacha. —Sirvió la taza de café sobre el platillo—. Hay miel y azúcar para endulzar; mantequilla y aguacate… perdón, palta, para el pan.

Millaray no dijo nada, solo agradeció, esbozando una sonrisa tímida y se dispuso a desayunar, le echó una cucharada de azúcar a su café y embadurnó la mantequilla sobre el pan, la cual se derritió en el acto. Hefesto se sentó frente a ella, se sirvió también un café y pan tostado con palta.

Ambos empezaron a comer en silencio. Silencio que pronto fue interrumpido por Millaray, no podía seguir comportándose como una niña entrando al jardín infantil.

—Está todo muy rico, maestro —elogió con sinceridad, todo parecía tener otro sabor al normal. Tal vez eran los nervios y el hambre que le hacían pensar que un desayuno común y corriente sabía a gloria.

—Me gusta comer bien. Debes desayunar apropiadamente, la forja demanda fuerza y energía. Hasta te puedes desmayar por fatiga y deshidratación, si no comes ni bebes agua —señaló, hilando una frase de más de cuatro palabras. Se preparó otro pan, esta vez con mantequilla.

—Yo no suelo desayunar —acotó Millaray, Hefesto la miró intrigado—. No me gusta desayunar sola, y cuando trabajaba en el hospital, solo pasaba de largo hasta el almuerzo —explicó.

—¿Y vuestro abuelo?

Millaray sonrió, su «tata» era el mejor padre que pudo tener. A veces sentía que era una malagradecida por no haber estudiado una carrera profesional, tener mejores expectativas laborales y ayudar de verdad. Pero sabía de antemano que iba a fracasar en cualquiera de las carreras que impartían en institutos profesionales y universidades, no iba a arriesgarse a endeudarse por estudios superiores que ella jamás culminaría. Simplemente, no tenía cabeza para ello, para lo único que sentía que tenía talento era para crear con las manos.

Pero eso no daba de comer, ni pagaba las cuentas… no lo suficiente.

Anatolio jamás quiso que ella trabajara en el campo, por lo que Millaray, al terminar sus estudios medios, deambuló en trabajos sencillos y mal remunerados; cuidando niños, haciendo aseo en oficinas o en casas, reponiendo productos en supermercados. Lo que ganaba era el sueldo mínimo, el cual apenas era suficiente para ayudar a paliar los gastos en el hogar; vivía sola con su abuelo. Tenía dos hermanas mayores, con las cuales no tenía mayor contacto, una vivía en Santiago, desarrollándose en una exitosa empresa de ingeniería, y la otra vivía en Pucón, haciendo su vida, dueña de casa, un feliz matrimonio y dos hijos.

Millaray nunca supo quién era su padre. Ella, al igual que sus hermanas, tenía el apellido materno repetido… Su madre, ¡ay!, su madre. Siempre fue, es y será un misterio sin resolver. Cuando Millaray tenía dos años, ella se quitó la vida. Sus abuelos se hicieron cargo de ella y sus hermanas cuando aquello aconteció. Ellos hablaban poco de Juani, su madre, y la situación empeoró cuando su abuelita murió. Millaray, en ese entonces tenía diecisiete años, y su incierto origen siempre fueron suposiciones y elucubraciones. Actualmente, a sus veintiocho años, rara vez surgían preguntas que jamás iban a ser respondidas.

—Mi tata sale temprano a trabajar al campo. Se levanta a las cinco, desayuna tranquilo y se va… Yo estuve trabajando, haciendo el aseo en un hospital, pero la empresa perdió la licitación y me quedé cesante… —Sonrió resignada—. Siempre he visto su taller y mi tata habla mucho de usted, dice que su caballo anda mejor con las herraduras que hace usted, así ya no se las manda a hacer a otro señor que trabaja con él… Entonces… creo que puedo… tengo muchas ganas de aprender su oficio… su arte. Quiero ser verdaderamente útil, no quiero que mi tata siga trabajando tan duro, ya está viejito. —Parpadeó rápido para evaporar las lágrimas que amenazaban con salir —. Y si aprendo bien, tal vez pueda ganar lo suficiente para que él deje de trabajar.

Hefesto asintió, haciendo un leve gesto con su cabeza. Eran muy nobles los propósitos de Millaray, e incluso la entendía. Sin embargo, le faltaba tanto por vivir, él bien lo sabía, la vida siempre desviaba el camino hacia los objetivos. Pero él no iba a ser un impedimento para los propósitos de la mujer. El dios de la forja le iba a conceder su anhelo de aprender el milenario arte de la orfebrería.

Hefesto deseó que las palabras y motivaciones de Millaray fueran verdaderas, y no un mero capricho momentáneo. Deseó que su entusiasmo no se diluyera con el tiempo y el arduo trabajo que exigía el oficio.

Deseó de corazón que Millaray se convirtiera en su aprendiz.

Capítulo II

Después de desayunar, Hefesto llevó a Millaray de vuelta al taller. Comenzó por evaluar los conocimientos de su candidata a aprendiz, le preguntó sobre herramientas, técnicas, materiales y procesos para la elaboración de joyas.

La mujer lo sorprendió, sus respuestas eran de alguien que, al menos, había estudiado algo el tema. Ella no era un lienzo en blanco, había un bosquejo esperando a convertirse en una obra de arte. Hefesto sintió el casi olvidado entusiasmo de enseñar. Sacó cuentas mentales, habían pasado casi treinta años desde que tuvo a su último aprendiz, cuando residió en México.

Con el transcurso de las horas, Millaray demostró tener un real interés en el oficio y muchas ganas de aprender. Lo que no tenía era medios y recursos para profundizar en ello. Ella confesó que, si bien había visto tutoriales por YouTube y leído material en internet, no sabía por dónde empezar, el único que podía brindarle esa posibilidad era el maestro Tahiel, quien siempre se veía solitario en su taller.

—Bien, muchacha, hoy es martes. Esta semana deberás a hacer un anillo de oro de talla nueve, imagina que te lo encargó un cliente, que quiere dárselo a una mujer para proponerle matrimonio, pero no quiere la típica banda de oro con un brillante, quiere algo especial para ella —enunció Hefesto su primera lección—. El cliente dice que esta mujer es amante de los libros románticos ambientados en el siglo XIX. Me entregarás vuestro producto final al atardecer del próximo lunes. El día sábado y domingo descanso y no abro el taller, pero si sientes que necesitas tiempo, puedes venir esos días si me avisas con anterioridad.

Con una gran sonrisa, Millaray aceptó el trato, haciendo un gesto afirmativo con su cabeza.

—Te iré instruyendo en cada etapa del proceso de creación, y te daré todos los materiales que sean necesarios. No te limites a la hora de complacer a vuestro cliente, pagará todo lo que sea necesario para el trabajo —continuó Hefesto—. Con estos antecedentes, ¿qué crees que es lo primero que debes hacer?

Millaray, un tanto nerviosa por esa inesperada pregunta, se quedó pensativa. El maestro no le quitaba su severa mirada de encima —lo cual la ponía más nerviosa todavía—, se imaginó lo que él le indicó, y la respuesta vino sola.

—Ya que a la mujer le gustan las novelas románticas de esa época, debo buscar modelos de anillos de compromiso que correspondan a ese período histórico —respondió segura—. ¿Puedo buscar imágenes en internet para hacerme una idea del diseño? —preguntó con la seguridad diluyéndose un poco, al ver que el maestro fruncía ligeramente el ceño—. No sabría decir cómo son esos anillos, supongo que no son iguales a los de ahora —se justificó, logrando que Hefesto alzara sus cejas. A veces, él olvidaba que la vida de los humanos era demasiado corta y que, doscientos años para ellos, eran mucho más lejanos que para él, por lo tanto, ella no tenía por qué saber cómo era la apariencia de la joyería de esos años. Hefesto recordó que durante siglos hizo anillos que pasaban de una generación a otra, muchas de esas joyas ya tenían cientos de años.

También olvidaba que los humanos tenían distintas formas de conservar su historia y sus memorias, antes eran pergaminos, luego los libros y ahora la famosa red digital. Hefesto era un ser antiguo, a veces, le costaba adaptarse a los cambios vertiginosos que enfrentaba la humanidad, era un convencido de que el ingenio del hombre había superado en muchos aspectos los poderes de los dioses.

Él usaba esas asombrosas tecnologías humanas, pero no le interesaban mucho, salvo el celular y correo electrónico.

—Puedes investigar en el computador que está en el escritorio de la sala de estar —accedió, logrando que el alivio suavizara el gesto preocupado de ella—. Ahí también encontrarás una croquera y lápices para que dibujes vuestro diseño, cuando termines, me lo vas a presentar para que podamos continuar —sentenció con esa voz grave y dura.

—Muchas gracias, maestro —dijo Millaray con efervescente entusiasmo; a veces parecía ser inmune al tono de Hefesto—. Le prometo que no tardaré mucho.

—Muy bien —respondió un tanto desconcertado por aquella actitud. La mujer se comportaba muy diferente a los aprendices que tuvo en el pasado. Ella era como un volcán de emociones que él apenas podía digerir e identificar—. La sala de estar es la habitación contigua a la cocina.

Millaray asintió y se dirigió hacia el acceso que daba a la cocina, dejando a Hefesto inmóvil, hasta que sintió la puerta cerrarse. El dios parpadeó, como si hubiera despertado de algún sueño extraño. Miró todo a su alrededor, intentando recordar qué era lo que tenía planificado hacer ese día, aparte de iniciar la instrucción de la muchacha. Puso sus manos sobre sus caderas, hasta que posó sus ojos sobre unas barras apiladas de acero. ¡Sí, eso era!, debía hacer un cuchillo estilo comando para un cliente, un retirado del ejército; iba a usar acero de damasco, algo especial.

Tomó las barras y se las llevó a la fragua.

*****

Millaray entró en la sala de estar, quedando boquiabierta con tan solo dar una repasada. Era como si hubiese viajado en el tiempo que le hizo llegar a una especie de santuario masculino. La única cosa que indicaba que estaba en el siglo XXI era el computador. Los muebles parecían ser muy antiguos, casi sacados de un museo. En el centro de la estancia había una mesita, la cual estaba rodeada por un par de sillones y un sofá de madera tallada con intrincados diseños, el tapizado era azul marino con diseños bordados en dorado. Una pared completa estaba dedicada a los libros, la biblioteca ocupaba un espacio de ancho y de alto de dos metros. Era algo hermoso, había libros muy antiguos que contrastaban con otros nuevos. Del cielo raso colgaba una hermosa lámpara de cristal. Al fondo, al lado de una ventana, estaba el computador.

—¿Por qué se te cruzó por la cabeza que él tenía un *notebook*, Millaray? —pensó en voz alta—. Es obvio que don Tahiel no es un hombre muy tecnológico.

Sobre el escritorio estaba el computador y, frente a él, una silla; ambos muebles mantenían el estilo reinante de ese lugar. Ella se acercó y pulsó el botón de encendido de la torre que estaba al lado de la pantalla. Mientras el aparato se iniciaba, ella frunció el ceño, a juzgar por el sistema operativo, confirmó que, definitivamente, no era lo último en tecnología, pero supuso que cumpliría con su misión.

Se sentó en la silla y esperó a que el equipo terminara de cargar todo el sistema. Millaray apoyó su cabeza sobre su mano y suspiró.

—Voy a tener suerte si logro abrir el navegador en este vejestorio; quizás, desde cuándo que no lo enciende el maestro —masculló.

Volvió su vista hacia la biblioteca y entrecerró sus ojos. Era más probable encontrar información en los libros que en el computador, el cual andaba como una carreta vieja.

Se levantó y se acercó a la biblioteca y repasó los lomos, leyendo sus respectivos títulos. Había libros en inglés, japonés, alemán, francés, español y otros idiomas que ella no podía identificar a simple vista.

—¿Sabrá hablar en todos esos idiomas? —se preguntó—. ¿O solo tendrá una especie de mal de Diógenes[3] de libros de cualquier cosa?

Siguió leyendo los lomos hasta que halló uno que decía «*7000 Years of Jewelry[4]*», y otro titulado «*Jewelry: From Antiquity to the Present[5]*».

Millaray miró al cielo, no hablaba inglés, pero podía leerlo a trompicones. Se encogió de hombros y, con sumo cuidado, sacó los dos libros.

—Sería el colmo si no encuentro nada aquí —se dijo con una sonrisa guasona en los labios.

En realidad, estaba muy emocionada con lo que podría encontrar entre las hojas de esos libros.

*****

---

3 *El síndrome de Diógenes es un trastorno del comportamiento que se caracteriza por el total abandono personal y social, así como por el aislamiento voluntario en el propio hogar y la acumulación en él de grandes cantidades de basura y desperdicios domésticos.*
4 *7000 años de joyería*
5 *Joyería: desde la antigüedad hasta el presente.*

Hefesto se limpió el sudor de su frente, la barra incandescente de acero ya había tomado la forma que necesitaba. La templó en el agua, disfrutaba de esa parte, había cierta emoción en aquel proceso, si todo salía bien, la pieza saldría indemne, de lo contrario, el acero podía curvarse o agrietarse.

Sacó la pieza humeante y la estudió con ojo crítico.

—Perfecta —susurró ufano de su trabajo.

De pronto, sintió que había demasiado silencio, había estado tan sumergido en su trabajo que se había olvidado de Millaray. Calculó que era cerca del mediodía y empezaba a sentir hambre; tal vez la muchacha también debía sentirla.

Dejó de lado su trabajo y se dirigió a la sala de estar. Se quedó quieto en el umbral de la puerta y se recreó con la vista; la silueta femenina de Millaray que se recortaba a contraluz. Estaba concentrada dibujando en la croquera, a su lado había dos libros. Desvió su mirada hacia la biblioteca y luego volvió hacia ella, que parecía no haber notado su presencia. El computador estaba apagado.

—¿Cómo vas, muchacha? —preguntó Hefesto sin moverse de su lugar.

Millaray dio un respingo, soltó el lápiz y dio un gritito, todo al mismo tiempo. Se llevó la mano al pecho y rio nerviosa.

—Casi me mata de un infarto, maestro —dijo, sintiendo su corazón acelerado por el susto.

—No fue mi intención —aseveró Hefesto, acercándose con ese andar que ya estaba siendo familiar para ella. La cojera del maestro no era tan pronunciada, pero tampoco pasaba inadvertida. Millaray se preguntó si le dolía caminar o si usaba algún bastón—. ¿Has encontrado algo útil para vuestro proyecto? —preguntó interesado, observando de reojo el bosquejo.

—Buscar en su biblioteca fue más rápido que su computador —ironizó ella, elevando su mirada. Si estando ella de pie él era imponente, estando sentada era abrumador. Había tomado su cabello en un moño desordenado y estaba sudado, debajo del delantal de cuero se podía vislumbrar su pecho ancho y musculoso. Millaray sintió que su cara se calentaba, bajó la vista hacia los libros—. Encontré estos que me sirvieron de guía. Espero que no le haya molestado que yo me hubiera puesto a *intrusear* en su biblioteca. —Posó su mano sobre los ejemplares y luego volvió su atención a su bosquejo—. Estaba terminando el diseño. —Le ofreció la croquera a Hefesto y él lo recibió.

El dios estudió el dibujo, la mujer tenía habilidades naturales de forma, proporción y perspectiva, había algunas imperfecciones que solo indicaban que no tenía estudios formales. Millaray tenía mucho potencial en ese ámbito.

Lo que tenía en sus manos era un proyecto bastante ambicioso, se trataba de un anillo que era coronado por un grupo de nueve diamantes engastados que formaban un círculo, ocho pequeños rodeando uno más grande. Los «hombros» del anillo eran tallados con un diseño de follaje, imitando una enredadera.

Un clásico anillo del siglo XIX, pero el diseño de las hojas le daban un toque actual, dado que no era recargado.

Millaray no sabía hacia dónde mirar, el maestro se estaba tomando demasiado tiempo en evaluar el dibujo. No quiso alzar la vista, centró su atención en sus propios dedos, a pesar de que no le gustaba mirarlos. Desde pequeña, sus nudillos siempre fueron nudosos y nunca fue aficionada a las cremas humectantes. Millaray, cuando miraba sus manos, pensaba que pertenecían a las de una abuelita.

—¿Te sientes capacitada para llevar a cabo un proyecto de esta magnitud? —preguntó Hefesto con seriedad.

Millaray alzó la vista y se encontró directamente con los ojos del maestro, esos ojos que eran casi translúcidos. Entreabrió la boca y sus palabras no salían. Se aclaró la garganta y bajó la vista.

Hefesto, por un segundo se sintió vulnerable, tal vez su fealdad la intimidaba tanto que no podía sostenerle la mirada. Tragó saliva, odiaba ese sentimiento. Millaray volvió a alzar sus ojos oscuros y lo miró fijo, con seguridad, haciéndole sentir una especie de alivio, no había repugnancia en su semblante.

—Estoy aquí para aprender, lo único que puedo asegurarle es que pondré todo de mi parte para realizarlo —respondió con la verdad.

—Muy buena respuesta. Entonces, yo también haré lo mismo para que puedas lograrlo —prometió, dejando la croquera sobre la mesa y desvió su mirada por un segundo.

Al volver a ver a Millaray, ella le sonreía. En su hermoso rostro se reflejaba la esperanza.

—¿Tienes hambre? —preguntó el dios para cambiar de tema.

Millaray negó con su cabeza, pero el sonido de su estómago dijo lo contrario. Hefesto frunció el ceño, reprendiéndola.

—La verdad, no me había dado cuenta de que tenía hambre, maestro —justificó la mujer—. Voy a comprar algo en el almacén para comer rápido y vuelvo —agregó.

—Tengo comida suficiente para compartir —rechazó—. Solo hay que calentarla.

—Ya… entonces… si quiere, yo pongo la mesa, mientras usted calienta la comida —propuso, intentando aparentar ligereza.

Hefesto asintió. Millaray se levantó de la silla, dejó los libros en su lugar original y enfiló sus pasos hacia la cocina.

El dios la siguió por inercia. No sabía si había sido un error aceptarla como candidata a aprendiz. En tan solo unas horas, su apacible vida estaba sufriendo un revés que jamás imaginó.

La humana no solo era hermosa, también demostraba sin querer, su sencillez, inocencia, humildad y fuerza de voluntad, haciéndolo sentir indigno.

Suspiró, iba a tener que armarse de paciencia consigo mismo, Millaray no era culpable de nada y no la iba a hacer pagar por sus propias debilidades. No era sabio ni justo.

Porque estaba seguro, que esa muchacha, al final de la semana de prueba, se quedaría como aprendiz, y estaría junto a él hasta que le llegara el momento de marcharse, para nunca más volver.

A través de su eterna existencia, había tenido innumerables aprendices, y los recordaba a todos de alguna manera u otra. Sabía, con absoluta certeza, que Millaray iba a aprender lo suficiente para lograr su objetivo. Sabía que ella era una persona especial, más allá de su belleza o de su sexo. Sabía que Millaray iba a ser la aprendiz ideal para hacer lo que siempre hacía cuando dejaba un país. Heredarle el taller y la casa para que continuara con su legado.

Millaray, algún día iba a tener hijos y, probablemente, les transmitiría su oficio. Sus enseñanzas seguirían en la siguiente generación.

Pero, por algún extraño motivo, esa visión no lo confortó.

CAPÍTULO III

Durante los siguientes días, Millaray fue absorbiendo todas las enseñanzas de Hefesto. El proyecto del anillo de compromiso, casi por arte de magia, fue pasando del papel a ser algo tangible.

Todos los días ella llegaba temprano al taller, y se fue haciendo costumbre desayunar junto al maestro, quien ya, al tercer día, ni siquiera le preguntaba si había comido algo. Lo hacían a veces en silencio y, en otras ocasiones, hablando con entusiasmo y pasión de su proyecto y de cómo perfeccionarlo.

Lógicamente, su pequeña travesía no estuvo exenta de errores, pero el maestro era un hombre paciente. A Millaray aquello le sorprendía; él, a diferencia del común de la gente, parecía tener todo el tiempo del mundo, nada lo apremiaba. Se tardaba todo lo que fuera necesario para hacer lo que tuviera que hacer, y nada ni nadie lo perturbaba.

Probablemente, era por su edad. Ahora que Millaray había tratado un poco más con él, confirmaba sus conjeturas. Definitivamente, debía ser un señor de cuatro décadas, y si no fuera tan serio y no tuviera algunas canas, podría parecer más joven. Pero a ella le gustaba tal cual era.

Ante ese inusitado pensamiento, a Millaray se le cayó el diminuto cincel con el cual estaba dando forma a la hoja de enredadera.

—Mierda —masculló, al tiempo que se inclinaba para recogerla. Se reprochó su falta de concentración, alzó la vista y vio que don Tahiel le daba la espalda mientras trabajaba en la fragua. Se permitió recrearse unos segundos, admirándolo. El maestro podría tener sus buenos años, pero su cuerpo no tenía nada que envidiarle a un veinteañero. El trabajo de fuerza bruta que exigía el oficio, lo mantenía en un maravilloso estado físico.

Pero, algo extraño sucedió en ese instante. La pieza de acero que él estaba trabajando se desprendió de la varilla con la cual era manipulada y cayó en medio de la fragua. El maestro, como si nada, metió la mano en medio de las llamas, la tomó y la sacó del fuego como si estuviera fría.

Millaray entornó sus ojos, incrédula, y luego parpadeó.

Don Tahiel dio media vuelta, tenía la pieza de acero incandescente sujetada por una pinza. La miraba interrogante.

Millaray recogió el cincel y le sonrió nerviosa, al tiempo que se incorporaba.

—Se me cayó esto —explicó, mostrando la herramienta entre sus dedos.

Hefesto solo hizo un gesto de comprensión.

Millaray suspiró, ¿de verdad había pasado eso? Seguramente no, nadie podía llegar y sacar un trozo de metal incandescente de en medio de las llamas sin achicharrarse los dedos.

Enfocó la vista en el detalle de la hoja del anillo, pero ya estaba un poco cansada y la estaba viendo borrosa. Se restregó los ojos y volvió a trabajar.

Sí, eso era. Se convenció de que lo que vio, no sucedió.

—Ya es tarde, muchacha —señaló Hefesto al ver que ella estaba dando indicios de estar agotada. Era una obtusa obsesiva, todos los días tenía que, prácticamente, echarla del taller—. Ve a casa a descansar.

—¿Qué hora es? —preguntó; había perdido la noción del tiempo.

—Es hora de que te vayas, muchacha —respondió severo.

—Ay, maestro. Es un pesado —rezongó Millaray, fingiendo estar ofendida, al tiempo que dejaba las herramientas sobre la mesa de trabajo. Se puso de pie y se estiró, había sido un buen día de trabajo, pero todavía le faltaba y era viernes—. ¿Mañana puedo venir para seguir trabajando con el anillo? No creo que pueda terminarlo el lunes, si me tomo libre el fin de semana completo.

—Puedes venir, pero llega a las diez de la mañana, los fines de semana duermo hasta más tarde —indicó—. Has estado trabajando muy duro, no te sobreexijas.

—Sí, maestro, no se preocupe —aseguró Millaray, reprimiendo un bostezo. Tomó del suelo la mochila que siempre llevaba consigo y la dejó sobre la silla. Con naturalidad, se quitó la camiseta manga larga que solía usar dentro del taller y quedó con una sin mangas que era ajustada y se apegaba a cada curva del esbelto cuerpo femenino. No era flacucha, ni tampoco regordeta, era el perfecto punto medio.

Ese momento del día era un verdadero tormento para el dios. No podía dejar de admirar a la mujer que tenía en frente, ajena al lascivo escrutinio al que él la sometía.

Millaray guardó la camiseta en la mochila y se la colgó al hombro.

—Bien, hasta mañana, maestro —se despidió Millaray.

—Cuídate, muchacha. Hasta mañana —replicó Hefesto con voz profunda.

Millaray se retiró del taller, dejando al dios en la más absoluta soledad. El fuego de la forja bajó su intensidad por sí solo. Hefesto cerró el taller, necesitaba templar su cuerpo con agua fría.

Lo que quedaba del verano iba a ser muy largo, menos mal que estaba en pleno febrero; en un mes, llegaría el otoño.

*****

Millaray trabajó medio día el sábado y domingo. El día lunes lo dedicó a hacer los detalles finales, someter a electrolisis el anillo para abrillantar el oro, pulir y confeccionar la caja forrada en terciopelo azul, para presentar, apropiadamente, el exclusivo anillo de compromiso.

Al final del día, suspiró. Millaray, con mucho orgullo por sí misma, le entregó el anillo terminado a su maestro, quien recibió la cajita sobre su palma.

Durante siete días, había puesto todo su empeño, alma y corazón en aprender a hacer una pieza de orfebrería. Se sentía contenta y satisfecha con su primer trabajo. Le encantó recibir las enseñanzas del maestro Tahiel, que era un hombre apasionado por su oficio. Ahí, enseñando, se explayaba de una forma abrumadora y efusiva.

Con el maestro, ella se sentía segura, la respetaba como mujer, aprendiz y persona, y aquello era inestimable para Millaray, quien siempre fue catalogada como un tiro al aire por no haber seguido los pasos de sus hermanas; no fue una ama de casa entregada a su familia, ni tampoco pudo ser una profesional destacada trabajando en la capital. Era la menor en la familia, «el ultimo cacho que dejó la Juani», como solían decir algunos parientes cuando estaba a punto de repetir un año escolar. Sus abuelos siempre la justificaban porque, lamentablemente, era media dura para el estudio —por no llamarla derechamente tonta—, era la fracasada que solo podía aspirar a «recoger la mierda de otros», como oyó decir alguna vez a un tío.

Por primera vez en su vida, se había levantado todos los días con una gran sonrisa en el rostro. Corría para llegar a tiempo al taller, llegaba con hambre por aprender, ávida por trabajar, llenar su corazón de esa pasión que le transmitía el maestro y convencerse de que ella era realmente útil, que estaba haciendo algo bien.

Y lo había hecho bien, de eso estaba segura.

Solo deseaba que su maestro la considerara apta para continuar, porque si no...

La verdad... no sabía qué más hacer.

En silencio, Hefesto estudió la caja, la abrió, y ante él estaba el anillo de reluciente oro y diamantes. Esa muchacha tenía mucho talento, era una pieza exquisita, rozando la perfección. Si era así con su primer trabajo, tenía un futuro muy prometedor. Tomó el anillo, el cual se veía diminuto entre sus dedos grandes y toscos.

—Dame vuestra mano, muchacha —ordenó Hefesto y Millaray lo miró desconcertada—. Quiero ver cómo luce el anillo en una mano de mujer —explicó sucinto.

Millaray, reticente, ofreció su mano derecha. No le gustaban sus manos de vieja. Hefesto se la tomó con delicadeza y le deslizó el anillo en el dedo anular.

—¿Por qué pones esa cara? —preguntó al notar el cambio brusco en las facciones femeninas. Primero, había mucha emoción, luego, algo parecido a la vergüenza.

—¿Qué cara? —replicó, haciéndose la desentendida.

Hefesto frunció el ceño ante esa flagrante mentira, tomó los dedos de Millaray y sintió su tensión.

—No intentes retirar vuestra mano, muchacha. No me dejas estudiar vuestra obra.

—Mis manos no son las más idóneas para ello, maestro.

«He ahí el motivo», pensó él.

—Vuestras manos crearon esta pieza de arte, muchacha, son manos que trabajan, que crean, no las menosprecies por no ser de terciopelo y delicadas... tú nunca tendrás manos de una señorita que no ha quebrado un huevo en su vida. Vuestras manos son fecundas, nunca lo olvides. Son absolutamente perfectas para presentar este anillo de compromiso.

Millaray no fue capaz de replicar esas palabras, dejó que el maestro siguiera estudiando el anillo.

—Mucho mejor —afirmó, dando vuelta la mano, exponiendo su palma. El pulso de Millaray estaba desbocado. Deslizó nuevamente el anillo y lo dejó en la caja.

Hefesto no dijo nada más, se metió la cajita en el bolsillo, y luego esculcó el otro. Millaray escondió sus manos en los bolsillos de su pantalón.

—Extiende vuestra palma —ordenó, intentando suavizar su tono.

Millaray, con cierta reticencia, obedeció. Hefesto, ceremoniosamente, encerró la mano femenina entre las suyas y Millaray sintió que él le dejaba algo sobre la palma.

—Ahora, eres oficialmente mi aprendiz. —Hefesto retiró sus enormes manos, dejando al descubierto un llavero.

Millaray, con una gran sonrisa, tomó la delicada pieza de arte, casi era un pecado usarlo en algo tan corriente como un llavero. Admiraba casi con devoción el exquisito trabajo, el cual tenía la forma de un lilium dorado. Los detalles eran algo sobresaliente, las vetas de los pétalos, la textura de los pistilos, solo le faltaba el aroma para parecer real.

—Su trabajo es maravilloso, maestro —elogió la mujer, con sinceridad y emoción. No sabía si él conocía la traducción de su nombre, pero esa delicada y, a la vez, robusta pieza de arte, era el mismísimo significado de su nombre en mapudungun: «flor dorada», lo cual había sido inesperado para ella—. Es el regalo más hermoso que jamás me han dado en toda mi vida. Muchas gracias por permitirme continuar, maestro.

—Ya lo dije, muchacha, te lo has ganado, las llaves son vuestras. Las del taller y las de mi casa, mal hábito que tienes de no desayunar —reprendió.

—Ya sabe que no me gusta comer sola. Además, sus desayunos son mucho mejores que los de mi casa —replicó, intentando sonar confiada y segura, pero las cejas alzadas de Tahiel le provocaron un súbito carmesí en sus pómulos.

—Tal vez… —Hefesto se aclaró la garganta y continuó—: Bien, vuestra nueva rutina de trabajo será la siguiente, vendrás al taller de lunes a viernes. Entrarás a las ocho de la mañana, terminarás a las seis de la tarde. Si quieres desayunar conmigo, debes llegar a las siete, tendremos una hora de descanso para almorzar y tendrás un contrato de trabajo, imposiciones, y ganarás un salario digno por ser mi ayudante y aprendiz. No solo aprenderás orfebrería, sino todo lo que puedas hacer físicamente —detalló.

Millaray estaba boquiabierta, era como un sueño hecho realidad, trabajaría y aprendería lo que más amaba, porque en aquella semana de prueba descubrió que, sin lugar a dudas, la forja era donde su alma pertenecía.

No pudo evitar que los ojos se le humedecieran, sus emociones estaban desbordando su corazón. Sin pensarlo dos veces, abrazó a Hefesto, enterrando su cara en su sólido pecho y comenzó a sollozar. El dios estaba conmovido, de todos sus aprendices, ninguno demostró su gratitud de esa manera. Supuso que los hombres tienden a ser más reservados y fríos en cuanto a expresar sentimientos. Millaray era la primera mujer que se convertía en su aprendiz —cosa que a él, independiente de todo lo que ella le provocaba, también le sorprendía gratamente—. Respondió a ese abrazo, rodeando a la mujer, desatando en ella un llanto que él no tenía idea de cómo contener.

—Muchas gracias, muchas gracias —agradeció Millaray en medio de sus lágrimas—. Realmente, esto significa mucho para mí… esto es mi vida —confesó, sin poder evitar inhalar el aroma varonil que él desprendía, una mezcla de fuego, metal y hombre.

—No tienes nada que agradecer, muchacha. —Le acarició el cabello, sentía que su mano abarcaba toda su cabeza—. El mérito es todo vuestro.

*****

Cuando Millaray se fue a su casa y Hefesto se quedó solo en el taller, el fuego de la forja volvió a decrecer. El dios suspiró, para él, ya era evidente que el fuego reflejaba su estado de ánimo. Cuando ella se iba, se sentía apagado.

Al anochecer, tomó su bastón y se fue caminando hacia el río Imperial. Necesitaba reflexionar y analizar sus sentimientos bajo el manto estrellado del sur.

Caminó durante una hora por la ribera del río, alejándose de ojos curiosos, buscando estar a solas. Últimamente, la soledad no era una compañera tan deseable. La presencia de la humana era diferente a la de otros aprendices. Hefesto sentía que debía darle el lugar que correspondía a Millaray y no dejarse llevar por los atávicos instintos que ella despertaba en él.

No era muy bueno seduciendo, y si bien ya no era un dios bruto y salvaje —como lo era milenios atrás—, ella no merecía que él hiciera el intento, por el simple hecho de que le quedaba poco más de diez meses en aquella tierra. Si tenía una remota posibilidad de que ella se sintiera atraída por él, todo se reduciría a fogosos encuentros carnales, y aquello arruinaría los estudios de ella y la desviaría de su objetivo.

Era mejor conservar un buen recuerdo de la muchacha, saber que él y su oficio habían cambiado la vida de ella para mejor.

Con esa idea en mente, se sintió más tranquilo. Se quitó los zapatos y metió los pies en el agua del río. Sí, que el frío cauce se llevara sus preocupaciones.

Inspiró hondo, se llenó los pulmones de aire y exhaló.

—Millaray Colina… —murmuró, le costaba no evocarla cuando estaba solo. En su mente se dibujó el semblante lleno de felicidad de ella cuando le dio las llaves del taller. Todavía podía sentir la humedad de sus lágrimas en sus pulgares.

—Vaya, vaya —abordó una voz siseante que puso en alerta al dios. No era humana, hablaba en la arcaica lengua de los dioses, la cual nunca había olvidado—. Desde el mar sentía una presencia divina muy antigua, pero jamás imaginé que se trataba de ti. ¿Qué haces en el fin del mundo, Hêphaistos?

Del agua se reveló parte de una cabeza de serpiente gigante, solo se veían sus ojos negros, tan negros como el cielo austral. Hefesto supo enseguida de quién se trataba. Una nereida, una de las hijas de Nereo, dios ancestral hijo de los titanes Ponto y Gea. Sus hijas eran ninfas monstruosas que habitan en el fondo del mar, ríos, y lagos.

—Lo mismo me pregunto yo, nereida, ¿quién eres, de entre todas las innumerables hijas del anciano? —replicó impasible.

—Oh, veo que no te impresiono así. —La gran serpiente se sumergió casi sin mover el agua. En su lugar, emergió caminando sensualmente hacia él una voluptuosa y bella mujer de cabellos largos y rubios, vestida de algas, que cubrían parte de su piel con escamas iridiscentes—. Aquí me dicen Caicai-Vilú —se presentó, quedando muy cerca de él.

—Eres una nereida bastante poderosa, entonces... Supongo que aquí también te olvidaron —conjeturó Hefesto, conocedor de los mitos y leyendas locales.

La tradición decía que Caicai-Vilú era una gigante serpiente marina que se batió a duelo con la gran serpiente de tierra, llamada Trentren-Vilú. Caicai-Vilú quería eliminar a los hombres por haberla desairado; Trentren-Vilú los defendió, llevándolos a las montañas para protegerlos. Aquella lucha separó a la isla de Chiloé del continente.

Algo tenía de cierto, por lo que veía.

El rostro de Hefesto era casi indiferente, sin evidenciar en lo más mínimo que estaba muy asombrado de encontrarse con un ser divino más antiguo que el mismísimo Zeus, después de cientos de años.

—Los mapuche son unos desagradecidos, incluso olvidaron que soy hembra y no macho —bufó la nereida—. Pero eso es parte del pasado; después de mi derrota, recibí mi última ofrenda y de vez en cuando les recuerdo a los habitantes de este país lo insignificantes que son.

—Veo que todavía hay orgullo en vuestras palabras.

—No todos somos como tú, que prefieres a los humanos. Ellos están para servirnos y no al revés —acusó la nereida con desdén.

—Los tiempos cambian, y por eso los humanos se cansaron de nosotros, relegándonos a esto. No los culpo... de todas formas, debo admitir que ellos son mucho más interesantes.

—Así veo, dios del fuego. —La nereida lo miró de arriba abajo—. No eres tan horrible como decía Afrodita... Eres un dios de lo más apetecible, ¿eres tan ardiente como el fuego de tu forja? —interrogó, poniendo su dedo índice sobre el cuello de Hefesto y, con una provocativa caricia, bajó hasta el pecho.

—De mí se dice mucho, Caicai. —Impidió el avance de la mujer, sujetando su muñeca con gentileza—. De ti también he escuchado sobre tus «hazañas»… ¿No crees que te excediste en castigar a los humanos?

Caicai rio burlona, femenina y seductora.

—Da igual; de todas formas, su sufrimiento no fue tanto. Ya sabes que una historia se deforma cuando va de boca en boca. Yo estaba muy bien exigiendo mis ofrendas, cuando Zeus intervino. Los defendió en un intento ególatra de obtener para sí las ofrendas de los humanos de este lado del mundo. Claro que aquí se hizo llamar Trentren. Imagino que conoces la historia, tu padre fue un real fastidio. El muy infeliz arrogante también se transformó en una serpiente para que nuestra pelea fuera justa —explicó con un tiente sardónico en su voz.

Hefesto alzó sus cejas, eso sí era una sorpresa.

—¿Eso sucedió antes de que él disolviera el Olimpo o después? —interrogó interesado.

—¿Disolver el Olimpo? —preguntó extrañada—. No sabía que tal cosa había sucedido.

—Ser una nereida que vive en el fin del mundo puede que te haya dejado fuera de las últimas noticias del Olimpo —satirizó Hefesto—. Zeus nos liberó, solo volvemos a nuestro hogar una vez cada diez años para conservar la inmortalidad. —Se encogió de hombros—. Eres la primera divinidad con la que me encuentro desde ese entonces.

—¿Y cuándo fue eso?

—Pues… —Hefesto se quedó pensativo y se rascó la barba—. Más o menos, después de la caída del Imperio Romano. No sabría decir en qué año con exactitud.

—Vaya… —La nereida también tenía una expresión desconcertada, pero luego sonrió femenina, sabiendo que sus atributos eran irresistibles—. Bien, fue divertido hablar contigo, Hêphaistos. Creo que ya sabes cómo invocarme, solo di mi nombre tocando estas aguas y vendré a tu encuentro. —Caicai se acercó mucho más, al punto de alinear sus cuerpos, pero separados por escasos milímetros. Sonrió seductora y lasciva, lentamente le rozó los labios con su lengua. Degustó el sabor del dios del fuego, quien tenía una expresión inescrutable y no había movido un solo músculo—. Mmmm, pero qué interesante…

Retrocedió sin dejar de mirar a Hefesto, su cuerpo se volvió líquido, como si fuera una escultura de agua, y se fue hundiendo a medida que era arrastrada por la oscura corriente del Imperial.

De pronto, Hefesto fue consciente del sonido del río, los grillos y de un vehículo que transitaba a lo lejos. Había sido como una especie de sueño. Si no fuera porque todavía sentía la humedad de la saliva de la nereida sobre sus labios.

Se limpió la boca con el dorso de su áspera mano.

Hêphaistos… Ya casi había olvidado cómo era su nombre.

Capítulo IV

—¿Y cómo te está yendo con don Tahiel, *mijita*? —preguntó don Anatolio a su nieta.

Ambos estaban tomando once, una especie de merienda tardía que reemplazaba la cena en aquel país. Era como un desayuno, pero más abundante.

De lejos se escuchaba el sonido del televisor, al cual ninguno de los dos le prestaba real atención.

Millaray sonrió, estaba esperando que él le hiciera esa pregunta. La repetía todos los días mientras comían.

—Hoy le presenté el anillo de compromiso —comenzó a relatar orgullosa, sentía la misma burbujeante emoción vivida hacía unas horas—. Mire, le tomé una foto. —Millaray sacó el celular de su bolsillo, para luego buscar la imagen del anillo terminado. Durante todo el proceso, ella le tomó fotografías para nunca olvidar cómo fue hacer su primer trabajo.

Anatolio recibió el celular y se puso las gafas que tenía eternamente colgadas al cuello y que casi nunca usaba. Enfocó la vista y vio borroso el anillo, pero sabía que era hermoso. Era cosa de ver la carita de ilusión que tenía su chiquilla, ojalá su esposa hubiera estado viva para ver cómo su nieta encontraba su camino. Hasta el último día de su vida, Millaray había sido su gran preocupación.

—Está muy lindo, *mijita* —elogió sincero, haciendo como que estudiaba la imagen—. ¿Y qué le dijo don Tahiel cuando lo vio?

Millaray inspiró emocionada.

—Usted está frente a su nueva aprendiz.

Don Anatolio alzó su vista. No sabía lo que sentía; era una mezcla de asombro, incredulidad y orgullo. Su chiquilla lo había logrado, se sentía culpable por no haber tenido más fe en ella. Un extraño que no la conocía de nada le dio la oportunidad, creyó en Millaray, y ella demostró su talento. Fue como una bofetada que le escocía el alma.

Estaba viejo, también le escocían los ojos. Sacó su pañuelo, secó la humedad de sus ojos y sorbió su nariz.

—Estoy muy contento por *usté*, *mijita* —aseveró con su voz quebrada. Su memoria se fue directo a su hija, la Juani. Millaray le recordaba tanto a ella. Anatolio siempre tuvo miedo de que las historias se repitieran. Lo único que las diferenciaba era el carácter de su nieta, el cual era más estoico, menos rebelde e impulsivo que el de su difunta hija.

—Oh, tata. No se ponga así. —Millaray se levantó de su silla y lo abrazó. Sus lágrimas de emoción mojaron nuevamente su rostro—. Le dije que podía, ¿o no?

—Sí, *usté* tenía razón —admitió Anatolio, feliz de haber estado equivocado. Pero, ¿cómo iba a imaginar que su nieta era medio artista para sus cosas?, ¿cómo se estudia eso en medio del campo? Ser ignorante y pobre, tal vez, había condenado a su nieta hasta ese momento.

Se separaron de ese abrazo lleno de cariño. Millaray secó sus lágrimas con el dorso de su mano y sonrió.

—Ahora voy a trabajar junto con el maestro. Seré su ayudante, incluso me va a pagar un salario y me dio las llaves del taller —Millaray continuó relatando con emoción —. Estoy tan feliz, tata.

—Verte contenta me pone feliz. Ojalá que todo lo que se proponga le resulte bien —deseó Anatolio, dándole palmaditas en las manos a su nieta—. Ya, coma que se le está enfriando el té.

Millaray miró con cariño a su abuelo. Con él, no necesitaba nada más.

*****

Caicai entró al palacio sumergido en lo más profundo del mar Egeo, hogar de su padre, Nereo, señor ancestral de los mares antes de que Poseidón gobernara esos dominios.

—Padre, al fin lo he encontrado —anunció Caicai, haciendo una respetuosa venia a Nereo y luego le dio un suave abrazo.

Nereo entornó sus ojos, sentía un alivio que no experimentaba desde hacía eones.

—¡Oh! ¡Qué buenas noticias me has traído, hija mía! —señaló cuando Caicai se separó de él.

—Tal como sospechábamos, padre, Hêphaistos no sabe nada —le confirmó a su venerable progenitor, que era tan viejo como el mismo mundo, pero su aspecto seguía siendo eternamente joven.

—Mientras sepamos dónde está, será mejor que Hêphaistos siga ignorante de todo. Aún tenemos tiempo —determinó Nereo, pensando en los siguientes pasos que debían dar.

Caicai hizo un gesto de nerviosismo que puso en alerta a Nereo, la miró fijo, conminándola a que hablara.

—A decir verdad… Creo que no tenemos mucho tiempo —reveló—. Puede que sea solo una primera impresión, pero me temo que se está cumpliendo la profecía. Si Zeus se entera antes de que se lleve a cabo… No quiero saber qué es lo que sucederá después.

—Hay que vigilar a Hêphaistos… —decretó, endosándole la misión a Caicai con solo una mirada—. Debes ser cautelosa, y no intervengas a menos que sea estrictamente necesario. Cualquier movimiento sospechoso de nuestra parte, pondrá en sobre aviso a Zeus. La profecía, esta vez, se debe cumplir.

—Sí, padre, confía en mí.

*****

Hefesto tiró la hoja del calendario, el mes de marzo había terminado. Millaray llevaba un mes y medio como aprendiz, ya manejaba a la perfección la confección de anillos, y desde hacía una semana, había comenzado a fabricar pendientes.

Ella era una verdadera esponja, día a día absorbía las enseñanzas de él, aumentando más y más sus conocimientos y habilidades. Tenía una envidiable motricidad fina para llevar a cabo detalles minúsculos y una voluntad inquebrantable ante los desafíos que él le proponía.

El fuego de su forja estaba quieto, Hefesto introdujo las manos al fuego y tomó las brasas como si fueran simples piedras, dejó que el calor penetrara hasta sus huesos. Por sus venas, el icor, su sangre inmortal, borboteaba y su piel comenzó a tornarse dorada a medida que el calor trepaba por sus antebrazos. Le gustaba sentir el calor fluir por todo su cuerpo.

Súbitamente, el fuego cobró vida. Llamas furiosas emergieron desde el corazón de las brasas. Hefesto las soltó como si lo hubieran quemado de verdad. Sacudió de sus palmas las cenizas. La cerradura del portón de hierro del taller hizo un sonido que reverberó en todas partes.

Millaray entraba con su eterna sonrisa en sus labios.

—¡Buenos días, maestro! —saludó con alegría al verlo—. ¿Cómo está? —preguntó, siempre con interés.

«Ahora bien».

—Como siempre, muchacha —respondió Hefesto—. ¿Hambre?

—Mucha —respondió, abriendo sus ojos y alzando sus cejas. Esculcó en su mochila y sacó una bolsa de papel—. Anoche hice un queque, traje unos pedazos para el desayuno.

—¿Qué-que? —interpeló un poco confundido.

Millaray rio, a veces olvidaba que el maestro era extranjero, abrió la bolsa y le mostró su contenido.

—Aaaaah… queque. Olvidé que así le dicen aquí.

—¿Y cómo le dicen en su país?

Hefesto no era de ninguna parte, ni siquiera el Olimpo fue su verdadero hogar. Siempre evitaba ese tipo de conversaciones.

—Lo conozco como bizcocho —respondió lacónico—. Huele bien.

—Le eché ralladura de naranja, mi *güeli*[6] me enseñó —explicó con entusiasmo—. Nunca me queda como a ella —acotó nostálgica, pero natural y distendida.

Oh, pero para Hefesto, Millaray era un libro abierto, él podía interpretar lo que ella le ocultaba cuando dejaba entrever su vida fuera del taller.

Huérfana, criada por sus abuelos, hermanas que triunfaban en sus vidas, y ella… solo intentaba no ser una carga para nadie. El gran problema de Millaray, era que vivía en un mundo en el cual el arte era un privilegio de pocos. El éxito se medía en estudios superiores, trabajos bien remunerados, tener lujos y bienes materiales.

Él veía a una mujer que era feliz al descubrir que no era tonta, sino que sus habilidades estaban lejos de las matemáticas avanzadas, de analizar la literatura o de comprender la ciencia, sin haber puesto en práctica toda esa teoría compleja.

6 *Deformación y diminutivo de la palabra abuelita.*

Era una mujer brillante, pero solo aprendía haciendo las cosas. Si hubiera sido una diosa, la habrían venerado en el mismo templo que a él.

—Maestro, ¿está bien? —preguntó Millaray, preocupada.

Hefesto parpadeó, se había distraído.

—Sí, muchacha. Vamos a comer —invitó como cada día.

Diez minutos después, Millaray tenía una ancha sonrisa de satisfacción. Don Tahiel estaba devorando los trozos de queque que ella había llevado. Vaya apetito que tenía.

Lo observaba fascinada, llevaba varias semanas compartiendo con él, y su admiración solo aumentaba. Era absurdo, lo sabía, apenas se conocían, no había instancias para hablar más allá de lo estrictamente profesional. Pero él reflejaba su personalidad de muchas formas, y ella sentía que él la iba a marcar de por vida. No solo por el hecho de que le estaba transmitiendo sus conocimientos, sino porque se sentía atraída hacia él, de un modo que jamás había experimentado.

Ella había tenido unos cuantos noviazgos cortos. Al principio era todo bonito, la atracción, la pasión, y luego, nada.

Con algunos, el cariño se esfumaba o se transformaba en algo que a ella le asustaba, huía cuando la presionaban, cuando le decían tonta o empezaban a insultarla.

Con otros, solamente, no había nada en común, el interés disminuía. Preferían cortar por lo sano y terminar la relación, al notar que ella no quería ser dueña de casa, ni tampoco aspiraba a ser profesional de alguna ingeniería, ni pretendía salir de ese pueblo que no ofrecía nada. Millaray no los culpaba, ella era la que estaba a la deriva, buscándose, intentando hallar su lugar.

En ese taller había descubierto que esa era su vida. Era una persona completa, disfrutaba de aprender, de crear, de trabajar, de recibir una retribución por su arte, saber que, si se lo proponía, podría alcanzar su objetivo.

Y todo era gracias a ese hombre, que no le pedía nada a cambio, salvo aprender lo que él enseñaba.

Por eso lo admiraba, él la respetaba. El cariño que sentía hacia su maestro aumentaba día a día. Sí, se sentía atraída físicamente a él, le gustaba cómo era. Pero ella sabía que no era solo eso, que era algo más profundo y poderoso.

Sin embargo, no se ilusionaba, el maestro estaba casado con su oficio, nunca había enviado alguna señal que le indicara que él sentía algo por ella.

Era un imposible, porque ella no echaría a perder todo. Tenía miedo a ser como su mamá. Nadie lo sabía, pero ella había leído su última carta cuando era apenas una chiquilla, la encontró de puro curiosa en una caja de recuerdos de sus abuelos. Su madre se había enamorado de un hombre casado, uno que optó por su esposa en vez de continuar su relación con Juani.

Su madre no lo soportó, ni siquiera sus hijas fueron motivo suficiente para seguir viviendo.

Millaray no sabía si ese hombre era su padre, o si también era el padre de sus hermanas. No se acordaba de su madre, el único recuerdo que tenía de ella, era esa carta final, escrita con tinta verde, llena de frases tachadas y manchones que decoraban, con profunda tristeza, la redondeada caligrafía de ella.

Ese único recuerdo era el que la llenaba de miedo, ser como su mamá, amar hasta perder la razón y no ser correspondida. Ser usada en cuerpo y alma, para luego, ser desechada.

Prefería silenciar ese sentimiento, admirarlo en secreto y, si tenía suerte, con el tiempo, ese amor se iba a templar como el acero, hasta enfriarse.

—Maestro, tiene migas en la barba —advirtió Millaray, intentando no reír. Hefesto, de inmediato se pasó las manos por el rostro para sacudirlas.

—Tendré que recortarla —murmuró.

—Espere, le queda una… —Millaray se inclinó hacia adelante y retiró una miga rebelde. Hefesto se quedó quieto, Millaray lo desarmaba con ese tipo de acciones, el toque leve de sus dedos era como una caricia—. Listo.

—Gracias —susurró—. Hoy tendremos una visita especial en el taller —anunció para cambiar de tema.

—¿En serio? —preguntó entusiasmada. Si no era por herraduras, pocas veces los clientes visitaban el taller. Los trabajos eran solicitados por correo electrónico o teléfono, y luego, los productos eran enviados por encomienda o don Tahiel viajaba a Temuco para hacer las entregas.

Antes, como todo el mundo, Millaray pensaba que el maestro casi no trabajaba, pero aquello estaba muy lejos de la realidad. El trabajo del maestro era muy bien cotizado y bien pagado, pero él no se vanagloriaba de ello.

—Sí… ya verás, muchacha —afirmó Hefesto, esbozando una sonrisa maliciosa.

Millaray parpadeó, quedó atontada. Por dentro estaba derretida con ese gesto.

Hefesto se levantó de la silla, retiró las tazas de la mesa y las lavó. Millaray, por inercia, guardó el resto y limpió la mesa.

*****

Justo a las dos de la tarde, alguien golpeaba el portón del taller. Hefesto dejó de lado su trabajo y fue a abrirla. Millaray, desde su mesa de trabajo, observaba atenta y con curiosidad.

Tras unos segundos, una pareja entró al taller; un hombre y una mujer, quienes, guiados por el maestro, llegaron al frente de su mesa de trabajo.

—Y aquí les presento a Millaray Colina, la orfebre que creó vuestro anillo de compromiso —presentó Hefesto con orgullo. Millaray, atónita, se puso de pie—. Millaray, te presento al señor Ignacio Torres y su prometida Sara Muñoz. Ignacio trabaja en el Museo Histórico Nacional.

Millaray extendió su mano y ambos la saludaron de ese modo. Enseguida, notó que Sara lucía el anillo de compromiso que ella había hecho.

—Es un enorme gusto conocerte, Millaray —dijo Sara, emocionada—. El anillo que creaste es maravilloso, un sueño hecho realidad.

—Gracias —murmuró Millaray, todavía impactada por la situación.

—Fue un trabajo extraordinario —halagó Ignacio—. Estamos visitando a unos familiares en Temuco. Así que aprovechamos el viaje y me comuniqué con Tahiel para venir a hacer el encargo de nuestros anillos de matrimonio. Nos gustaría mucho que combinen con el diseño del anillo de compromiso.

Millaray miró de soslayo a Hefesto, quien solo asintió en silencio.

—Bueno, será todo un placer trabajar nuevamente para ustedes —logró articular Millaray—. Voy a necesitar la medida del dedo del novio, entonces.

—Perfecto —celebró Ignacio, entusiasmado.

—Millaray hará un par de diseños y te los enviaré por correo, Ignacio —intervino Hefesto.

—Estupendo, ya queremos ver qué es lo que haces para nosotros.

—Por favor, pasemos a la sala de estar para que veamos el proyecto que quieren para el museo —invitó Hefesto, conminando a la pareja a que lo siguieran a la puerta que conectaba el taller con la casa.

Al cabo de un momento, Millaray se quedó sola, todavía procesando lo ocurrido. Había hecho el anillo para una persona, no era un simple ejercicio teórico. Se sentía contrariada... ¿Por qué él...?

—Muchacha —la llamó de pronto Hefesto a sus espaldas, logrando que ella diera un respingo—. Lo siento, no quise asustarte.

—El proyecto del anillo era para un cliente real —acusó Millaray dando media vuelta, sus ojos evidenciaban que estaba dolida y molesta—. ¿Por qué me lo ocultó?

—No era necesaria esa presión para vuestro primer trabajo, muchacha —explicó Hefesto, impertérrito. Se acercó a ella casi invadiendo su espacio personal—. Quería que me dieras lo mejor de ti, sin pensar en que había un cliente involucrado.

—¿Y si hubiera fallado, maestro?

—No lo hiciste, y te ganaste tu lugar... No pienses en lo que pudo suceder. Quédate con que sorteaste con éxito vuestro primer trabajo, dejaste contento a un cliente, el cual volvió por más y te recomendará. Así te harás una reputación en este medio...

«Porque no estaré para siempre», pensó, y aquello le produjo un dolor que él no imaginó sentir en su pecho.

Se miraron a los ojos y un silencio denso se instaló entre ellos. Millaray bajó la vista y asintió.

—Lo siento, maestro... yo... No sé si fue correcto lo que hizo, pero no vuelva a hacerlo, por favor. —Hizo un gesto de querer decir algo, pero, finalmente, se arrepintió.

Hefesto se sintió de lo peor. Se justificaba a sí mismo con que no conocía las aptitudes de ella en un principio, y que por ello no le reveló la verdad. Pero ahora, conociendo cómo era Millaray, la había insultado, no era mejor que los que la tildaban de tonta. Estaba muy arrepentido por su actuar. No hallaba cómo resarcir su error.

—Debí decírtelo… —admitió—. Lo siento, Millaray —dijo de corazón. En la vida de un dios, pocas veces se pedía perdón.

Otra vez silencio.

—No se preocupe, maestro —aceptó Millaray las sinceras disculpas y alzó la vista—. De todas formas, fue lindo ver una vez más el anillo. La señorita Sara se veía muy feliz. Muchas gracias.

—Quería que sintieras orgullo, que vieras lo que logra vuestro trabajo en los demás —aseveró, intentando contener el impulso de atraerla hacia él y consolarla. Sabía que todavía estaba dolida.

Súbitamente, el fuego de la fragua se convirtió en una conflagración violenta de llamaradas y chispas que casi tocan el techo.

Ambos miraron hacia la fragua.

—¿Es normal que eso suceda, maestro? —preguntó Millaray un poco nerviosa. El fuego la sacó de cuajo de su perturbado estado emocional. El maestro la había atraído hacia él con brusquedad, tenía el rostro pegado a su pecho.

—A veces —mintió Hefesto con descaro, soltando con lentitud a Millaray—. Lo siento… no quería que te llegara una chispa —se excusó, su tono de voz no era el mismo de siempre.

—Sí, no se preocupe, entiendo.

—Bien, iré a reunirme con Ignacio y Sara. Continúa con lo que estabas haciendo. En cuanto ellos se vayan, vuestra prioridad será diseñar los anillos de matrimonio —indicó.

Millaray asintió. Hefesto la miró una última vez antes de ir a la sala de estar.

Necesitaba hacer algo, la tenía que compensar por su error.

Capítulo V

¿Cómo compensar a Millaray?

Esa era la pregunta que se hacía Hefesto, sin cesar, las últimas semanas. No podía quitarse de la cabeza los ojos de ella, reflejando su decepción por ser subestimada. El dios no sabía cómo lidiar con el sentimiento de culpa, necesitaba aplacarlo de algún modo, resarcir su error.

Pero ella era un misterio. Millaray era una mujer que se conformaba con cosas sencillas. Su objetivo final solo era para darle bienestar a su abuelo, no buscaba fama, dinero a raudales o lujos.

¿Qué se le podía dar a una mujer así? Él quería darle algo grande, tan grande como para convencerla de que jamás volvería a tratarla de ese modo. Ansiaba recuperar su confianza. Era muy fácil herir a los humanos, bastaba con cometer un error, y todo se iba por el despeñadero de la ruina.

El otoño ya estaba entrando con fuerza a finales de abril, los días ya eran fríos y el cielo estaba permanentemente cubierto de nubes, así iba a ser hasta octubre. El taller era un lugar cálido y cómodo para trabajar, sin embargo, él estaba inquieto.

La observaba cuando ella trabajaba arduamente, intentando comprenderla. ¿Cómo podía hacerla feliz? Hefesto se paralizó con aquel pensamiento, pero su corazón comenzó a bombear frenético, sentía en sus venas el fuego de la lava densa e incandescente. La tierra comenzó a vibrar bajo sus pies, un remezón, el sonido de las herramientas golpeteando las superficies, las lámparas colgantes que se balanceaban levemente. El fuego de la forja se avivó en lenguas vigorosas que pugnaban por salir de control.

Millaray alzó su cabeza, se quedó quieta, esperando.

—Está temblando —advirtió lo obvio, mirando el techo, como si estuviera dilucidando si valía la pena levantarse o no.

Diez segundos después, el movimiento cesó.

—Creo que fue un grado tres o cuatro en la escala de Richter —pronosticó Millaray imperturbable, y siguió con su trabajo—. Fue suavecito —agregó concentrada.

Primero, Hefesto la miró desconcertado.

Luego, rio. Olvidaba que la mayoría de los habitantes de ese país reaccionaban de esa misma manera ante un temblor. Solo se tomaban la molestia de interrumpir sus ocupaciones, si el movimiento lograba botar objetos de los muebles, de lo contrario, solo esperaban sentados a que pasara y después comenzaban a adivinar de cuántos grados había sido el movimiento telúrico. A través de su historia, habían pasado por tantos terremotos, que era como si tuvieran un sismógrafo conectado a las venas; solían acertar con mucha precisión la magnitud.

Millaray se sorprendió al escuchar la risa de su maestro y alzó la vista. Era un sonido profundo, grave, y alegre; era precioso. Era la primera vez que lo veía reír de esa forma, su rostro cambiaba tanto, mostraba todos sus dientes, sus ojos se entrecerraban y se formaban adorables patas de gallo, sus mejillas se elevaban, sus cejas se alzaban y arqueaban con cierta inocencia. Era un espectáculo hermoso.

No fue capaz de reprimir un suspiro.

Menos mal que su maestro estaba distraído en calmar sus carcajadas. Le dio tiempo para recomponerse y disimular su fascinación.

—Muchacha… —llamó Hefesto al cabo de un rato, la risa le había hecho tomar una decisión—. Deja eso ahí. Vamos a Temuco a comprar el material para el trabajo que me encargó la gente del museo. Acabaron de dar el visto bueno para que comencemos.

Millaray asintió con una sonrisa. Pocas veces salía de Carahue, por lo que obedeció; dejó su mesa ordenada y tomó su mochila. Llamó a su abuelo para avisarle que saldría de la ciudad y para preguntarle si necesitaba encargar algo. Don Anatolio solo le pidió que se cuidara.

Salieron del taller, Hefesto cerró con llave el portón.

—Vamos a la camioneta —señaló lacónico, duro, como siempre. Millaray ya sabía que ese era su tono natural, no estaba enojado, simplemente, su voz era así.

—¿Tiene camioneta? —preguntó inocente y sorprendida, el maestro jamás hablaba de lo que tenía.

—Esa. —Apuntó una camioneta doble cabina de color verde. Estaba sucia y vieja, parecía que llevaba estacionada una década en el mismo lugar, a unos veinte metros de distancia de la casa del maestro.

—¿Por qué no la estaciona frente al taller? —cuestionó con curiosidad, mientras caminaban en dirección al vehículo.

—Un día salí y me ocuparon el lugar. Luego me dio pereza cambiarla de sitio. No le pasará nada, es imposible que la abran —explicó, andando con su bastón.

Y era verdad, era imposible que se la robaran. Siendo un dios, tenía métodos para proteger su propiedad de los amigos de lo ajeno. Esbozó una sonrisa, recordó la treta que le jugó a Hera, atándola a su trono con cadenas que solo él podía ver.

La diversión solo le duró hasta que lo emborracharon y lo llevaron ante Zeus. Después de ello, cometió el peor error de su vida, negociando la liberación de su madre a cambio de que Afrodita fuera su esposa...

Su sonrisa se esfumó. Gruñó molesto consigo mismo.

Antes de abrir la camioneta, Hefesto tocó la puerta con su palma. El sonido de los seguros indicó que las puertas se podían abrir.

Ambos subieron y partieron a Temuco.

*****

Millaray estuvo callada todo el trayecto. Al interior de la cabina solo sonaba la música de la estación radial de carabineros; buena música, información del tráfico y estado de las carreteras. Hefesto la miraba de soslayo cada cierto rato con un poco de preocupación por su inusual mutismo. Conducir no era algo que disfrutaba en particular, pero se obligaba a hacerlo cuando era necesario. Por lo tanto, a falta de costumbre, estaba más concentrado en el camino, que en entablar alguna conversación trivial para entretener a Millaray.

Media hora después, estaban entrando a la ciudad. Hefesto se estacionó al frente de una barraca de acero. Al mirar a su aprendiz, notó que tenía el rostro ceniciento, todo un prodigio, tomando en cuenta el tono moreno de la piel de Millaray.

—¿Estás bien, muchacha? —preguntó consternado.

—Más o menos… —Se quitó el cinturón de seguridad y emitió un quejido—. Solo necesito… —Millaray no pudo continuar, estrepitosamente, abrió la puerta de la camioneta y vomitó.

—¡Millaray, dioses! —exclamó, casi lanzándose sobre ella para que no cayera a causa de sus espasmos involuntarios—. Ya, ya… tranquila, no te preocupes —susurró, sujetándola con delicadeza por la cintura.

Millaray expulsó todo el contenido de su estómago, llegando a un punto en que ya estaba completamente vacío. Se incorporó tosiendo y se limpió la boca con el dorso de la mano.

—Es evidente que no te sientes bien, vamos a un hospital para que te atiendan —decretó Hefesto, poniendo la llave en el contacto.

—No, maestro… Andar en auto o bus me marea. Un rato al aire libre me ayudará a reponerme —se apresuró a explicar Millaray con su voz enferma.

—¿Segura? —interrogó, tocándole la frente, estaba fría.

—Sí, no se preocupe.

—Está bien —accedió, dando una especie de gruñido—. Vamos.

Entraron en la barraca, compraron acero, soldaduras, tornillos, pernos y un sinfín de insumos que eran necesarios para el encargo del museo. Hefesto prefería comprar él mismo sus materiales en vez de encargarlos por teléfono o internet. Era bueno moverse de vez en cuando y no estar siempre en el taller, abastecerse de materiales siempre era un buen motivo para salir.

Aunque ahora estaba un poco arrepentido. Millaray pretendía actuar natural, pero su cara decía otra cosa. ¡¿Cómo iba a adivinar que la pobre se enfermaba cuando se subía a un vehículo?! Esperaba que ella, pese a su estado, aprendiera de todo lo que le explicaba; la calidad del acero, sus diversas composiciones, cuándo y cuánto comprar. Todo ello era importante a la hora de llevar el negocio. El tiempo estaba transcurriendo demasiado rápido para él, sentía que se le desvanecía y faltaba tanto por enseñarle a Millaray.

Por algún absurdo motivo, sentía que le iba a faltar vida.

—Maestro —dijo Millaray cuando salieron de la barraca—. ¿Le puedo invitar el almuerzo?

Hefesto arqueó sus cejas, ¿cómo se las arreglaba esa mujer para sorprenderlo?

«Acepta, no la insultes, dios idiota», se recordó mentalmente.

—Si te sientes en condiciones para comer, entonces acepto vuestra invitación.

Millaray le regaló una brillante sonrisa, que por instantes le hizo olvidar a Hefesto que ella estaba un poco enferma.

—¡Ya! Usted elija el lugar y yo lo invito —propuso Millaray con entusiasmo.

Carahue se ubicaba a unos veinte kilómetros de Temuco, pero ella conocía muy poco la ciudad, y menos dónde estaban los restaurantes, confiaba en que su maestro supiera dónde había algún lugar decente.

Hefesto se aclaró la garganta.

—No sabría decir dónde… Nunca he comido aquí —admitió, rascándose la barba, evidenciando su incomodidad.

«Un dios que no sabe dónde sirven buena comida… En este momento quisiera ser un poco como Dionisio, él sí sabría dónde está el alcohol, las fiestas, la comida, e incluso, las mujeres», pensó.

—Oh… —Su voz se deshizo—. Bueno, supongo que si vamos a la Plaza de Armas, encontraremos algún lugar.

—Tendrás que subirte de nuevo a la camioneta —advirtió Hefesto.

—Los trayectos cortos no me afectan —aseguró Millaray con desenfado.

—Vamos, entonces.

Cinco minutos después, dejaban la camioneta en un estacionamiento. Millaray le preguntó al guardia del lugar si conocía algún local para almorzar y le recomendó el «Club Temuco» y le dio las indicaciones para llegar.

Millaray esperaba que, al menos, el lugar no fuera un fiasco. No tenía experiencia previa de restaurantes, pero mientras fuera mejor que un carrito de comida rápida, se daría por pagada.

Llegaron al Club Temuco, que estaba a una cuadra del estacionamiento. Todavía era temprano para el almuerzo, pero ya estaba comenzando el servicio, eran las doce y media, la gente solía salir a comer después de la una de la tarde.

La carta del lugar era de comida casera, lo cual fue un alivio para Millaray, no estaba de humor —ni estómago— para lidiar con platos exóticos. Ambos pidieron el menú del día; entrada de crema de zapallo, jugo de chirimoya para beber, el plato de fondo era suprema de pollo acompañado con papas rústicas, y el postre era macedonia de frutas.

No era un restaurante elegante, pero tenía historia, era lindo y acogedor. Millaray estaba contenta de haber podido invitar a su maestro a comer. Era cálido y raro estar en esa instancia, era algo parecido a una cita.

«Pero, obvio que no lo es, Millaray», pensó ella.

Tras un dilatado silencio, mientras esperaban el plato de entrada, Millaray decidió que era una buena oportunidad para saber más acerca del hombre que la estaba instruyendo. Él no hablaba nada del pasado y eso era extraño; en su casa no había fotografías familiares, ni nada que señalara de dónde venía, salvo los libros en otros idiomas, pero eso no era indicativo de nada.

—¿Y dónde aprendió herrería, maestro? —preguntó Millaray al fin.

Hefesto estaba a punto de beber un poco de jugo. Su hermosa e inocente aprendiz ya se había demorado en hacer las preguntas de rigor. Dejó el vaso sobre la mesa, era la hora de enfrentar el interrogatorio. Una vez más.

No obstante, esta vez, de corazón, quería contestar con la verdad, pero le era imposible. Se sentía con un gran conflicto interior; una cosa era decir la verdad, y otra muy diferente, era que ella la soportara.

En el mejor de los casos, ella no iba a creerle, lo tacharía de lunático sicópata y se alejaría de él, para siempre.

En el peor, Millaray se volvería loca —literalmente— si confirmaba que él era un dios. Era imposible asimilar para un humano que él ostentaba poderes, que el fuego no hacía mella en su piel, que su cuerpo tenía una fuerza sobrehumana y que no conocía el cansancio de la vejez, que, incluso, ya había perdido la cuenta de cuántos años había vivido.

En aquellos años, cuando las antiguas civilizaciones creían en los dioses y eran venerados, era bien sabido que un humano podía perder la razón al ver a un dios ejerciendo su poder. Ahora que eran mera mitología, tal vez sería peor.

Él no deseaba destruirla, su valor para él era inestimable.

—Aquí, allá —contestó evasivo, muy a su pesar, mintiendo—. He aprendido en muchos países, es un arte muy amplio, cada lugar tiene diversas técnicas —explicó mecánicamente.

—Ha viajado mucho, ¿no? —continuó Millaray con su cuestionario.

—Sí, lo hago constantemente —respondió sincero, pero restándole importancia al asunto, no le gustaba jactarse de ello, a pesar de que podía describir cada lugar en el que había estado.

—Constantemente —susurró. Una ominosa sensación se cernió en su pecho, ¿por qué se sentía así, tan triste? Como si él la fuera a abandonar en ese instante—. Pero usted lleva varios años aquí. ¿Piensa quedarse? —preguntó Millaray, esperanzada.

Hefesto no podía decir que estaba diez años en un lugar y viajaba a otro, su aspecto solo podía indicar que pasaba un año o dos. Su tiempo en ese país tenía los días contados, pero cada día que pasaba, se le hacía más difícil acostumbrarse a esa idea. Sentía que algo poderoso le hacía arraigarse en esa apacible vida, que podría estar cada día de su vida enseñándole a Millaray.

Pero la vida de ella sería apenas un suspiro en comparación con la de él, tan efímera, que dolía.

Si se quedaba, ¿cómo explicaría su eterna apariencia ante el irreversible e inexorable envejecimiento de ella? Y no solo eso, Millaray, a la larga, encontraría un esposo, formaría una familia y, ante esa visión, a Hefesto lo golpeaba una oleada furiosa de celos.

No podía permitir aquello, él cumpliría con su cometido, si lo aplazaba más, corría el riesgo de hacer un daño irreparable, y su aprendiz no merecía aquello.

La apreciaba demasiado para herirla, siempre la protegería, incluso de él mismo, si era necesario.

—Me marcharé a finales de año —confesó con aparente serenidad. Pero, por dentro, su corazón se apagaba.

Eso fue todo para Millaray. Sus ansias por respuestas cesaron, y fueron reemplazadas por el más profundo vacío en su pecho.

—¿No se puede quedar un tiempo más? —preguntó como un último intento que sabía que era vano. Ella no era nadie para el maestro, salvo su aprendiz.

—No, muchacha. Por eso te estoy exigiendo al máximo —respondió—. Tengo que enseñarte todo lo que pueda, y lo estás haciendo muy bien. Debo decir que eres una de mis aprendices más brillantes —elogió con honestidad—. Y a propósito de ello, Ignacio y Sara ya tienen sus alianzas de matrimonio, te enviaron sus felicitaciones, quedaron maravillados con vuestro trabajo. Te recomendaron a todos sus conocidos —comentó, desviando el tema de conversación.

—¿En serio, maestro? ¡Qué buena noticia! —exclamó Millaray con una sonrisa que brillaba a pura fuerza de voluntad, la cual flaqueaba con el paso de los segundos.

—Es más, esta mañana me contactó un hombre. Su nombre es Jorge Pizarro, encargó un colgante muy especial como regalo de aniversario para su esposa. Pero me pidieron que lo hicieras tú, te estás ganando una reputación, muchacha, así es cómo llegan los clientes.

—Muchas gracias por todo, maestro —agradeció Millaray, sintiendo que ya no podía soportarlo más, sus ojos se llenaron de lágrimas—. Disculpe, es la emoción —mintió, al tiempo que se secaba con una servilleta. Sí, sentía felicidad por sus logros, pero el dolor inenarrable que sentía en el pecho era más fuerte que ella—. Me faltará vida para agradecer todo lo que está haciendo por mí. Jamás lo habría logrado sola.

—Estás destinada a cosas grandes —afirmó Hefesto con orgullo—. No te preocupes, me iré, pero no perderemos la comunicación —intentó consolar a Millaray.

—Si es que algún día cambia ese computador de la edad de piedra —bromeó entre lágrimas.

—Prometo que tendré algo mejor —aseguró.

Millaray volvió a sonreír, pero sabía que esa promesa, su maestro, no la iba a cumplir.

*****

Después del almuerzo, Hefesto decidió que irían a comprar oro, plata, piedras preciosas y semipreciosas, con el único fin de dejar pasar algunas horas antes de que Millaray volviera a viajar.

Antes de partir de Temuco, él compró una almohada de viaje en una tienda y le aconsejó que intentara dormir. Condujo a una velocidad moderada y puso una suave música clásica para relajarla.

Afortunadamente, tras cinco minutos de trayecto, ella cayó en los brazos de Morfeo. Hefesto esbozó una sonrisa al pensar en ese refrán.

Eran las seis de la tarde cuando Hefesto estacionó frente a la casa de Millaray, quien dormía profundamente. El crepúsculo había muerto; a esas alturas del año, los días estaban siendo más cortos y ya titilaban las primeras estrellas en el lento degradé del firmamento.

Estaba cansado, demasiadas sensaciones en su corazón lo tenían agotado. Detuvo el motor y esperó a que ella despertara al no sentir el sonido.

Pero nada de eso sucedió.

Hefesto la observó descansar, se dio el lujo de admirarla, la belleza exótica de sus facciones fuertes y definidas, las largas pestañas negras formaban un verdadero abanico sobre sus pómulos. Estiró sus dedos para acariciar su rostro… tan solo una vez, para recordar para siempre cómo se sentía su toque inmortal sobre la frágil piel mortal.

Con extrema sutileza, arrastró la yema de su dedo índice sobre su mejilla. Era suave, tibia… preciosa. Ahora ella era inmortal para él.

—Llegamos —susurró Hefesto, tragando saliva.

Millaray parpadeó lento y se estiró todo lo que pudo. El sonido de satisfacción que emitió fue un verdadero tormento para Hefesto, estaba perdiendo el control, todo en ella era tentación.

—¿Tan rápido? —preguntó con la voz somnolienta.

Hefesto no contestó, miró al frente, don Anatolio salía de la modesta casa para recibir a su nieta. Su andar era más lento de lo que recordaba, y su cabello estaba todo blanco. ¿En qué momento había envejecido ese hombre? Diez años no pasaban en vano y no lo había notado antes, calculaba que el abuelo de Millaray estaba sobre los sesenta años.

¿Por qué no lo había notado? Porque no le importaba.

Pero ahora sí, porque ese hombre era parte del mundo de ella.

—Gracias por venir a dejarme, maestro. Nos vemos mañana —se despidió Millaray; quiso darle un beso en la mejilla, pero no se atrevió a cruzar el límite del respeto que sentía hacia él. Ella, a diferencia de lo que dictaban las costumbres, no solía besar a nadie que no fuera de su familia, o pareja. En cambio, le dio un tímido abrazo y le dio unas palmaditas en la espalda.

—Es lo mínimo… Ve, descansa —ordenó.

—Buenas noches, maestro —deseó Millaray y bajó del vehículo.

Hefesto le hizo un gesto de despedida a Anatolio, al tiempo que él respondía junto con Millaray.

Necesitaba tranquilizarse. Sin pensarlo dos veces, pasó de largo el taller, condujo hacia el oeste, más allá de los límites de Carahue, hasta llegar a Puerto Saavedra.

Media hora después, la costa se revelaba majestuosa. Caminó sobre la pedregosa playa que besaba las olas del Océano Pacífico y se llenó los pulmones con el aroma salino del mar.

Pero ya no era suficiente. Necesitaba arrancarse del alma ese anhelo.

Sin más, se metió a las gélidas aguas sureñas, avanzó hasta que la marea lo cubrió hasta la cintura y se sumergió. Nadó en medio de la oscuridad, hasta llegar a un punto en que se encontró cobijado por la tranquilizadora ingravidez del océano.

Se quedó ahí, entornó los ojos, podía estar días sin necesidad de respirar bajo el agua. Recordó con cariño a la generosa titánide Tetys, quien le enseñó a buscar dentro de sí mismo el poder para que el agua no fuera su enemigo.

Ahora, sentía algo de paz. Las frías aguas de la corriente de Humboldt lograban amainar su tormentoso estado emocional.

Caicai lo observó desde su escondite, impactada por el fascinante espectáculo que estaba dando el dios del fuego. Al parecer, él no se daba cuenta de lo que estaba pasando a su alrededor.

Todo su cuerpo emitía un fulgor dorado, flamas que no se extinguían y que atraían incontables animales a su alrededor. Era como si ese poder los llamara y estuvieran atentos a su mandato. El fuego no les hacía daño, danzaban lento entre las llamas.

¿Por qué Hefesto ostentaba ese poder?

Dominaba los poderes del fuego, pero también de la tierra, y ahora, era testigo de su poder sobre el agua...

Caicai se había preocupado por él, sintió su dolor vibrando en el agua, clamando por tranquilidad. Se quedó quieta, se había prometido que solo intervendría si la vida de él peligraba y eso todavía no sucedía.

Si en algún momento cuestionó la veracidad de la profecía de Urano —aun escuchándola de los propios labios del titán—, ahora ya no tenía ninguna duda. Era real, su padre, Nereo, tenía razón en todo. Solo era cuestión de tiempo.

Capítulo VI

Los meses transcurrieron, y el otoño, en todo su esplendor, desnudó los árboles, trayendo consigo la antesala del invierno. Millaray trabajaba codo a codo con Hefesto sin desfallecer, quien, a menudo, se encontraba mirándola fijo mientras ella, concentrada, engarzaba piedras preciosas en anillos, pendientes y pulseras, conformando diseños únicos que empezaron a ganar popularidad. Cada pieza era especial, tenía tanta alma y amor que casi daba pena tener que entregarla a los clientes que las encargaban.

No, no se cansaba de contemplarla.

Las sonrisas que ella le daba, el afán con el cual se entregaba al oficio, la absoluta admiración que le demostraba cuando él terminaba una espada o una armadura.

Los desayunos que devoraba cada mañana.

Esa cotidianeidad que comenzó a experimentar y que lo enraizaba a esa apacible vida, al punto de contener su influencia en la naturaleza. Ahora que él lo veía en retrospectiva, ese verano no hubo incendios forestales espontáneos y la tierra se mantuvo quieta, liberando descargas telúricas suaves y naturales. En cambio, el fuego de su fragua se estaba convirtiendo en un ser con vida propia; chispas crepitantes eran expulsadas de entre las doradas lenguas de fuego que siempre anunciaban la presencia de Millaray cuando se hallaba cerca.

Hefesto no sabía qué hacer, jamás había atravesado por una situación así. Estaba consciente de que sentía una poderosa atracción física hacia la mujer, la cual mantenía a raya a pura fuerza de voluntad. Pero había algo más que lo arrastraba y lo cautivaba, como si quisiera atarse a Millaray de una forma que apenas comprendía.

Ese día, a finales del otoño, las oscuras nubes anunciaban la lluvia por cuarto día consecutivo, algo habitual en esa zona del país. Hacía frío y, aquella mañana, el fuego de la fragua se mantuvo quieto, a la espera.

Los minutos pasaron lentos e inexorables, y Hefesto supo que Millaray no llegaría al taller ese día. No quiso llamarla, con ella nunca hubo razón de hacerlo, siempre era puntual, y si ella necesitaba cualquier cosa, tenía la suficiente confianza para decírsela de frente. Su inusual retraso se debía a algo serio.

A las diez de la mañana, y sin cuestionárselo demasiado, Hefesto tomó un abrigo, su bastón y un paraguas por si las dudas. Salió del taller, enfilando sus pasos hacia la casa donde vivía Millaray con su abuelo.

No tardó mucho en su trayecto, en quince minutos de caminata, él ya estaba frente a la puerta de la vivienda. A la luz del día era más notoria su precariedad, era una casa vieja de ladrillos desnudos, la techumbre estaba en mal estado y estaba llena de arreglos temporales. Ese sentimiento bestial de querer protegerla le atenazó el corazón; inspiró hondo para controlarse, golpeó firme la puerta de madera y esperó.

Y esperó…

Y esperó…

Los queltehues comenzaron a graznar, surcando el cielo a lo lejos, anunciando que la lluvia pronto iba a caer. El vaho caliente era expulsado por su nariz que estaba fría.

Alzó su mano para insistir, pero la puerta al fin se abrió, revelando a Millaray envuelta en un pijama rosado de polar. Sus cabellos negros eran una verdadera maraña, similar a la de Medusa; sus ojos castaños y vidriosos evidenciaban un cansancio supremo; su hermoso semblante estaba completamente encendido.

—¡Maestro! —exclamó Millaray con debilidad. Desvió la mirada hacia el reloj mural y sus ojos se abrieron más al ver la hora—. Lo siento, me quedé dormida. Anoche no me sentí bien —explicó consternada. Apenas había podido levantarse, sentía el cuerpo adolorido, como si la hubieran atropellado veinte trenes.

Hefesto, sin decir palabra alguna, le tocó la frente a Millaray. Fiebre… alta… muy alta. Ella estaba enferma, ¡dioses!, ¡¿cómo no se dio cuenta?! El día anterior se le notaba un poco resfriada y de-caída, pero ella insistió en restarle importancia.

¡Dioses! ¡Maldita sea, debió enviarla a casa!

—Estás hirviendo. ¿Vuestro abuelo, muchacha?

—Fue a trabajar —respondió Millaray, al tiempo que él abría más la puerta para traspasar el umbral. Ella retrocedió un paso.

—Ve a la cama a descansar. Te prepararé algo de comer —or-denó severo—. ¿No has visto al doctor?

—No se moleste, maestro, yo…

Hefesto la miró de un modo que no aceptaba ninguna réplica por parte de ella. Él había dado una orden, una que Millaray no deseaba desobedecer, porque se sentía pésimo y debía admitir que no tenía ganas de dar una respuesta rebelde…

En realidad, no tenía ganas de nada…

Bueno, tal vez sí, tendría algo de estómago para comer los ricos desayunos que don Tahiel le cocinaba.

—Gracias, maestro —dijo en cambio. Dio media vuelta, avan-zó un paso hacia su dormitorio, el mundo giró con brusquedad y sintió que caía al vacío.

—¡Dioses! ¡Millaray!

*****

Millaray abrió los ojos, sentía que todo andaba en cámara lenta, flotaba. Estaba entre los fuertes y duros brazos de don Ta-hiel. Podía sentir el aroma varonil que inhalaba con cada respira-ción. Podía escuchar el latido fuerte y vigoroso del corazón de él. Percibía la caricia del calor que emanaba el pecho de él.

Esbozó una sonrisa casi imperceptible, se sentía tan bien que olvidaba lo enferma que estaba. Sabía que junto a don Tahiel nada malo iba a suceder.

Entornó sus ojos. Quería dormir.

*****

Hefesto la acostó en su cama con cuidado. Millaray se acu-rrucó como si fuera una niña. Temblaba. Él podía escuchar cómo los huesos vibraban en ella. El sudor de la frente femenina pego-teaba los largos cabellos negros a la piel.

Se veía tan frágil, tan… efímera.

No fue de mucha ayuda para el dios recordar las fatídicas noticias que se repitieron toda esa semana acerca de varias personas fallecidas por influenza, que el virus estaba siendo particularmente agresivo ese año y que en el invierno sería peor.

Era casi invierno, junio, solo le quedaban seis meses para estar con Millaray. Y ella tenía todos los síntomas de esa caprichosa enfermedad.

Cansado de luchar consigo mismo, cedió a su instinto, se permitió acariciar las ardientes mejillas de Millaray, quien frunció el ceño ante el contacto. Hefesto no soportaba verla en ese estado. Necesitaba, imperativamente, hacer algo para bajar esa fiebre. Se desesperó, quería verla sana, que volviera a sonreír.

Pero dudaba, no sabía si él era capaz...

Nunca había probado su poder más allá del fuego, los metales, piedras y minerales, dominaba aquellos elementos como parte de su cuerpo... Se preguntaba si...

Alzó su mano sobre el rostro de Millaray, a tan solo un par de centímetros de la afiebrada piel. Hefesto cerró sus ojos, se concentró en el epicentro del calor que invadía el cuerpo de Millaray; era en el pecho. En su mente, él siguió el recorrido de la dura lucha que llevaba a cabo el sistema inmune de la mujer. Los segundos transcurrieron lentos, como si fueran centenares de eras. Hefesto no se rindió, en un momento, sentía que estaba cerca, en otros, que se alejaba sin remedio. Siguió insistiendo hasta que percibió un cálido cosquilleo en la palma de su mano.

Ahí estaba, concentró toda su energía para atraer ese calor, que aumentaba conforme pasaba el tiempo. Hasta que lo obtuvo todo, lo sabía, su enfermedad ya no se percibía en el cuerpo de su aprendiz. La sentía entre sus dedos, intentando con furia penetrar su piel inmortal.

Hefesto abrió sus ojos, Millaray lo observaba con los ojos desorbitados. Solo en ese instante se dio cuenta de que su mano era rodeada por un halo de fuego rojo como el vino tinto.

—No te muevas —ordenó el dios del fuego con suavidad, ocultando su propia sorpresa; era la primera vez que hacía algo así—. Por favor, no temas —pidió, retirando su mano lentamente.

—¿Qué es eso?... ¿Qué está haciendo, maestro? —murmuró Millaray impactada frente a lo que sus ojos veían. Ni siquiera se atrevía a parpadear, era un espectáculo hermoso, sobrenatural y, a la vez, atemorizante.

—Solo estoy… sanándote —admitió, entornando con fuerza sus ojos, maldiciéndose a sí mismo, había cometido un error gravísimo. No midió las consecuencias de sus actos, se había puesto en evidencia ante una humana. Una muy, muy especial. El primer ser con el cual se sentía verdaderamente conectado, en niveles que jamás imaginó.

Millaray, incrédula, pensó que todo era una ilusión, como un mago. No era la primera vez que veía al maestro haciendo algo extraño. Una vez se cayó una pieza de acero a la forja y él metió la mano para sacarla… la mano desnuda sostenía el acero incandescente. En esa ocasión, ella parpadeó y vio que la sostenía con unas pinzas… ¿o no? A esas alturas, dudaba de todo.

Hipnotizada por las llamas que danzaban sobre la piel de su maestro, acercó sus dedos.

—¡No lo hagas! —exclamó Hefesto, aterrorizado y paralizado. Pero ella, por primera vez, desobedeció deliberadamente.

El fuego, como si tuviera vida propia, avanzó hacia ella con voracidad y le quemó los dedos.

Millaray retiró la mano en cuanto sintió el dolor. Por instinto se llevó los dedos a la boca para calmar el ardor. No se atrevió a mirar de inmediato a don Tahiel. En su cerebro, pugnaban en una batalla campal, la incredulidad y la prueba tangible de lo que acababa de presenciar y sentir.

Se armó de valor y, con los ojos muy abiertos, miró a su maestro que estaba serio. Pero en esos hermosos iris castaños y traslúcidos, había una profunda desolación. Pese a ser testigo de algo que escapaba de su comprensión, podía ver al hombre triste, solitario y vulnerable que era.

Hefesto se sintió desnudo ante ese descarnado escrutinio. Sacudió su mano y el fuego se extinguió, dejando una estela de humo negro que tenía un olor aséptico. En tan solo un segundo, todo se esfumó.

Sintiendo un dolor agudo en su pecho, Hefesto se alzó sobre su imponente estatura y abandonó el dormitorio. No podía seguir viendo el rostro de Millaray, temía que la locura se apoderara de ella. Era mejor irse, antes de que fuera tarde. Si tenía suerte, la muchacha culparía a la fiebre de su visión.

—¡Espere! —Millaray salió de su estupor y se levantó. En ese momento, se dio cuenta que ya no se sentía mal, la fiebre y los malestares se habían ido—. ¡Maestro!... ¡Tahiel! ¡No se vaya!

Lo siguió hasta alcanzarlo en la puerta de entrada. Su gran mano estaba en el pomo a punto de girarlo.

—Explíqueme, ¡qué acaba de suceder! —demandó seria.

Hefesto suspiró cansado. La suerte no estaba de su lado.

—Lo que dije… te estaba sanando —declaró intentando actuar natural. Pero lo que había hecho, estaba muy lejos de serlo.

—¡No me mienta! Jamás me ha tratado como una estúpida, no intente hacerlo ahora —exigió—. Todo el mundo piensa que no soy inteligente… No deseo que usted me insulte como los demás. Dígame la verdad… explíqueme lo que sea que sucedió ahí adentro. ¿Qué fue ese fuego? ¿Por qué no se quemó? ¡Dígame!

—No te estoy mintiendo. Pero si te revelo el motivo por el cual pude hacer eso, no volverás a hablarme, me dejarás solo… y yo… tú sabes que me iré —respondió con su voz grave y triste, que se desvanecía con cada palabra que salía de su boca.

—¿Y cómo sabe qué eso es lo que haré? ¿Es adivino también? ¿Puede ver el futuro? —interpeló desafiante, pensando que, si el fuego no lo quemaba, bien podía tener ese «superpoder». Se sorprendió, porque para su gran sorpresa no tenía miedo. Debía haber una explicación—. ¿Acaso no me conoce? —cuestionó con un hilo de voz a sus espaldas.

—Te conozco, muchacha… Pero, a veces, la verdad puede ser más terrible que una mentira, y más difícil de tolerar —respondió, sin atreverse a dar media vuelta y enfrentarla.

—Pues para mí la mentira es inaceptable. Dígame la verdad o de todas formas dejaré de hablarle.

Ante esa ominosa amenaza, Hefesto suspiró. Se sentía derrotado, los humanos no solían lidiar con esa verdad en particular, enloquecían sin remedio. Se preparó mentalmente para soportar lo que se avecinaba.

«Da lo mismo lo que haga, de todas formas, la perderé. Solo quería tener más tiempo con ella», concluyó abatido. Se reprendió a sí mismo, ¿de verdad estaba empezando a plantearse un futuro con Millaray?, ¿en qué diablos estaba pensando?

Hefesto suspiró con dificultad, le costaba respirar, su pecho era oprimido por el pesar. Sin decir una palabra, dio media vuelta y Millaray lo siguió casi al acecho. El dios del fuego se acercó a la mesa que reinaba en la estancia. Tomó una cuchara de té que yacía sobre ella. Chasqueó los dedos, una llama dorada nació de ellos, jugueteó con la flama que parecía un ente vivo, su núcleo palpitaba como un corazón. De súbito, ese fuego aumentó su tamaño e intensidad. Hefesto acercó la cuchara y la soltó, la cual no cayó al suelo, gravitaba sobre las llamas como si la sostuvieran. El metal se dobló, se fundió hasta convertirse una masa incandescente y maleable.

Millaray no pudo reprimir el impulso de abrir la boca mientras observaba cómo el metal líquido comenzaba a estirarse en unos lados y a contraerse en otros, formando una figura. El impresionante espectáculo duró unos segundos más, hasta que su maestro encerró el acero entre sus manos. El fuego murió, el aroma familiar del acero templado llegó hasta sus fosas nasales.

Hefesto sopló para disipar el vapor y abrió sus manos, exponiendo su obra. Millaray casi no podía creer lo que veían sus ojos. Era una mariposa, tan delicada, tan real, que si no fuera porque era de acero, hubiera creído que en cualquier momento iba a aletear y volar lejos. De inmediato dedujo que su hermoso llavero había sido creado de esa misma forma.

—Hace milenios, decían que era un dios, tenía templos, me veneraban con ofrendas —reveló con su tono de voz comedido, sereno, y a la vez, lleno de melancolía—. Pero yo solo era uno de tantos, Hêphaistos era mi nombre… o Hefesto, si lo prefieres.

—El dios griego del fuego y la forja —agregó Millaray, apenas susurrando, pero su tono fue más una afirmación que una pregunta. Por unos segundos, ella se cuestionó si estaba delirando.

—No he sido olvidado del todo. ¿Te enseñaron algo de mitología en la escuela? —preguntó con curiosidad.

—En el ramo de historia, cuando nos pasaron las civilizaciones antiguas —afirmó. Era una de las pocas materias que disfrutaba y cuyos contenidos aún recordaba con claridad.

Hefesto, con una sonrisa triste, le ofreció la mariposa a su aprendiz. Millaray la aceptó, era tan preciosa… Todavía estaba tibia, el peso del acero sobre su palma le confirmó que no era un sueño. Sin embargo, tampoco pensaba que era una pesadilla. Lo que estaba viviendo solo ponía en su lugar muchas cosas extrañas. Ni siquiera ella se explicaba por qué estaba aceptando esa extraordinaria confesión como si fuera cualquier cosa.

Tal vez, porque su naturaleza no estaba inclinada hacia el dramatismo, tampoco era una histérica. Para ella, lo que sus ojos veían y lo que sus manos tocaban, eran la realidad.

O, simplemente, debía admitir que lo amaba... profundamente, podía creer y lidiar con aquella locura. La muestra de su poder era algo tangible; su fuego quemaba, el acero de la cuchara fue fundido y forjado ante sus ojos. Su cuerpo había sanado, ni el mejor analgésico hubiera podido aliviarla en segundos.

Nada de las increíbles cosas que acababan de suceder, eran trucos baratos de magia.

Su maestro, don Tahiel... ¡No! Hefesto, era un dios.

Y no le cabía ninguna duda de ello.

—Eres la primera humana en saberlo, ya no recuerdo desde cuándo... y espero que seas la última... Yo no soy capaz de hacerte daño, si me quedo aquí, tarde o temprano lo haré —pronosticó Hefesto con acritud.

—¿Y cómo se supone que me hará daño? Usted siempre me cuida, me trata bien, me respeta... no me dice tonta —cuestionó la aprendiz, sin siquiera imaginar de qué modo él podría hacer algo tan espantoso.

—Créeme, antes no era así. Hice cosas terribles que mejor me las guardo, junto con todos mis recuerdos —afirmó, aborreciéndose a sí mismo, el dios irascible, celoso, lleno de odio y rencor—. Estar todos estos siglos entre los humanos me ha enseñado lo que no aprendí entre los dioses.

—Pero usted ya no es así... Todos nos podemos equivocar, maestro... ¿Conoce el perdón?

—Lo conozco, muchacha. Ustedes saben mucho de eso, pero yo no puedo perdonar mis fallos. Veo que no te enseñaron todo sobre mí.

—Leí por mi cuenta sobre algunos mitos... La armadura de Aquiles, la copa de Helios, el del cinturón de Afrodita... —Su voz se desvaneció y cayó en la cuenta—. ¿¡Está casado con la diosa del amor!? —preguntó, sintiendo que su corazón se aceleraba y dolía como nada. Era una ilusa, ¿en qué momento imaginó que podía aspirar a que el maestro la amara como ella a él? ¿Cómo podría ser competencia con una diosa?... La desolación se cernió en su alma, ¿en qué demonios estaba pensando? Su maestro era un ser inalcanzable.

—Lo que sabes de mitología es vago, no todo lo que dice la tradición se apega a la verdad... Afrodita no sabe nada sobre el amor. Sí, estuve casado con ella, pero ya no... —respondió, enfatizando cada palabra de la última oración. Hefesto pudo notar el cambio en la mirada de Millaray, del dolor a algo que no podía identificar—. Disolví nuestro inútil vínculo cuando Zeus nos liberó… Tal vez las historias sobre él sean más acertadas. Pero sobre mí, puedo asegurar que son más mentiras que verdades.

—Ya lo creo, usted no es feo, ni un viejo flacucho como las esculturas que he visto en internet —afirmó Millaray, esbozando una sonrisa tímida.

Hefesto curvó sus labios y se encogió de hombros. Esa muchacha era su Pandora personal, desataba sobre él todas las emociones posibles. ¿Tendría él alguna esperanza? No, él estaba destinado a la soledad.

—Al lado de Apolo, Zeus y Ares, soy un real esperpento —aseguró, recordando la belleza abrumadora de ellos. Los humanos sucumbían ante aquellos dioses hasta perder sus cabales o la vida.

—Son lindos, sí… bueno, las esculturas, no los conozco en persona, obviamente —divagó—. Pero mis ojos están buenos y puedo decirle que usted no tiene nada que envidiarles —afirmó vehemente.

—Siempre tan amable, muchacha… —Inspiró hondo, era el adiós. Tenía el gran alivio de que esa insuperable mujer no perdiera la cordura. Podía seguir adelante con la consciencia tranquila. Tomó una honda respiración y dijo—: Fue un placer conocerte. Te recordaré siempre… —Dio media vuelta, la conversación había llegado a su fin.

—Pero… ¡No puede irse!... —Lo tomó del brazo, obligándolo a mirarla, se puso en frente de él, sintiendo una inenarrable desesperación—. ¿Por qué me deja sola? No he hecho nada malo… Quédese, tengo tanto que aprender, y solo usted puede guiarme… Le prometo que nadie sabrá. Se lo suplico… no me deje —intentó convencerlo con su voz quebrada, sus ojos le ardían a causa de las lágrimas que pugnaban por caer, le dolía la idea de no ver a su maestro—. Es más, esta conversación nunca ha existido… Íbamos a tomar desayuno… usted estaba a punto de ir a la cocina, yo me sentía mal… ¿Ve? Nada ha pasado… por favor —rogó, ahora llorando. Su alma se desangraba de una forma que nunca antes conoció, porque estaba enamorada de él. No le importaba si era un hombre o un dios, lo amaba a él por todo lo que lo hacía ser él; su personalidad, su arte, su forma de hablar, su aroma, la comida que preparaba, su inteligencia, su forma de enseñar, su paciencia. Todo.

—¡No puedo quedarme! ¡No lo soportaría! —explicó él ante el ruego de Millaray; le dolía verla así.

—¿¡Por qué!?

—¡Porque eres mortal! —exclamó con brusquedad—... exhalarás vuestro último suspiro y vuestro corazón dejará de latir... Y yo te veré morir, muchacha. No quiero ser testigo de eso... mi tristeza sería eterna —explicó, imaginando todo. No sabía que el amor podía doler tanto cuando no era correspondido, porque ese era el nombre de ese sentimiento que lo estaba arrastrando por ese calvario.

—Y usted no puede morir... —susurró, asimilando la verdad de los hechos. Él poseía aquello que muchos seres humanos anhelaban, la inmortalidad—. Ha visto morir a muchas personas, yo solo soy una más... Solo le pido que no se vaya —insistió—. Solo un tiempo más.

—«Un tiempo más» para mí, será toda la vida para ti. Y tú eres una humana muy especial, mi pequeña Millaray... Nunca digas que eres una más... —admitió Hefesto con una ternura que jamás pensó en externalizar. La miraba directo a sus ojos oscuros. Estaba perdido en sus turbulentas emociones.

—¿Soy especial para usted?... ¿Especial como aprendiz, como amiga, como mujer? —Hefesto solo asintió, porque para él, Millaray era especial en todos esos ámbitos—. Le ruego que sea más específico, ¿usted siente algo por mí? —preguntó ella sintiendo un atisbo de esperanza. Sus manos temblaron, su corazón comenzó a aporrear las paredes de su pecho.

Hefesto volvió a asentir y bajó la vista, avergonzado. Tanta supremacía divina y se sentía débil ante esa menuda mujer mortal. Millaray tenía tanto poder sobre su alma que daba miedo averiguar cuánto más podía hacer con su voluntad. Y ese era el problema, la amaba. Amaba a esa mortal, tanto como para sacrificar todo por ella.

¿Y ella lo amaba a él? ¡Imposible! Solo era su maestro, un mentor, una fuente de conocimiento. Tal vez lo admiraba por su oficio, pero nada más.

—Yo ya no puedo mirarte a la cara, muchacha, ahora que lo sabes... Sé que es imposible quedarme.

—¿¡Por qué!?

—¿No te parece lógico? Eres una mujer hermosa, algún día conocerás a un hombre, te enamorarás y harás vuestra vida con

él… Me conozco, no lo podré soportar y, probablemente, lo ase-
sinaría en cuanto te ponga una mano encima. Y yo deseo verte
feliz; si me quedo, te convertiré en viuda, me odiarás y te llenaré
de desdicha, mostrándote lo peor de mí. No puedo hacerle eso a la
mujer que amo —reveló al fin sus motivos, para qué ocultarlo más,
ya no había razón alguna para ello. Tal vez, así ella se convencería
de que todo había terminado.

El amor de un dios era una carga demasiado pesada para
cualquiera.

Inesperadamente, Millaray rio de dicha ante esa ominosa y
un poco sicópata declaración. Porque al único hombre que amaba
era a él.

—No te rías, es verdad. Puedo hacer cosas terribles por
amor… —reprendió serio.

Millaray no dejaba de sonreír de felicidad.

—Maestro, tantos, tantos años que tiene y todavía no se da
cuenta de que lo amo… —¿Había escuchado bien? Hefesto la miró
sorprendido, absolutamente anonadado—. ¡Te amo! —repitió fuerte y claro para convencerlo.

Sin pedir permiso, sin ningún tipo de consideración por esa
estupefacta deidad, Millaray se colgó de su cuello y lo besó. Hefesto abrió sus ojos con asombro, para luego, entornarlos y dejarse
llevar por ella.

Sus labios se acariciaron por primera vez. Era la atávica gloria hecha beso. Hefesto pudo sentir en su alma lo que ella siempre
escondió en su corazón. Eran tantos sentimientos, tan puros, tan
llenos de pasión. La estrechó fuerte contra él, Millaray sabía a mujer, a tierra, a fuego, y lo invitaba a tomar más de ella, abriendo
un poco más la boca. Él invadió con gentileza, saboreó la lengua
femenina y ella se permitió degustar la esencia sobrehumana. No
era la primera vez que besaba a un hombre, no obstante, Hefesto
estaba a otro nivel, era caliente, adictivo, delicioso, desprendía una
energía que no podía describir del todo. Era divino.

En ese momento, a ninguno de los dos le importó la vida o
la muerte, no les importó el futuro. Solo el ahora. Ese maravilloso instante que ansiaron durante toda su existencia, sin saberlo.
Difícilmente se daban tiempo para respirar, era más fuerte seguir
unidos, sentir más aquella exquisita sensación.

No deseaban separarse, hicieron lo contrario, se atrajeron todavía más. Al mismo tiempo, sus cuerpos se alinearon en ances-

tral perfección. Cada curva, cada ángulo, todo encajaba como si fueran partes del mismo molde. Sus aromas se fundieron, al igual que el calor que desprendían. Millaray se sintió febril, pero era imposible que se tratara de fiebre, él había arrancado su enfermedad con sus manos. Y esas manos grandes y ásperas eran las que ella deseaba que recorrieran todo su cuerpo. No solo Millaray estaba empezando a ceder a sus instintos primarios, Hefesto evidenciaba con flagrancia que deseaba exactamente lo mismo, que esas delicadas manos femeninas lo acariciaran con amor y deseo.

Solo sería arrancarle la ropa y sucumbir a sus deseos.

Pero él no era un animal. No era como Zeus, era mucho más civilizado y consciente que él. Si iba a tomar a una humana, debía tomar ciertas precauciones. Su simiente era tan fecunda que tenía la capacidad de fertilizar hasta el desierto más árido del mundo.

No, definitivamente, no era el momento.

Hefesto, poco a poco, fue disminuyendo la intensidad del beso. Millaray le estaba nublando el juicio, nadie había logrado eso jamás, y ese beso era una pequeña muestra de lo que ella era capaz de hacerle sentir. Necesitaba respirar un poco, saber qué hacer. Y, aunque quisiera besarla eternamente, no podía… no existía la eternidad para ella.

Por primera vez, Hefesto se permitió soñar y se planteó todas las opciones que tenía en su poder. Ahora que la había probado, ahora que la estaba amando, ahora que era correspondido en igualdad. Necesitaba pensar, decidir. Porque, por nada ni por nadie, se iba a negar lo que estaba viviendo.

Tal vez, sí existía una posibilidad, una oportunidad para ambos.

Podía ser una última manzana para él… o una manzana cada diez años para los dos. Si lo pensaba con esperanza y optimismo, esas opciones no eran descabelladas. Podían elegir; envejecer juntos o vivir un poco menos que una vida inmortal.

Y, aunque no sabía qué pasaría si comía solo la mitad de una manzana, no le importaba, mientras viviera su vida con ella.

En ese instante, se cernió solo una incertidumbre, y Hefesto tenía demasiada experiencia sobre ello. ¿Podrían sostener esa vida que estaban empezando a disfrutar, o se degeneraría como los dioses, al cabo de unos siglos?

¡No! ¡Basta! No debía anticiparse tanto. Debía poner en práctica aquello que se les daba tan bien a los humanos, y eso era vivir el momento. Y este era su momento.

Cuando llegara la hora de decidir, harían un pacto, uno inquebrantable, sellado en fuego, oro y sangre. Pero eso lo vería en otro momento. Faltaban seis meses para que sus diez años en ese país terminaran.

Y antes de que ese plazo acabase, pondría su vida en sus manos, ella decidiría por los dos, mortalidad, o media eternidad. Mientras tanto, se iba a dedicar a vivir intensamente lo que nunca vivió.

El amor.

Capítulo VII

Hefesto le dio un beso en la frente a Millaray y enmarcó el femenino rostro entre sus manos. Con ternura, apoyó su frente en la de ella, encorvándose un poco. Su muchacha sonreía con los ojos cerrados y sus mejillas azoradas. Sus corazones todavía latían a toda velocidad.

—¿Se va a quedar conmigo, maestro? —preguntó al cabo de un rato, volviéndolo a tratar con formalidad.

—Me quedaré contigo, muchacha. —Inspiró hondo—. Toda tu vida, o toda la eternidad, lo que tú escojas. Te amo, Millaray —declaró, sintiéndose liberado de eras y eras encadenado a esa idea de no ser digno del amor de nadie.

Millaray iba a responder, aspiró aire, pero fue interrumpida. La habitación se iluminó fugaz, llenándose de un blanco cegador, un segundo después, retumbaba un trueno.

Sin más preámbulo, un verdadero aguacero cayó. Las gotas de lluvia eran verdaderos clavos intentando penetrar la precaria techumbre de la casa de Millaray.

Hefesto alzó su mirada y abrazó a su mujer —lo era, nadie lo podría contradecir en ello—. Se quedó en silencio, como si estuviera intentando dilucidar si aquella tormenta era algo más que la naturaleza.

Otro relámpago, seguido de un poderoso trueno. Tanto fue su estruendo que el piso, paredes y ventanas vibraron. Era una suerte que los rayos no dieran directo en la casa, la tormenta estaba encima de ellos.

Hefesto gruñó con desconfianza, esa lluvia no la percibía natural, y lo confundía. Sin embargo, no parecía ser obra de Zeus. El dios del fuego solía percibir la presencia del soberano del Olimpo; cuando una tormenta era producida por él, lo sentía en el aire, en la piel y los huesos. Su energía suprema y definitiva era inconfundible.

Pero ahora, Hefesto lo sentía muy diferente, la fuente de poder provenía de una parte que no podía identificar del todo. Súbitamente, le hormiguearon las manos y sintió la necesidad de ir al exterior.

—¿Qué pasa, maestro? —preguntó Millaray intrigada ante el repentino cambio en Hefesto. Para ella, era solo lluvia, algo muy normal en Carahue.

—La lluvia —respondió sincero, ya no tenía nada que ocultarle a ella—. La siento extraña.

—¿Extra…? ¡Ay! —Millaray exclamó y Hefesto rompió el contacto al instante—. Me dio la corriente —explicó, llevándose las manos a la espalda baja—. ¿Habrá sido la estática?

Hefesto gruñó, se miró las palmas, pequeños rayos eléctricos danzaban sobre ellas. Arqueó sus cejas con genuina sorpresa, ya casi no recordaba la sensación de las descargas eléctricas en su piel, desde que forjaba los rayos de Zeus. Pero esto era muy distinto. Se había dado cuenta de que la energía que sentía era emanada desde el centro de su cuerpo y le recorría las extremidades. Empuñó sus manos y las volvió a abrir.

—Esto es nuevo —susurró, jugueteando con los diminutos rayos entre sus dedos. Asombrado, descubrió que obedecían sus dictados, eran como una extensión de su cuerpo.

Millaray estaba boquiabierta observando a Hefesto, fascinada e intrigada con el espectáculo. Él le devolvió la mirada y ella cerró la boca.

—Creo que me tendré que acostumbrar un poco a esto —dijo ella, medio en broma, medio en serio.

—Yo también, mi muchacha —convino él, sacudiendo sus manos para disipar la energía. El sonido de la lluvia cesó de golpe—. ¿En qué estábamos? —preguntó con cierto tinte de malicia en su voz. Millaray sonrió del mismo modo—. Oh, sí, debo alimentarte. —Hizo un gesto con el dedo índice y una media sonrisa seductora, la llamó para que se acercara y Millaray volvió a refugiarse en los brazos de Hefesto. El dios le besó la cabeza e inhaló la fragancia de su cabello—… y también tenemos que conversar cosas importantes sobre tú y yo.

—Usted hace que todo suene muy serio —señaló Millaray.

—Es la primera vez que me pasa esto —respondió, disfrutando de la nueva cercanía con su mujer—. Lidiar con un dios no es algo fácil. Prefiero decírtelo todo, pero creo que ya sabes lo más importante.

—Soy una mujer fuerte —aseguró coqueta, alzó la vista hasta encontrarse con los ojos color miel, y le dio un guiño femenino—. Bien, iré a vestirme, ya no hay razón de usar el pijama. Conversaremos mientras me devoro el desayuno.

*****

Caicai suspiró de alivio, a la vez que dirigía su atención hacia las nubes negras que se aglutinaban en el cielo. No, ella no sentía la presencia de Zeus en ellas, es más, si él estuviera ahí, ya estaría acosándola.

Se deshizo del escalofrío que la recorrió entera, recordar a ese dios susurrándole propuestas indecentes no le hacía ninguna gracia. Al parecer, el dios del rayo todavía no se enteraba de que existían dos palabras importantes en el vocabulario de cualquier ser vivo del género que fuera; una era «no» y la otra, «consentimiento».

—Cerdo arrogante y arcaico —masculló, observando la casa de la humana. Hefesto llevaba mucho rato en ese lugar.

Algo había pasado, y muy importante. No había otra forma de explicar esa pequeña tormenta que solo azotaba la vivienda de esa mujer, y que al rato amainó como si nada. Era obvio que la humana tenía algo que ver. Caicai recordó que, cuando ella lamió los labios de Hefesto, sintió el seductor sabor sexual del dios. Si él le hubiera propuesto yacer con ella, encantada habría accedido. Pero él se estaba guardando, conteniendo sus deseos. Tenía escrita la palabra «monogamia» en la frente.

Humana suertuda. El aroma que emanaba Hefesto en ese momento le provocaba una envidia atroz. Una sana, eso sí. En lo personal, prefería seducir a los machos de Rapa Nui[7].

Hermosos y viriles.

_____

7 *Isla de Pascua.*

—Concéntrate, Caicai —se reprendió—. Disfrutarás de uno de ellos cuando esto termine. Espero que ningún humano haya tenido la ocurrencia de hacer un video viral de la lluvia que solo moja una casa. —La nereida se enderezó y se frotó las manos, dándose ánimos—. Llegó la hora de intervenir, tenemos muy poco tiempo antes de que... —se interrumpió, no quiso nombrar a Zeus, invocarlo en voz alta, en ese lugar, tan cerca del dios del fuego, era un error nefasto—, él sienta el poder de Hefesto.

*****

—Entonces, déjeme ver si entendí —dijo Millaray al terminar de escuchar el relato de Hefesto, acerca del motivo por el cual estaba en la tierra—. Ustedes perdieron el poder de regir en la humanidad. —El dios asintió—... y Zeus los dejó ir libres... ¿Solo así? —preguntó con cierto escepticismo en el tono de su voz. Se cruzó de brazos, ella no era una erudita, pero su intuición le advertía que liberar dioses a su libre albedrío no era un tema sencillo de manejar.

Hefesto se encogió de hombros, recordando ese día. Se fue —literalmente— con lo puesto. Ansiaba tanto abandonar el Olimpo que, tal como cuando fue expulsado por Hera, se impulsó con todas sus fuerzas y se lanzó del monte, hasta zambullirse en el mar Egeo.

Un herrero divino no distaba mucho de uno humano, en las épocas de guerra eran piezas claves y no tenían más opción que servir. Durante eras, él había sido casi un prisionero de Zeus y de los demás dioses para llevar a cabo todas las tareas y caprichos que requerían de su oficio.

Sin el poder de intervenir en la humanidad, sus servicios ya no eran fundamentales.

Al menos, Hefesto siempre lo creyó así. Durante los últimos días de su tiempo en el Olimpo, la única y humillante labor que le encomendaban llevar a cabo, era servir vino a los dioses, solo para que los demás rieran al verlo lidiar con su cojera para no derramar el contenido de las copas.

—¿Y qué pasó con los otros? —preguntó Millaray con curiosidad, sacando de sus recuerdos a Hefesto. Acto seguido, ella bebió el último sorbo de té de su tazón. El sabroso desayuno había terminado.

—Jamás los volví a ver. He regresado al Olimpo cada diez años, y todo está en ruinas. Solo permanece vivo el manzano y la fuente de ambrosía. —Millaray lo miró, interrogante—. La ambrosía es la comida de los dioses, es como la miel, pero ocho veces más dulce, y puede hacer a los humanos inmortales. Los griegos tenían la rara idea de que las palomas llevaban la ambrosía al Olimpo. La verdad es que en cada reino hay una fuente; en el cielo, el mar, y el Inframundo. —Al finalizar esa frase, Hefesto cayó en la cuenta de un nuevo método para lograr obtener la vida eterna para su mujer, en el caso de que ella quisiera eso. Tanto tiempo viviendo de la vida que le daba la manzana dorada, que le había hecho olvidar la ambrosía.

—¿Y en la tierra?

—La tierra es de los hombres. Demasiada tentación para dejar una fuente divina ahí, ¿no crees, muchacha?

—Es cierto… —convino—. Estamos destinados a morir. Sería toda una tragedia griega tener una fuente a vista y paciencia de la humanidad, con la cantidad de personas que hay en la tierra, ya los quisiera ver intentado comer ambrosía para ser inmortales —ironizó Millaray.

Hefesto esbozó una sonrisa y alzó las cejas imaginando ese cuadro apocalíptico. Era extraño hablar de su condición de dios con una humana, y que esa humana lo tomara con naturalidad y cierto humor negro. El amor correspondido tenía poderes insospechados en la mente y corazón de ambos.

—No es tan sencillo. No es llegar y comer ambrosía para ser inmortal. Sé que Deméter, la diosa de los cultivos, intentó hacerlo con un príncipe, un bebé, en agradecimiento a una reina, pero no pudo terminar con su ritual.

—¿Ritual?, ¿algo así como un *guillatún*[8]? —preguntó, interesada; estaba ansiosa de saber todo sobre el mundo de su dios. Millaray rio mentalmente ante esa idea, quién diría que ella tendría su propio dios.

—No, es algo muy diferente. Ni siquiera sé si es cierto, se supone que, de día, ella frotaba ambrosía en el cuerpo del niño, y en la noche lo introducía en una hoguera para que su carne mortal se

---

8 *Del idioma mapuche: ngillatun, «acto de compra». Es una antigua ceremonia religiosa mapuche. Este rito funciona como conexión con el mundo espiritual para pedir por el bienestar, fortalecer la unión de la comunidad o agradecer los beneficios recibidos.*

quemara. Lo hizo varios días en secreto, pero la madre lo descubrió y Deméter, furiosa, dejó el ritual sin terminar.

—Eso confirma lo que he dicho, nunca termina bien para los humanos. No estamos hechos para la inmortalidad. —Sonrió, intentando ser pragmática respecto a su inexorable destino—. Creo que, por eso mismo, debemos aprovechar todo nuestro tiempo, juntos —sentenció, sintiendo una punzada de pesar.

Y ese pesar lo vio Hefesto, patente en los oscuros ojos de Millaray.

—No tiene que ser así —se apuró a decir—. Puedo darte la mitad de mi manzana cuando vaya al Olimpo, y si no funciona, intentaré realizar el ritual de Deméter —propuso Hefesto—... O puedo quedarme aquí contigo para morir a vuestro lado.

Millaray arqueó sus cejas ante esa ominosa sentencia. Imaginar al eterno dios del fuego perecer a su lado, le provocó una inmensa desolación. Vivir incontables milenios para solo disfrutar unas cuantas décadas con ella y morir, y eso era ser muy optimista, ella no tenía ese tiempo garantizado. ¿Tanto amor sentía él, al punto de renunciar a la inmortalidad?

Hefesto estaba poniendo su vida en sus manos, a cambio de vivir lo que dura un suspiro. Solo por estar con ella, bajo cualquier condición.

¿Y si fuera al revés? ¿Ella era capaz de hacer semejante sacrificio? Vivir para siempre y soportar la muerte de sus seres queridos. Si lo pensaba bien, solo lamentaría de corazón la pérdida de su tata, sus hermanas y sobrinos. El resto del mundo carecía de importancia.

Estudió al viril dios que tenía sentado al otro lado de la mesa, lo amaba tanto que podía confiarle su vida. Había estado meses con ella, amándola, quizás, desde cuándo y, aun así, nunca intentó tomarla por la fuerza, tenía un poder supremo infinito y jamás lo usó para tomar ventaja de ella. ¿Cómo no iba a amar a un hombre así? Quería estar con él para siempre, y tenían la posibilidad. Ella era frágil, efímera, podía morir en cualquier momento, de cualquier cosa, ahora, mañana, en un año o en cincuenta más. Si moría, sería un castigo y un sufrimiento innecesario para Hefesto. Ella no quería morir si aquello significaba tristeza y devastación para su dios.

—No quiero que muera cuando yo lo haga —sentenció Millaray con voz trémula—. Prefiero intentar la eternidad, solo con usted.

Hefesto entreabrió su boca… El corazón estaba a punto de estallarle de felicidad. Lo que ella hubiera elegido, sin importar qué, él habría aceptado gustoso.

Golpes en la puerta interrumpieron el momento.

¡Dioses!

Millaray frunció el ceño y se levantó para averiguar quién llamaba.

Al abrir la puerta, ella sonrió. Era su abuelo.

—¡Tata! —Millaray le dio un cariñoso beso en la mejilla fría de Anatolio, dándole la bienvenida y le hizo pasar—. ¿Pasó algo que salió temprano del campo? —preguntó, intrigada.

—La lluvia, *mijita* —contestó Anatolio entrando en la casa y miró al inusual visitante que estaba poniéndose de pie—. Hêphaistos…

Hefesto, al escuchar su nombre griego, se movió veloz, tanto, que para Millaray fue como si se teletransportara. Con una mano alzó del cuello al viejo, elevándolo, hasta que su canosa cabeza tocó el cielo raso.

—¿¡Qué haces, Hefesto!? —exclamó Millaray enojada, confundida y aterrada—. ¡Es mi tata! ¡Déjalo en paz! —gritó más fuerte.

—No es Anatolio, muchacha, acaba de decir mi nombre real —explicó sin mirarla, sus prístinos ojos estaban clavados en el «visitante»—. Tomó la forma de vuestro abuelo para que lo dejaras entrar. ¿Quién eres? —interrogó con dureza.

—Cai… cai —respondió con voz estrangulada, aferrándose a las muñecas de Hefesto—. Li… libérame… —ordenó en un dialecto ancestral que solo los dioses hablaban—… la… mujer… —Casi sin respirar miró de reojo a Millaray, quien apenas podía creer lo que sus ojos veían y mucho menos entendía; la cabeza era de Anatolio, pero el cuerpo se retorcía, al tiempo que se transformaba en serpiente, en mujer, en pez, una y otra vez—… Peligro —insistió.

Hefesto soltó a Caicai y ella cayó al suelo, resollando y tosiendo, tomando su forma de mujer. Luego, abrazó a Millaray, quien contemplaba anonadada a la nereida.

—¿Es «La Pincoya»? —murmuró Millaray al ver a la hermosa y exuberante mujer con piel iridiscente. Era justo como imaginaba a la criatura marina de las leyendas de la isla de Chiloé, la cual bendecía o castigaba a los pescadores.

—A veces lo soy —respondió Caicai en español, recuperando la voz, mirando con suficiencia a la mujer—. Tengo una debilidad por los machos de esta zona...

Hefesto no pudo reprimir un gesto de hartazgo, había deidades que eran adictas a la placentera sensación que brindaba la simiente de los hombres.

—¿De qué peligro hablas? —interrogó Hefesto con dureza, volviendo a hablar en aquel idioma que para Millaray era un sinsentido de sílabas sibilantes y líquidas. Él no quería que su mujer se asustara si se trataba de una nimiedad, algunas deidades tenían tendencia al drama.

—¿Ella es la mujer que has elegido? —replicó, poniéndose de pie. Hefesto asintió con un gruñido y se interpuso entre la nereida y Millaray para protegerla—. Muy bien, tenemos poco tiempo, debemos salir de aquí, ahora.

—Vamos a mi taller —propuso Hefesto.

—No, «Señor de los Cuatro Elementos», tenemos que salir de esta región del país —refutó y repuso en español—: Ya no es segura para ti... ni para tu humana.

Hefesto se paralizó ante ese nombre. ¿Qué quería decir Caicai con ello? ¿Qué sabía ella y él no?

¡Dioses! ¿Qué estaba pasando?

—No puedo irme, así como así... —se negó Hefesto ante la premura de la nereida. Caicai estaba insistiendo en darle información a Millaray, quien ya estaba abrumada y sobrepasada. Había que darle tiempo para digerir semejante realidad, hacía menos de dos horas se había enterado de la existencia de los dioses.

—Tienes razón... Primero, debes tomar a la humana como tu esposa.

—¡¿Esposa?! —exclamó Millaray, incrédula. En esas horas había pensado en esa posibilidad, algo que podía suceder en el futuro, pero no de ese modo tan extraño y precipitado... Bueno, ya nada era normal, ella ya no se regía por los parámetros de los humanos de cómo debía llevar una relación.

Ya no pertenecía al mundo en que nació, ella había traspasado, sin querer, un límite que no alcanzó a vislumbrar. Todo se había complicado más de lo que ninguno de los dos imaginó.

¿Cómo diablos se casaba un dios?

Capítulo VIII

—¿¡Qué!? —Hefesto entornó sus ojos, no podía creer lo que estaba pasando. Sí, quería casarse con Millaray algún día, en el corto plazo, pero quería darle una ceremonia digna, después de un debido cortejo. Algo lindo y normal como los humanos. No lo que pretendía llevar a cabo Caicai. La nereida no se lo estaba poniendo fácil.

Podía sentir a sus espaldas la mirada de su dulce y pequeña humana, temía por ella, debía protegerla.

Era un maldito egoísta, perfectamente podía dejar a Millaray fuera de todo, pero no quería perderla. Toda su vida buscó, ansió, rogó, suplicó, se humilló por amor, que alguien le diera algo tan hermoso y puro sin importar quién era él, sin importar el sacrificio. Y ahora que lo había encontrado, que era absolutamente recíproco, no iba a dejarlo.

Protegería a Millaray, y una forma de hacerlo era ceder, involucrarla —aunque no le gustara nada—, porque la conocía, si volvía a cometer el error de subestimarla, le provocaría un daño irreparable a ella y a su floreciente relación.

—Me vas a tener que explicar desde un principio, nereida. No me iré contigo a ninguna parte, hasta que todo lo que has dicho tenga algo de sentido —exigió Hefesto.

—Si gustas, me sentaré aquí para contarte todo y, mientras tanto, perderemos la ventaja que tenemos sobre el esposo de tu madre —ironizó Caicai, sentándose sobre una silla y cruzándose de piernas como una niña buena y educada.

Hefesto entrecerró sus ojos.

—¿A qué te refieres? Ze….

—¡No digas su nombre! —interrumpió Caicai, poniéndose de pie, evidenciando su miedo. Volvió a acercarse a Hefesto y le apuntó con el dedo sobre su pecho—. ¡No debe salir ese nombre de ninguna boca divina! Lo vas a estar invocando y lo que menos queremos es una visita de él.

—Creo que ya es tarde, hemos dicho muchas veces su nombre en este rato —refutó Millaray interviniendo tras Hefesto.

—Pues esperemos tener suerte de que no hayas llamado la atención de él —sentenció Caicai, mirando con reproche a Hefesto, quien tenía una actitud bastante indolente.

Caicai suspiró.

—Oh, Hêphaistos, dios del fuego, el agua, la tierra y el aire. ¿Sería tan amable de contradecir a esta pobre nereida y negar que domina los cuatro elementos fundamentales? —interpeló Caicai con sorna, provocando que él se envarara.

Un ominoso silencio inundó la habitación.

—¿Cuándo te diste cuenta de que podías hacerlo? —insistió la nereida.

—Ahora —respondió Hefesto, lacónico—. Aunque difiero del término «dominar».

—¿Y no sabes el motivo? —continuó con su interrogatorio.

—No.

—¿Ni siquiera una leve sospecha?

—Nada de nada… —Se encogió de hombros.

—¡Es el colmo que no sepas nada! Ese cerdo arrogante debe estar muy feliz por haber logrado su cometido —masculló, sintiendo una creciente rabia. Comenzó a pasearse impaciente, como pantera enjaulada—. Yo sé lo que te está sucediendo… y esperemos que «él» no se haya dado cuenta, porque será el fin tuyo y el de tu mujer —advirtió, severa, mirando de soslayo a Millaray, quien seguía tras el macizo cuerpo de Hefesto. Los oscuros ojos de la humana eran especiales, era una mortal, pero intuía que era algo más—. Lo mejor será que nos lleves al volcán Llaima para poder hablar con libertad. Tu elemento nativo nos brindará protección y te garantizará que yo no intentaré nada contra ti.

Hefesto resopló, le molestaba la actitud de esa insolente criatura, pero tenía razón, en el Llaima su poder se potenciaba, y una simple nereida no era amenaza si no había una fuente de agua. Le daría una oportunidad, a la primera sospecha de que algo iba mal, la convertiría en cenizas.

Pero tenía un inconveniente, si el peligro era real, no dejaría a Millaray sola en esa casa que no le brindaba ningún tipo de protección divina. Debía llevarla con él, pero estaba el inconveniente de que ella era humana y no toleraría entrar en el volcán… a menos que…

Dio media vuelta y tomó a Millaray por los hombros, la miró a los ojos y solo pudo ver tanta confusión como la propia. No, no podía dejarla sola y tentar a la suerte.

—Millaray —le susurró, al tiempo que le acariciaba sutilmente los hombros con sus pulgares—. Te llevaré conmigo al volcán.

—Pero, maestro, yo… moriré, no puedo respirar los gases tóxicos que provienen del Llaima —argumentó Millaray, nerviosa. Por un lado, quería ir, saber qué estaba pasando, pero por otro, sus limitaciones eran un real incordio. Era imposible.

—Lo sé, pero hay una alternativa, es simple… —Hefesto hizo una pausa, ¿había hecho eso alguna vez? Solo con metales, pero era sabido que también era posible con humanos. A través de la historia de los dioses, lo habían llevado a cabo infinidad de veces—. Un dios tiene el poder de transformar y transformarse.

—¿Así como lo hizo ella? —interrogó, mirando de soslayo a la nereida y sintiendo un poco de miedo.

—Así es… Para que puedas estar en el volcán conmigo, te convertiré en roca viviente —explicó, al mismo tiempo que ella, internamente, intentaba tranquilizarse. Se iba a volver loca si sucumbía a la tentación de cuestionar lo que estaba pasando a su alrededor—… Solo confía en mí, te lo suplico.

—Hágalo, entonces, antes de que me acobarde —accedió Millaray sin pensar. Con la mente en blanco, entornó sus ojos y se entregó a su destino.

—No sentirás dolor… Te prometo que después volverás a la normalidad —aseguró Hefesto.

—Hágalo, no importa si duele o no… confío en usted.

Millaray sintió cómo el calor le recorría el cuerpo, era como estar con fiebre, pero sin sentirse débil, sino todo lo contrario, su cuerpo se llenó de oleadas de vigor. Lo desconcertante vino después; su piel, a medida que avanzaba el calor, comenzaba a perder sensibilidad, sus articulaciones se sentían rígidas, y su cuerpo, como si hubiera sido despojado de toda carne blanda.

Abrió sus ojos, Hefesto la observaba con una expresión indefinible.

—Bonita escultura de obsidiana —señaló Caicai—. ¿Podemos irnos ya?

Hefesto afirmó, haciendo un leve gesto con su cabeza.

«¿Cómo nos iremos?», pensó Millaray, al tiempo que se dio cuenta que Hefesto y Caicai la habían escuchado, su voz era una especie de eco de sus pensamientos. Trató de hablar, abría y cerraba la boca, mas su voz no salía de sus cuerdas vocales.

—Increíble, ahora tengo que controlar lo que pienso —bufó Millaray, bastante molesta con ese inesperado percance.

—Ya te acostumbrarás, muchacha —intentó tranquilizarla Hefesto con ternura. La fortaleza e inocencia de Millaray lo llenaba de orgullo.

—Es que no entiende, maestro, yo pienso y divago mucho sobre usted... y la mitad de lo que hay en mi cabeza no es apropiado que las oiga la señora Caicai... —La voz de Millaray se desvaneció. La nereida le arqueó una ceja, guasona. Si fuera la humana, también pensaría cosas inapropiadas respecto al dios del fuego—. No me gustaría que la señora Caicai se entere... —Sus pensamientos fueron rápidos, una sucesión de imágenes de una leyenda mapuche vino a su cabeza—. Caicai-Vilú... ¿Ella no será la serpiente marina que separó la isla de Chiloé del continente? —Hefesto rio—. ¡Ve lo que le dije, no paro de divagar!

—Será una prueba para vuestro control mental, muchacha. Con la práctica, podrás separar de vuestros pensamientos lo que quieres que escuchen los demás. Si te concentras en hablar, podrás mantener lo que piensas en un plano aparte. De hecho, ya lo estás haciendo, no oigo vuestra voz.

—Me he controlado durante varios meses de no decir lo que pienso, no me pida un milagro... ¡No me mire así, maestro!

—Mejor vayamos —cortó Hefesto.

—¡Al fin! —dijeron al unísono Caicai y Millaray.

—Cai, tómame del hombro. Por nada del mundo te sueltes —advirtió.

—Sí, ya sé cómo funciona esto —respondió la nereida siguiendo al pie de la letra lo indicado por el dios.

Hefesto tomó de la cintura a Millaray, quien sonrió al sentir cómo el calor de él traspasaba su fría y dura piel de obsidiana. Ella lo abrazó con dificultad, pero solo sentía un eco tibio. De inmediato, comenzó a extrañar la sensación de sentir en su piel, la piel de él.

Lo que vino después fue algo impresionante. Bajo sus pies se formó un círculo de luz cegadora, que ascendió hasta cubrirlos por completo y más allá. Millaray miró hacia arriba, se había formado un infinito túnel y no era capaz de vislumbrar dónde terminaba.

Sintió que su cuerpo se elevaba, al tiempo que Hefesto se aferraba más fuerte a ella. Sus pies ya no tocaban el suelo y después se formó un vórtice que los succionó a una velocidad inimaginable que desafiaba las leyes de la física. Avanzaban, pero Millaray apenas podía percibir una brisa acariciándole la piel. Estaba maravillada, esa luz le daba un calor confortable que la llenaba de tranquilidad.

Dos minutos después, bruscamente, la velocidad disminuyó y, bajo sus pies, la luz se disipó hasta que el suelo rocoso y nevado se hizo visible.

Los pies de Millaray se hundieron en la nieve y tocaron la roca, mas no sintió nada, ni frío ni calor.

—Estamos dentro del volcán, en una de las grietas —señaló Hefesto, sintiendo el poder fluir por sus venas. El Llaima llevaba inactivo diez años, pero él podía percibir el calor de la lava y los leves temblores bajo sus pies—. Empieza a hablar, Caicai.

Caicai asintió con la cabeza, estaba nerviosa. Tantos años había estado buscado a Hefesto sin resultados. Pero lo halló en el momento preciso, ni antes ni después. Sabía, sin ninguna duda, que el dios que tenía al frente estaba listo para enfrentar su destino, aunque él jamás lo hubiera sospechado.

—Como bien sabes, Zeus es el tercer regente de los dioses y de la tierra. Antes de él, el poder lo ostentó Crono y, antes que él, Urano.

»A través de las eras, ha habido sucesiones de poder en el momento en que este corrompe al dios soberano. Pasó con Urano cuando cometió el ultraje de retener a sus hijos dentro de Gea, impidiendo que ella diera a luz. Ante este horrendo crimen, Crono, su hijo, lo castró con la hoz de adamantio, lo derrocó y tomó el poder. Luego, Urano vaticinó que a su hijo le sucedería lo mismo. Crono, temeroso de que le quitaran el poder, comenzó a engullir a sus hijos en cuanto su esposa, Rea, los daba a luz. Esto sucedió una y otra vez, hasta que ella, harta de la situación, lo engañó cuando tuvo a Zeus, dándole una roca en vez de un niño. Tiempo después,

Zeus liberó a sus hermanos y tras una gran guerra, lo derrocó, tomó el poder y se repartió los reinos de la tierra con sus hermanos Hades y Poseidón. Así terminó la era dorada de los titanes.

—No estás diciendo nada que yo no sepa, nereida —desestimó severo—. Es lo que cualquier dios sabe.

—Debes dejarme terminar, tengo que darte todos los antecedentes, y apuesto que la humana poco y nada sabe sobre esto —alegó Caicai, molesta con la interrupción—. Antes de que nacieras, Urano vaticinó una cuarta sucesión, si Zeus se casaba con Metis, hija de Océano. Ella daría a luz una hija y después un hijo que estaría destinado a gobernar el mundo. Zeus, temeroso de que le quitaran su nuevo poder, engulló a Metis cuando estaba embarazada y, luego, Atenea nació de su cabeza, impidiendo así la profecía de Urano.

—Eso tampoco es nuevo, Zeus ha impedido varias rebeliones y conspiraciones —interrumpió de nuevo Hefesto. Caicai resopló y le dio una mirada de advertencia al dios, quien solo se encogió de hombros.

—El destino de Zeus debe cumplirse tarde o temprano. Tiempo después, Urano le profetizó tu nacimiento y que con ello llegaría el fin de su reinado —respondió. Inspiró hondo y recitó las palabras de Urano que estaban grabadas en su memoria—: «Llegará el día en el Olimpo, en que el nuevo rey será concebido solo por su madre. Le llamarán el horrible hijo de los celos, la venganza y la traición. El pérfido dios del rayo no lo podrá tocar, pues, si lo hace, despertará al Señor de los Cuatro Elementos. Agua, fuego, tierra y aire serán las armas que usará para someter al viejo rey y tomar el poder». —Caicai se quedó en silencio y miró a Millaray—. «Su esposa será su amada humanidad, hija inmortal de guerreros de la joven tierra austral. Solo su unión traerá paz y comenzará la nueva era dorada».

Al terminar esas palabras, Caicai miró a Hefesto. Si estaba sorprendido, él no lo evidenciaba, su rostro era imperturbable. Pero comenzó a rascarse la barba y se detuvo en cuanto notó su mirada sobre él. Era muy divertido el dios del fuego.

Hefesto gruñó y se aclaró la garganta.

—Bueno, eso explica por qué Zeus jamás me ha tocado… —aseveró Hefesto, intentando recordar si el rey le había puesto un dedo encima. Nada, ningún recuerdo—. Pero da igual, yo no nací con los poderes, he aprendido a usarlos, que es diferente. Urano está equivocado —rechazó Hefesto, empezando a sentirse dividido. Todo, de algún modo, apuntaba hacia él, pero ser el protagonista de aquella profecía no estaba considerado en su proyecto de vida.

—Zeus ha estado impidiendo constantemente tu despertar. Primero provocó que Hera te expulsara del Olimpo, envenenando su mente, susurrándole que eras una abominación. Ella perdió la cordura, no soportó la presión —señaló Caicai lo que todos sabían. Por un tiempo, ella y su padre pensaron que Hera lo podría proteger, pero se equivocaron.

Ahí vino la explicación al primer gran dolor de Hefesto. Recordaba las cálidas caricias de su madre cuando era solo un bebé, las palabras de amor de Hera. Todo eso cambió de una forma brutal, su odio, sus miradas llenas de asco.

A su mente llegó un nuevo recuerdo, uno que estaba oculto en lo más oscuro de su memoria, Zeus susurrándole a su esposa: «hazlo».

Luego, él cayó al mar, el impacto le provocó su famosa y vilipendiada cojera. Los huesos de su pierna derecha se fragmentaron en varios pedazos que nunca volvieron a estar en su lugar. Sus gritos de dolor alertaron a Tetys, quien lo auxilió y cuidó. Durante nueve años, estuvo en una cueva bajo el mar, ahí aprendió a usar su poder en esas condiciones. Para Hefesto, ese hecho explicaba el motivo por el cual podía dominar ese elemento.

Pero seguía siendo escéptico.

—Si Zeus quería impedir mi despertar, ¿por qué no me mató y ya? —cuestionó Hefesto, buscando fallos en los dichos de Caicai.

—Pues, es un dios astuto y precavido, si te tocaba para intentar matarte, podía desencadenar tus poderes de todas formas. Permitió tu matrimonio con Afrodita porque, claramente, no es la diosa de la humanidad, se aprovechó de tu enamoramiento para que estuvieras pendiente de ella y de sus infidelidades. Además, eres el mejor artesano, herrero y arquitecto, disfrutas de tu trabajo, para él fue fácil mantenerte ocupado incesantemente durante eras.

—Si tenía tanto miedo de que se cumpliera la profecía, ¿por qué disolvió el Olimpo y nos dejó ir?

—Ese fue otro engaño. Zeus, efectivamente, los dejó ir, pero luego los convocó a todos de nuevo, con el pretexto de que el manzano ya no estaba dando frutos. Es cierto aquello de que los dioses hemos sido castigados, y nuestro poder ha sido arrebatado, ya no influimos en el destino de la humanidad. Pero nuestro querido rey no se resigna a ser solo una mera tormenta eléctrica para los hombres, por lo que tiene a todos los dioses casi como prisioneros en el Olimpo. —Caicai suspiró—. Eres el único dios en la tierra. Zeus te subestimó y pensó que estando aquí jamás despertarían tus poderes, tú amas a los humanos, sientes una debilidad por ellos, él confió en que, tarde o temprano, dejarías de ir al Olimpo. Tampoco sospechó que te enamorarías, se aseguró de endurecer tu corazón. Por poco lo logró, ¿no?

Hefesto miró de reojo a Millaray, su muchacha. Se le había metido bajo la piel sin ninguna intención. Ella representaba todo lo bueno del ser humano. En ese instante estaba muy callada, pero sabía que estaba analizando todo.

—Insisto en que esa profecía está equivocada, Millaray no es hija de ningún guerrero, ni es inmortal... —argumentó Hefesto. No quería saber más acerca de tener poder, de enfrentarse a Zeus. Solo quería vivir lo que fuera con su mujer.

—No niegues lo evidente. Ella es la mujer de la profecía, solo habría que resolver el detalle de su inmortalidad... Todos los mapuche descienden de guerreros —refutó vehemente—. Y si Zeus se entera de que ella es la única pieza que falta, para que se cumplan todos los vaticinios de Urano, intentará matarla antes de que le des una manzana, que es el camino corto hacia la inmortalidad.

Hefesto se quedó en silencio y miró a Millaray. Ella estaba dispuesta a vivir la eternidad con él. Si la hubiera llevado al Olimpo sin saber, Zeus no habría tenido piedad. Intentó deshacerse de la sensación de desolación que azotó su alma al imaginar a su mujer muerta entre sus brazos.

—¿Quiénes conocen esta profecía? —preguntó Hefesto con cierto tono de resignación.

—Urano, Zeus, mi padre y yo.

—¿Y ustedes cómo se enteraron? —interpeló, suspicaz.

—Urano, antes de confiarle la profecía a Zeus, pidió consejo a mi padre sobre si comunicarlo o no, pese a que estaba obligado a hacerlo. Yo estaba presente en ese momento, por ser la escolta de mi padre —explicó—. Mi padre le sugirió que no importaba si revelaba o no la profecía, el destino de los dioses, tarde o temprano, se cumple.

—¿Y qué pasa si yo no quiero que se cumpla? —espetó Hefesto con rebeldía, logrando que Caicai diera una carcajada burlona.

—No puedes impedirlo, los cambios que está viviendo el mundo no son al azar —contradijo, como si Hefesto tuviera cinco años—. Zeus, al confinar a los dioses en el Olimpo, ha hecho tambalear el equilibrio del mundo divino. En el último siglo, han caído las religiones, convirtiéndose en bienes de consumo, nadie cree en nada. El ser humano está perdiendo su espiritualidad, su conexión con la tierra es nula y, por ello, la han profanado hasta destruirla... Buscan llenar sus vidas con banalidades, y en cierto sentido, se están transformando en nosotros antes de que nos quitaran el poder. No puedes negar que es así, Hêphaistos.

No, Hefesto no podía negarlo. Había sido tan gradual el cambio que, ni él ni los humanos, lo había notado.

—Creo que lo mejor será empezar a movernos —intervino Millaray por primera vez en todo ese rato. Hefesto se tensó ante esa declaración—. Maestro, no podemos seguir nuestra vida como si nada, yo lo seguiré donde sea, no importa la decisión que tome, escondernos o enfrentar a Zeus.

»En este momento, lo que más me preocupa es mi tata, no me gusta mentirle, pero no tengo más alternativa... La única cosa que le pido antes de partir, es volver a Carahue para decirle que haremos un viaje urgente por trabajo y así justificar mi ausencia.

—Millaray, ¿entiendes la magnitud de lo que estás a punto de aceptar? No sabemos en qué va a terminar todo esto, y, además, debes casarte conmigo. No tomes a la ligera todo esto, muchacha —advirtió Hefesto a Millaray, preso de una inusitada inseguridad; cualquier decisión que tomara, arriesgaba a su preciada mujer—. Es algo enorme en lo que te estás involucrando.

—Yo no debo casarme con usted... es lo que quiero —subrayó vehemente—. Antes de que llegara la señora Caicai, era lo que pretendíamos hacer, cuando decidimos que íbamos a vivir juntos para siempre, solo que no le pusimos nombre, ¿o no? No lo vea como si yo estuviera obligada por la profecía. Es lo que queríamos y lo que, eventualmente, íbamos a hacer...

Hefesto entornó sus ojos. No se sentía ni de lejos preparado para desafiar a Zeus. Lo único que deseaba con toda su alma era proteger a Millaray. Y la forma más efectiva de hacerlo era casándose con ella y hacerla inmortal. No le importaban las profecías, pero con lo que Caicai había revelado, ya no tenía el derecho de tomar una postura indiferente.

Conocía a Zeus, sabía que, por conservar el poder, era capaz de cometer las peores atrocidades.

Y respecto a Caicai… era hija de Nereo, solo por ese hecho le daba el beneficio de la duda respecto a sus intenciones. Ninguna nereida era un ser maligno. ¿Qué ganaban ellos metiéndolo en ese embrollo? Nada, él no era nadie importante en el Olimpo, solo un sirviente. ¡¿Cómo podía ser el dios destinado para la cuarta sucesión?! Solo había aprendido a usar los elementos, todo era una coincidencia.

Una coincidencia que tenía demasiadas consecuencias, debía proteger a Millaray.

Suspiró, claudicando. No tenía escapatoria.

—Creo que ya está decidido —sentenció Caicai.

—Volveremos a Carahue —decretó Hefesto. Caicai abrió la boca para rechazar esa idea—. Mi mujer quiere despedirse de la única persona que la estima de verdad. No le negaré su último deseo como una humana normal. No me importa el riesgo. Además, debo averiguar qué tanto «domino». —Hizo un burlesco gesto de comilla con sus dedos—, los elementos. Después, iremos con tu padre, como dios ancestral él debe oficiar nuestra unión para que el resto de las deidades la reconozca.

—Será como tú digas, Señor de los Cuatro Elementos —obedeció Caicai, haciendo una solemne reverencia.

—Solo di mi nombre, el resto es demasiado —alegó incómodo.

—Pues más vale que te acostumbres a los nombres rimbombantes, dios del fuego —espetó Caicai, burlona.

Hefesto solo gruñó. Con un gesto, conminó a Caicai a que le tomara el hombro, se aferró a la cintura de obsidiana de Millaray, y emprendieron el retorno a Carahue.

Capítulo IX

—Oh, gran Zeus, su alteza… —saludó Helios, el señor del sol, hincando una rodilla sobre el inmaculado piso de mármol del palacio principal del Olimpo, e hizo una humilde venia. Alzó su azulada mirada y reveló solemne—: Hêphaistos por fin se ha manifestado.

—¿¡Dónde!? —inquirió con dureza, haciendo eco en el Gran Salón vacío.

—Usó su poder para moverse hacia un volcán, que se encuentra en la cordillera, al sur del Nuevo Mundo. Al cabo de un rato, volvió a usarlo para retornar a una zona rural, luego, su presencia se desvaneció —reportó lo que vio desde el cielo, él era el único que podía viajar grandes distancias sobre su carro dorado. El resto de los dioses solo podían transportarse a una velocidad un poco más rápida que la del sonido, pero solo por distancias cortas de unos cientos de kilómetros.

—¿No sucedió nada más? —interpeló intrigado.

—Nada más, su alteza…

—Maldita sea —masculló el gran dios—. Vigila esa zona. Sé que una nereida. —«Una demasiado irreverente», pensó Zeus— regenta las aguas de ese lugar. Búscala, debe saber algo. Mantenme informado.

—Como ordene, su alteza —respondió Helios sin cuestionar.

Zeus sabía que algo estaba sucediendo, lo podía sentir desde la médula de sus huesos hasta la última fibra de su cabello gris. No sabía si se trataba de la profecía o no, el cojo infeliz, prácticamente, no usaba su poder salvo para retornar al Olimpo, momento en que, sin querer, lo ponía sobre aviso para poner en escena su ilusión. Obligaba a Hipnos, el señor del sueño a hacer dormir a todos los dioses Olímpicos, mientras que su hijo, Fantaso, creaba la visión de abandono y ruina en el palacio.

Cada diez años, la visita de Hefesto le confirmaba que todavía vivía y que su poder se mantenía indemne. A veces, su apariencia cambiaba y era casi irreconocible, ya fuera por su atuendo, el corte de cabello o la ausencia de su barba. Pero, de todos modos, seguía siendo un adefesio indigno.

Al enviarlo a la tierra pensó que sería seducido por la mortalidad en pocos años, pero el dios del fuego se tornó impredecible y desarrolló una inusual habilidad para mimetizarse entre los humanos, al punto que parecía uno más de ellos a los ojos de Helios, que todo lo ve.

Hefesto era indetectable, a menos que usara una gran cantidad de su poder —tal como lo había hecho hacía un rato—, mas luego, desaparecía, y jamás se quedaba demasiado tiempo en un solo lugar. Cada vez había más humanos, millones y millones de esos seres débiles e inservibles llenando la tierra de su basura, sus gases tóxicos, sus guerras con artefactos de destrucción, su miseria. ¿Dónde estaban aquellos días donde todo era más simple? Sus ofrendas, sacrificios, fiestas, creencias y temor. Todo aquello que les daba poder, ahora ellos se los daban a otros dioses... o, egoístamente, a ellos mismos.

Durante las últimas décadas, Zeus había intentado asesinar a Hefesto en sus visitas. Pero un miedo aterrador lo paralizaba, al punto de hacerle desistir de su objetivo en el último minuto.

Sin embargo, cuando el herrero hizo acto de presencia, hacía casi diez años atrás, Zeus lo observó asombrado. Hefesto se veía cansado, la fuerza de su poder era diferente, casi como si hubiera perdido gran parte de él.

En ese momento se decidió, pero fue muy tarde, Hefesto solo tomó la manzana y se fue. Zeus supo que su momento había llegado, solo tenía que encontrarlo entre los humanos y matarlo con la hoz de adamantio de Crono. Era un plan perfecto, él no lo tocaría, el arma, sí.

Nadie iba a arrebatarle lo poco que tenía. Tarde o temprano, Hefesto iba a cometer un error, y le iba a costar caro.

Su poder y la vida misma.

*****

—Estaré pendiente —avisó Caicai, a orillas del río Imperial, en una zona deshabitada a tres kilómetros de Carahue, lugar que escogió Hefesto como destino para retornar de su viaje al Llaima—. En caso de cualquier cosa, ya sabes cómo invocarme, Hêphaistos. —Alzó la mirada hacia el cielo cubierto de nubes, no sabía qué hora era, nunca le había importado, pero podía suponer que eran unas dos horas pasadas del mediodía—. Prepárense para lo que se avecina.

—Lo haremos. Dile a Nereo que nos encontraremos en la isla de Lemnos en un mes. Los invocaremos en cuanto lleguemos —indicó Hefesto resuelto, sin soltar el cuerpo de obsidiana de Millaray. Ella era como su ancla, la que no le dejaba caer en la desesperación. No podía permitirse el lujo de perder el control, si eso sucedía, su muchacha pagaría las consecuencias, y eso no lo iba a consentir.

Caicai le dio una mirada que decía que no aprobaba sus prioridades y Hefesto chasqueó la lengua como respuesta.

—Debes reconocer que el rey no se mueve tan rápido, no es omnipresente ni omnipotente —aseguró Hefesto, intentando tranquilizar a la nereida—. Tengo una vida aquí, y tenemos una persona importante a la cual le debemos dar, al menos, una explicación plausible para no provocar dolor.

—Tengan mucho cuidado —advirtió la nereida resignada a la decisión tomada.

Caicai se adentró en las gélidas aguas del río y desapareció de la vista de ambos, arrastrada por la briosa corriente.

Millaray suspiró hondo, mentalmente estaba agotada. Necesitaba dormir, al menos, doce horas de corrido, pero tal deseo no se iba a cumplir en el corto plazo.

Hefesto la tomó de los hombros, se inclinó levemente y le acarició la fría boca de roca volcánica con sus tibios labios. Nuevamente, Millaray notó esa sensación cálida que le inundó el cuerpo, y su piel comenzó a percibir el mundo como antes. Millaray se liberó de su confinamiento de obsidiana y sus manos se aferraron al cuello de Hefesto. Asombrada, disfrutó cómo la piel se le erizaba al sentir el toque de las enormes manos de su dios deslizándose por sus brazos, para luego, descansar en sus caderas, sin atreverse a moverlas de ese lugar.

Millaray gimió cuando su lengua se entrelazó con la de él, nutriéndose de su esencia divina, de su adictivo sabor. Hefesto la veneraba con sus labios, le transmitía todo su amor con sus suaves y húmedas caricias, a las cuales ella respondía con ardor y devoción.

Hefesto apenas se acostumbraba a la sensación de ser amado, todavía le abrumaba que ella sintiera lo mismo que él. Pero aquello no le impedía saborear ese beso que le hacía hervir la sangre y lo arrastraba por el turbulento camino hacia el deseo, el mismo que ella sentía y que no se tomaba la molestia de contener o disimular. Era como si se estuviera entregando en bandeja de plata para que él la poseyera a placer.

El dios del fuego sintió que la tierra vibraba bajo sus pies y que un poder inconmensurable comenzaba a trepar caliente por sus piernas.

Control, no era el momento. Aquel paraje ya no era un lugar seguro ni el ideal para tomarla. Lemnos era su destino, la isla griega donde lo dejó Tetys cuando se recuperó de su devastadora caída, el lugar donde perfeccionó su arte y enseñó a los humanos. Ahí hubo un templo dedicado a él, donde los antiguos habitantes le rendían tributo.

Lemnos debía ser la tierra donde desposaría a Millaray.

Interrumpió el beso con suavidad en cuanto sintió el inconfundible aroma del deseo en ella. Le acarició sus azoradas mejillas y se perdió en sus ojos oscuros.

—Ya tendremos tiempo para ello —susurró Hefesto con la voz grave, rebosante de anhelo. Millaray se mordió el labio inferior, intentando reprimir su frustración. Él le tomó la barbilla con delicadeza y la miró a los ojos—. Volvamos a Carahue, es hora… —Suspiró resignado—. Lo lamento tanto, mi muchacha. Nunca fue mi intención...

—No siga, maestro —terció firme, mirándolo a los ojos—. Esto es lo que me ha tocado vivir, ¿por qué huir?, no ganaré nada si lo abandono; seguiré con mi vida vacía, vivir por vivir, conformarme con la rutina de trabajar, comer, dormir. ¿Usted cree que, si se va solo, podré seguir como si nada hubiera pasado? Olvidar que me he enamorado de un hombre excepcional, olvidar que me ama, lo que me ha enseñado… el único que me ha respetado y me ha valorado en todos los sentidos.

»Y no me importa lo que diga o no esa profecía, no me importa si es un dios inmortal. Yo soy parte de su destino, y usted es parte del mío... ¿Por qué debería darle la espalda al hombre que amo? —argumentó vehemente, llena de convicción.

Millaray era una mujer que, para sus pares, era poca cosa. Medían su valía de un modo perverso, y no importaba mucho lo que había en su corazón o cómo era su forma de ser. Pero Hefesto nunca usó ese prisma mundano para definirla, para él siempre fue clara su bondad, inteligencia, fuerza e inocencia. Ella no albergaba maldad en su corazón. Era ese tipo de persona que no actuaba vengativa si alguien le hacía daño, ella solo dejaba que la vida misma hiciera pagar el mal recibido. Esa característica era uno de los motivos por los cuales la amaba, ella no era como las diosas.

Las emocionadas palabras de Millaray hacían que a Hefesto se le llenara el corazón de un sentimiento tan ardiente que le calentaba toda el alma. Lo colmaba de una inefable sensación que jamás imaginó poseer.

Le dio un apretoncito a la mano femenina y fuerte que tenía entrelazada con la suya.

—Ah, mi muchacha… ¿de dónde sacas tanta fuerza?

—De aquí —señaló, tocando el centro de su pecho—… y de aquí. —Posó su mano sobre el corazón del dios.

Hefesto atrapó los dedos de Millaray y se los besó reverente. Corría una brisa fría, el dios se quitó el abrigo y se lo puso a Millaray, quien no estaba vestida apropiadamente para estar fuera de su casa. Debía haber unos nueve grados y el aire estaba muy húmedo. Pronto iba a empezar a llover y esta vez no sería por su causa.

Entrelazó sus dedos con los de ella y comenzaron a caminar, enfilando sus pasos hacia la berma de la carretera que bordeaba el río. Lo hicieron en silencio, cada uno pensando, analizando y digiriendo las últimas horas de sus vidas. Intenso era apenas una minúscula definición de aquel titánico revés que ninguno de los dos imaginó al levantarse esa mañana.

Transcurrieron así veinte minutos, sin decir ninguna palabra. Millaray estaba resuelta, pero contrariada, su tata se iba a quedar solo y ella no sabía cuándo iba a volver… si es que lo hacía. Una parte de ella no quería dejarlo solo, pero no había alternativa. Sus problemas ya no eran pequeños y terrenales, y debía comenzar a acostumbrarse a ello. Era la compañera de un dios. ¡Un dios!

—¿Cuándo comenzarás a tutearme, muchacha? —preguntó Hefesto, a propósito de nada, interrumpiendo los pensamientos de Millaray. Caminaba, concentrando su atención hacia el frente, pero la miraba subrepticiamente.

Ella sonrió, solo ese día lo había tuteado dos veces, al decirle que lo amaba y cuando pensó que estaba ahorcando a su abuelo. Hizo un mohín que le hizo arrugar su pequeña nariz.

—Me va a costar acostumbrarme. Mi tata y mi *güeli*, siempre me decían que debía referirme con respeto hacia mis mayores. —Rio. Ella también miraba hacia el camino. La brisa hacía que las hebras de su cabello negro flotaran—. Aunque, tratándose de usted es más difícil todavía, es harto mayor y más encima es un dios.

—Somos iguales, Millaray —afirmó seguro y sonriendo—. El poder que tengo, mis habilidades no me hacen diferente a ti, eso es lo que creo; siento y vivo como tú. Jamás me he sentido superior a ti, salvo en lo que respecta a nuestro oficio. Eres mi compañera, la que eligió mi corazón para amar de verdad.

Millaray se quedó unos segundos pensativa, procesando las palabras de Hefesto, y esbozó una sonrisa.

—Me gusta cuando dices mi nombre —acotó ella, intentando hacer lo que Hefesto le había pedido—. Aunque te contradices; si no te sintieras superior a mí, no me llamarías «muchacha».

—A todos mis aprendices les he llamado de ese modo, no ibas a ser diferente por ser la única que he tenido de sexo femenino —explicó relajado—. Cuando ellos lograban dominar el oficio, los llamaba «maestro». Así que vuestro argumento no tiene asidero, te llamo así porque ese sobrenombre lo aplico solo en el oficio... Pero ahora también lo hago porque te amo, ha cambiado el significado de ese sobrenombre para mí.

—Bueno —aceptó conforme su explicación. Millaray no podía dejar de sonreír. Cada vez que escuchaba «te amo» en la voz de Hefesto, su corazón daba un brinco—, me falta mucho para ser maestra.

—Estoy más que seguro de que algún día lo lograrás, muchacha... mi muchacha —recalcó, alzando sus cejas y volvió a mirarla de soslayo.

—Algún día, maestro... mi maestro... —Dio una risita nerviosa. Había sufrido cambios importantes en su vida, pero jamás al nivel de dividir su vida de un modo tan violento—. ¿Cómo quiere que lo llame? —preguntó, volviendo al trato formal; se reprendió mentalmente por ello—. ¿Maestro, Tahiel, Hefesto, Hêphaistos?

—Eso lo dejo a lo que tu corazón diga.

—Me gusta Hefesto, es más fácil para mí que Hêphaistos, ese lo dejaré para el resto que lo conocen; «maestro» me lo reservaré para cuando volvamos al taller.

—¿Tahiel no te gusta?

—Me gusta mucho, pero ese nombre no lo usaré con usted... digo, contigo —respondió, guardando un hermoso anhelo en su corazón.

—Muy bien.

Volvieron a quedarse en silencio, de vez en cuando pasaba un automóvil viajando o saliendo a Carahue, rompiendo la quietud de los relajantes sonidos del río.

—¿Cómo lo haremos para viajar a Grecia? —preguntó Millaray, al cabo de un rato—. Le dijo a la señora Caicai que estaríamos allá en un mes. Lo más lejos que he llegado ha sido a Santiago. ¿No se supone que tengo que sacar visa para ir a su país?

—Viajaremos en avión. —Alzó sus cejas, divertido—. No vuelo como Superman. Pero tengo mis métodos para evadir los controles legales que los humanos han impuesto.

—Entonces, vamos a usar documentación falsa. —Fue una afirmación más que una pregunta.

—Yo sí, pero tú deberás sacar un pasaporte, la visa no la necesitas.

—¿Por qué no viajamos como lo hicimos hace un rato? —interpeló con mucha curiosidad, quería saber todo lo relacionado con el mundo de Hefesto.

—Porque solo puedo hacerlo en tramos cortos... el único que tiene la capacidad de abarcar más distancia es Helios. —En cuanto finalizó esa frase, Hefesto miró al cielo, era bueno que estuviera nublado, así el señor del sol no podría verlos con tanta facilidad. Caviló preocupado, recién en ese instante, en que lo había mencionado, tomó consciencia de su presencia. Durante centurias se había olvidado de Helios... Desestimó de inmediato a Apolo, quien se suponía que era el dios del sol, pues así lo llamaban los humanos, pero era solo el nombre. No poseía el mismo poder primigenio de Helios, quien pertenecía a la misma generación de Zeus. Era hijo de titanes y su poder estaba supeditado directamente con el astro rey. Se preguntó si él lo estaba vigilando bajo las órdenes de Zeus o no—. Solo puedo transportarme unos ciento cincuenta kilómetros como mucho, y demanda bastante energía de mi parte —continuó, debía estar atento al alcance de los hijos de los titanes y sus lealtades. No se preocupó mucho por la influencia de los dioses del Olimpo, ellos, según Caicai, no podían salir de ahí—. Aunque no lo creas, nosotros tenemos limitaciones.

—Sí, ya veo… —afirmó apenas imaginando lo que Hefesto le decía—. Uno tiene la idea de que son como Dios, omnipresente y omnipotente… ¿Usted conoce a Dios?

Hefesto negó con la cabeza y esbozó una sonrisa.

—No lo conozco… Las deidades que no pertenecen a mi mundo son difíciles de identificar.

—¿Qué cosas puedes hacer como dios y Señor de los Cuatro Elementos? —continuó Millaray con su implacable interrogatorio.

—Esa es una muy buena pregunta. Es una que puedo responder. —Se rascó la barba, pocas veces se había autodefinido—. Ya tienes una idea de cuáles son mis poderes con el fuego; mi cuerpo tolera altas temperaturas, e incluso puedo estar en contacto directo con lava, pero no por mucho tiempo, un par de días y ya. Los gases que emana un volcán tampoco me hacen daño. Controlo el fuego a voluntad, erupciones volcánicas, placas tectónicas. Por eso mismo puedo dominar algunos aspectos de la tierra; de hecho, Poseidón, Hades y Zeus también lo hacen en ese sentido.

»Tengo que experimentar para probar mis alcances con el poder del aire; sé que puedo provocar cambios de temperatura y aglutinar nubes para formar tormentas eléctricas, pero debo hacerlo a voluntad. Y respecto al agua, siempre me ha tranquilizado su poder, creo que también debería probar hasta dónde me obedece… —Hefesto se mentalizó, tenía poco tiempo para profundizar en sus recién descubiertas habilidades, un mes era la nada misma—. Caicai tiene razón, esta ciudad ya no es segura para nosotros, pero lo bueno es que este país es muy largo, posee muchos climas, y lo más importante es que aquí estamos casi en invierno, podremos estar ocultos lo suficiente antes de ir a Lemnos.

—Podríamos ir a la isla de Chiloé —propuso Millaray con ligereza—. Me gustaría conocerla.

—Es una buena opción, me gusta... Bien, allá iremos.

*****

Don Anatolio —el real— abrió la puerta de su casa. Como todos los días, esperaba ver a su nieta, quien llegaba más temprano que él. Había estado preocupado durante todo el día. La tarde anterior, su nieta se veía decaída y apenas había probado bocado durante la once.

Esa mañana, la fue a ver a su habitación antes de salir. Dormía profundamente, como siempre. Le gustaba que ella tuviera un trabajo cerca de la casa y pudiera dormir un par de horas más que él.

Después, pasado el mediodía, la llamó por teléfono, pero ella no le contestó. Pero aquello no le inquietó, Millaray, a veces, estaba tan concentrada, que prefería dejar el teléfono en silencio. Así que le dejó un mensaje.

Esa tarde esperaba ver a su nieta. Lo que no imaginó fue ver a don Tahiel ayudando a Millaray a poner la once. Era extraña su presencia, pero era más extraño ver a tremendo hombre poniendo las tazas para el té, parecía que las fuera a quebrar solo con los dedos.

—¡Hola, tata! —saludó alegre su nieta al notar su llegada y fue a su encuentro. Lo abrazó fuerte, como si no lo hubiera visto en siglos, y Anatolio respondió del mismo modo.

Algo pasaba, su nieta siempre era efusiva, pero había algo raro. Su abrazo había sido más apretado de lo usual.

Millaray le besó su tibia mejilla, al tiempo que se separaba de él para permitirle quitarse la chaqueta, el gorro y los guantes.

Anatolio se acercó a don Tahiel y le tendió la mano.

—*Güenas* tardes, maestro —saludó, dándole un apretón de manos—. ¿Qué lo trae por acá? —preguntó con franca curiosidad.

—He venido a pedirle que le dé permiso a vuestra nieta —explicó Hefesto, serio. Anatolio frunció el ceño, ahí estaba la respuesta a su presentimiento, pero sabía que no era todo—. Le explicaré mientras comemos.

—Está casi listo, tata —señaló Millaray, llevando la tetera de agua caliente—. Siéntese, siéntese, para que conversemos.

Anatolio se sentó a la cabecera de la mesa, Millaray, como siempre, tomó su puesto en el lado derecho, en el izquierdo estaba el maestro. El viejo miró las otras tres sillas vacías con nostalgia, donde se sentaban sus otras nietas y su difunta esposa. Luego, su memoria fue más allá y recordó a sus cuatro hijos, tres varones y

Juani, que era la menor... Millaray se parecía tanto a ella. Esbozó una sonrisa agradecida a su nieta mientras le servía el té.

Cuando Millaray se sentó, Anatolio, en silencio y con cierta ceremonia, le echó azúcar a tu taza, revolvió el té y bebió un sorbo con la cucharita para probar el dulzor.

Se aclaró la garganta.

—¿Y por qué me quiere pedir permiso *pa'* mi niña, maestro? —preguntó, pensando que su nieta había pasado hacía mucho rato la mayoría de edad, como para que le pidieran autorizaciones. Sin embargo, aquello le gustó. En eso su niña era diferente a Juani, ella no tomaba decisiones importantes sin, al menos, informarle.

—Debo hacer un viaje al extranjero como experto en metalurgia en una excavación que están haciendo en Grecia —contestó Hefesto muy convincente, mirando de soslayo a Millaray—. Sería una gran oportunidad para vuestra nieta si me acompaña para que aprenda.

—¡Grecia! ¡Uy, qué lindo! ¡Tremendo pique, *mijita*! —señaló contento, pero, al instante, su semblante se ensombreció—. ¿Y cuánto cuesta el pasaje?

—De eso no se preocupe, don Anatolio. La embajada financiará todo, pasaje y estadía —respondió Hefesto.

Anatolio abrió los ojos, sorprendido. Miró a Millaray, quien miraba emocionada a don Tahiel. Esa mirada le era muy familiar. Lo sabía, su chiquilla estaba enamorada hasta las repatas del maestro.

Era la primera vez que veía ese brillo en los ojos de su nieta, en los de su hija, demasiadas veces.

—*Güeno, ¿y uste'*, quiere ir, *mijita*? —preguntó Anatolio, sabiendo la respuesta de ella, pero quería oírla.

—Es una oportunidad que no quiero perder, tata —respondió convencida—. Imagínese, es ir a otro país.

Anatolio sonrió y le palmeó suave la mano a su nieta.

—Bien, ¿y cuándo viajarían? —interrogó, dando tácitamente su autorización.

—Estamos justos de tiempo. Mañana partiremos a Santiago, tramitaremos el pasaporte de Millaray y veremos unos asuntos en la embajada antes de partir. —Hefesto detalló el plan, del cual solo una mínima parte era real.

A Anatolio se le fue el alma a los pies. Le entristecía mucho que fuera tan repentina la salida de su nieta, no quería que se marchara al día siguiente. Pero se reprendió, sus sentimentalismos de viejo no debían retenerla. Ella todavía tenía todo por delante… debía dejar de temer y de compararla con Juani.

—¿Y cuánto tiempo estarán afuera? —preguntó Anatolio con cierto temor.

—Eso no sabría decirlo, don Anatolio —respondió Hefesto—. Pero serán más de tres meses —se aventuró a pronosticar.

Sin poder evitarlo, los ojos de Anatolio se enrojecieron. Nunca se había separado por tanto tiempo de su chiquilla.

—*Güeno*, va a tener que conseguirse un bolso grande, *mijita, pa'* que lleve sus cositas —señaló, intentando aparentar soltura, pero su voz se quebró—. Me tiene que llamar todos los días, ¿me oyó?

—Sí, tata. Todos los días —prometió Millaray con un gran sentimiento de culpa por mentirle a su abuelo. Pero era necesario y no tenía alternativa.

Y en ese preciso instante, ella comprendió a Hefesto. Ahora entendía la magnitud de su temor cuando le reveló su naturaleza divina. Esa verdad, en particular, era dura y, prácticamente, inconfesable. Hefesto lo había arriesgado todo por ella.

Gruesas y saladas lágrimas rodaron por las mejillas de Millaray. Ese casi silencioso llanto se podía interpretar como emoción y felicidad ante la expectativa de esa aventura única e irrepetible. Pero, en realidad, estaba desolada por la inexorable separación.

—Cuide a mi chiquilla, maestro… como si fuera un tesoro —exigió Anatolio, mirándolo fijo, con un tono de voz que solo podía interpretarse de una forma. Él sabía que algo serio estaba pasando entre ellos dos. Tenía una idea de esa verdad, al menos, lo principal, que, en algún punto de esos meses, su relación se había transformado. La relación de ellos era mucho más que la de maestro y aprendiz.

—Le prometo que cuidaré a vuestra nieta —aseguró Hefesto, comprendiendo el tenor de las palabras de Anatolio.

«Con mi vida, mi alma y mi poder», se prometió a sí mismo.

Miró a Millaray, quien se secaba sus lágrimas y le sonreía a su abuelo. Le decía adiós con la mirada.

Hefesto deseó con todo su corazón que esa despedida no fuera definitiva.

Capítulo X

Caicai estaba en medio del océano Pacífico, nadando a toda velocidad hacia el mar Egeo transformada en una enorme serpiente acuática. Bajo el agua, era tan rápida como el poder de transportación de Hefesto, pero en aquel elemento, no tenía las odiosas limitaciones de la distancia, podía atravesar el océano en pocas horas.

Un inmenso rayo de luz atravesó el agua salada, iluminando el fondo submarino como si fuera de día. Caicai se frenó en seco, sabiendo que podría terminar fulminada si tocaba el fascinante velo dorado. Intentó bordearlo, pero cada vez que se movía, también lo hacía aquella cegadora luz.

Caicai se resignó a la idea de que no tenía escapatoria y debía subir hacia la superficie. El señor que todo lo ve, literalmente, la había visto, y no iba a dejarla ir sin antes hablar con ella.

Emergió del agua y miró en todas direcciones. En aquella parte del mundo todavía había algo de luz solar. Maldijo para sus adentros, si hubiera ido un poco más lento, habría estado protegida por el manto de la noche y él no la habría encontrado.

Alzó su vista y vio un punto luminoso, fácilmente podía ser confundida por una tímida estrella, pero Caicai sabía que no era así. En menos de un minuto esa estrella fue aumentando su tamaño, conforme se acercaba a ella.

Un carruaje dorado tirado por briosos corceles blancos y crines plateadas se hizo presente, hasta casi tocar las serenas aguas del océano.

—Saludos, nereida —dijo Helios con una sonrisa de suficiencia, al tiempo que controlaba a sus caballos divinos que piafaban impacientes, arrojando fuego por sus dilatadas fosas nasales.

—Mi señor. —Caicai hizo una venia respetuosa, inclinando su cabeza a modo de reverencia.

—Muestra tu forma original —exigió—. Me gusta mirar a los ojos.

Caicai se sumergió y cambió a su aspecto original, la voluptuosa mujer rubia, ataviada de algas y piel iridiscente. Odiaba mostrarse así frente a Helios. De mala gana, volvió a salir, esperando no llamar la atención de él.

Helios esbozó una sonrisa depredadora y miró fijo a los ojos de Caicai, que eran verdes, tan verdes como el musgo.

—¿Qué asunto tan importante lo ha traído hasta aquí, mi señor? —preguntó Caicai, harta del escrutinio de Helios.

—Información —respondió lacónico.

Caicai alzó sus cejas, evidenciando una franca sorpresa.

—Debe ser muy importante para que su señoría haya tenido que llegar hasta aquí, dejando de lado sus prioridades.

—Cuando se trata de Zeus, las prioridades cambian de importancia constantemente. Dime, nereida, ¿has visto o sentido la presencia de Hêphaistos?

Caicai no respondió de inmediato, debía medir su expresión facial y corporal, así como también, sus palabras. Debía calcular el tono y rapidez con que salían de su boca para no levantar ninguna sospecha.

—No, ni lo uno, ni lo otro, mi señor —contestó Caicai con sequedad, al cabo de tres segundos.

—¿Segura? Pude ver que él usó una gran cantidad de poder para transportarse, para luego, desaparecer. ¿Acaso no vienes desde ese continente? —Helios apuntó en dirección al este, hacia las invisibles costas del Nuevo Mundo.

—Estuve en Rapa Nui. Si pasó algo así en el continente, no tuve oportunidad de ver o percibir la presencia de Hêphaistos —mintió con maestría—. Estuve unas semanas en la isla, fui por mi cuota de simiente de machos alfa —explicó con una media sonrisa llena de lascivia, intentando desviar la atención de Helios.

—Asquerosa adicción tuya, nereida —condenó Helios con desprecio.

—Los humanos no pueden preñarme, nadie puede hacerlo —argumentó con ligereza y resopló—. ¿Tiene algo de malo que disfrute a mis anchas? —cuestionó rebelde—. No pariré seres mestizos e ignominiosos. En todo caso, las prohibiciones son para impedir matrimonios y la concepción de hijos con los humanos.

—Solo por eso Zeus no te ha fulminado, pero tu padre tampoco te somete. Nereo se ha vuelto blando —criticó Helios con acritud.

—No se extralimite, no ose usar el nombre de mi amado padre de ese modo —replicó airada. El hermoso y perfecto Helios no tenía moral para reprocharle su comportamiento, aquel era un dios que tenía la costumbre de seducir a las criaturas marinas, y Caicai ya había perdido la cuenta de cuántas consortes había tenido.

Helios no era mejor que Zeus, manteniendo las proporciones. Nadie superaba la promiscuidad del gran rey.

Recordó a Hêphaistos y su devoción hacia su humana. ¡Qué diferente era él!

Ambos se quedaron en silencio, Caicai exigía sin palabras que su padre quedara fuera de la discusión. Finalmente, Helios hizo una leve inclinación.

—Mis disculpas, nereida. No debí involucrar a vuestro venerable padre en nuestras diferencias.

—Disculpas aceptadas, mi señor.

—Volviendo al motivo que me ha convocado hasta aquí —continuó Helios—. Si tienes cualquier información de Hêphaistos, me la haces llegar a la brevedad posible. No importa si es algo concreto o un rumor. Yo decidiré si es importante.

Caicai asintió, moviendo su cabeza con lentitud.

—¿Ha sucedido algo malo, mi señor? —preguntó con curiosidad.

—Su alteza está interesado en los movimientos de él.

Caicai no dijo una palabra más, el gran Helios, a pesar de sus defectos, siempre había sido un dios justo y sabio. Ahora, al parecer, era una especie de marioneta de Zeus.

—Mi señor, perdone mi impertinencia, pero, ¿no se ha preguntado por qué solo el dios del fuego permanece en la tierra? ¿Por qué no fue llamado cuando el manzano comenzó a decaer? —interpeló, queriendo sembrar la duda en el señor del sol. ¿Tanto le temían al dios del rayo?

¡Por supuesto!, nadie es más poderoso que él.

Hasta ahora.

—No cuestiono las decisiones de Zeus. Él es nuestro soberano y está procurando el bienestar de los dioses olímpicos —contestó solemne y la miró con severidad—. Deberías hacer lo mismo, él sabe por qué hace las cosas.

—Sí, mi señor. Disculpe mi suspicacia —dijo Caicai con falsa humildad. Solo esperaba que su actuación fuera lo suficientemente convincente como para que Helios se fiara de sus palabras—. Si llegase a tener noticias de Hêphaistos, se lo haré saber.

—Muy bien. —Otro silencio, Helios inclinó su cabeza como si estuviera dilucidando si fiarse de la hija de Nereo o no—. ¿Hacia dónde vas tan apurada, nereida?

—Voy a ver a mi padre. Me ha llamado por un asunto importante que quiere comunicarme en persona —respondió.

—Ya veo por qué lo defiendes tanto, eres una hija devota.

—Ya no somos tantas como antes, mi señor.

—Estamos en días oscuros —admitió, recordando eras pasadas, el castigo que habían recibido era más desolador y lúgubre que la muerte.

Pero era un castigo justo.

—Cuando termines tu visita a tu padre, vigila las costas del Nuevo Mundo —repuso severo.

—Como ordene, mi señor.

Helios miró hacia el horizonte, el sol seguía su recorrido y estaba a punto de desaparecer. Si no quería quedar varado en medio del océano, debía llevar su carruaje hacia esa dirección, su fuente de poder dependía de ello.

Dio una última mirada a la nereida, no sabía su nombre, ni tampoco le importaba. Pero ella, a diferencia de sus hermanas y otras criaturas, en vez de mirarlo con respeto, lo hacía con flagrante desafecto.

Probablemente, era por aquella adicción repugnante a los placeres que ella obtenía de los humanos.

Fustigó a sus caballos y, raudo, se fue a perseguir al sol.

Caicai se quedó quieta hasta que lo perdió de vista. Decidió que solo viajaría de noche. Helios ya no era un dios neutral, sin saberlo, él había tomado partido en el bando equivocado.

*****

Hefesto cargó la camioneta con todo lo que podía llevar de su taller y la casa; víveres, unos libros, materiales, herramientas y trabajos a medio terminar de él y Millaray. Ambos eran iguales en ese sentido, el amor que sentían por su oficio no les permitía dejar nada a medias.

Durante un mes residirían en Chiloé, tiempo en el cual dejarían sus trabajos terminados, y Hefesto comenzaría a aprender a usar y canalizar sus habilidades como Señor de los Cuatro Elementos. Pero, por más que le daba vueltas al asunto de su «despertar», difería de lo que decía Caicai. Él estaba seguro de que la profecía estaba equivocada, no era el toque de Zeus lo que lo había despertado, sino lo que él sentía por Millaray. El profundo y verdadero amor que había nacido de su corazón.

Ella había sido la razón de todo, nada más.

Hefesto bostezó, no había dormido nada, puesto que debía preparar el viaje. La premura y la ansiedad fueron suficiente incentivo para trabajar durante toda la noche. Miró al cielo, entre las nubes se colaban los tibios rayos de sol del amanecer. Entrecerró sus ojos, si su existencia hubiera seguido su curso normal, aquello no le habría importado. Ahora no podía tomarse a la ligera esas señales.

Necesitaba que las nubes le ayudaran a ocultarse de Helios, quien lo sabía y lo veía todo durante el día. No era la primera vez que su camino se cruzaba con el señor del sol. Miles de años atrás, Helios descubrió que Afrodita estaba profanando su cama con Ares y se lo informó en el acto. Hefesto, loco de ira y vergüenza, les tendió una trampa y los amantes quedaron atrapados desnudos y unidos gracias a una red de oro irrompible. Él pretendía humillarlos, pero nada salió como esperaba y el que terminó siendo humillado fue él. Los demás dioses fueron a ver el espectáculo, pero terminaron mofándose de él, dando vivas y hurras a Afrodita y Ares.

Esa fue la primera vez que intentó divorciarse de Afrodita, pero Poseidón intervino para que aquello no sucediera. Debió no haber cedido a la presión, la humillación de los amantes continuó implacable, al punto de concebir un hijo, Eros.

Hefesto se deshizo del recuerdo. Con desconfianza miraba las nubes, sin duda, debía ser cauto con Helios. Era posible que, en esa época, lo único que motivara al señor del sol al delatar a Afrodita fuera su afán de ayudar. Pero ahora, Hefesto ya no sabía qué pensar, todo le resultaba sospechoso.

El invierno había llegado. En tres días más sería el *We Tripantu*, el año nuevo mapuche, en el cual las nuevas generaciones hacían ceremonias que celebraban el inicio del invierno, cuyas lluvias limpiaban la tierra, gracias al espíritu del agua, para un nuevo ciclo de preparación, siembra y cosecha.

Para él también era año nuevo, vida nueva… poderes nuevos. Independiente de la situación que estaba atravesando, de lo difícil y peligrosa que se había tornado su pacífica existencia, era feliz.

No pudo evitar esbozar una sonrisa. No recordaba la última vez que se había permitido soñar.

*****

Millaray cerró el bolso de viaje que contenía sus pertenencias. Ahora que había ordenado todo, se había dado cuenta de lo poco que tenía. Prácticamente, en el interior del bolso estaba toda su vida; ropa, artículos personales, unas fotografías y la mariposa de acero que le hizo Hefesto, como mínima e irrefutable prueba de su poder. La noche anterior solo le hizo una pequeña modificación y se la colgó al cuello en una cadena de plata. Era un símbolo que le recordaba lo que había dejado atrás y la nueva vida que había aceptado.

Se abrigó muy bien, Anatolio, antes de partir a su trabajo, se despidió de ella. Lo hizo como si fuera un día ordinario, como si ella fuera a volver esa misma tarde. Millaray sabía que él actuaba de esa manera, porque quería conservar la ilusión de que ella volvería.

Millaray también quería creer lo mismo.

*****

Hefesto terminó de asegurar sus pertenencias en la parte posterior de la camioneta. Tensaba las cuerdas al máximo, tal como los músculos de todo su cuerpo. No quería que nada cayera en el camino.

Se limpió el sudor de su frente con su antebrazo y, al centrar su atención en la calle, a unos treinta metros, estaba Millaray, cargando su bolso, dedicándole una tímida sonrisa que no llegaba del todo a sus ojos. Él le sonrió de vuelta, con la esperanza de que su muchacha recobrara pronto su espíritu vigoroso.

Él sabía que todas las separaciones eran dolorosas, cuando se dejaba atrás a la familia, las raíces o lo que da seguridad. La comprendió, y se prometió a sí mismo aplacar la tristeza de Millaray a como diera lugar.

Caminó a su encuentro y la abrazó fuerte, inhaló el aroma del cabello de ella, era miel y flores, dulce y femenino como su muchacha. Enmarcó entre sus manos el rostro ovalado y de suaves facciones, le acarició las mejillas con los pulgares y la besó suave, sin importarle que los vecinos los miraran. Después de todo, el abuelo de Millaray ya lo sabía, de eso no tenía ninguna duda.

—Vamos, Millaray. —Tomó el bolso que ella llevaba y se lo echó al hombro, le ofreció su mano y fueron hacia la camioneta.

Millaray miró sorprendida la parte trasera, llena de la mitad de las cosas que había en el taller. Sonrió contenta, esta vez, sin atisbo de tristeza.

Podía seguir trabajando, Hefesto le seguiría enseñando, al menos un mes más.

—No me puedo deshacer de la forja, y pensé que tú no querrías dejar vuestro trabajo atrás —señaló el dios, dichoso por la reacción de ella. Le abrió la puerta, dejó el bolso de ella en la cabina que había tras los asientos y la instó a que subiera a la camioneta.

Millaray se sentó sonriente y se acomodó.

—Estoy feliz de que sigas enseñándome —afirmó y luego suspiró—. Pensé que también dejaríamos esto atrás.

—Nuestro oficio se ha transformado en la mitad de vuestra vida, no podía quitarte eso también —aseveró, entregándole el cojín de viaje, y le puso el cinturón de seguridad, ajustándolo un poco más apretado de la cuenta. La miró a los ojos y le sonrió con cierta malicia, logrando que ella se sonrojara—. Creo que pensaste lo mismo que yo.

—Con esa mirada no dejas nada a la imaginación.

Hefesto rio, cerró la puerta del copiloto, rodeó la camioneta y, acto seguido, se subió.

—Gracias, Hefesto… por cosas como estas es que te amo —dijo Millaray, emocionada. Le dio un beso en la mejilla, luego miró hacia el frente, haciendo un gesto inseguro—. Y ahora, espero no vomitar.

Hefesto hizo una mueca divertida.

—Me tendrás que avisar para detenerme... aunque conociéndote, no tienes nada en vuestro estómago. No desayunaste, ¿cierto?

Millaray negó con la cabeza, ganándose un silencioso reproche de Hefesto, materializado en un ceño fruncido.

—Si no hay inconvenientes, serán cinco horas de viaje hasta Chacao —estimó, poniéndose el cinturón de seguridad.

—No creo que soporte tanto... Recuerda mi nefasto viaje a Temuco y solo fueron cuarenta minutos —replicó mortificada.

—En esa ocasión no sabía nada de tu pequeño problema. Probaremos algo diferente esta vez... —De su bolsillo sacó una pequeña botella de no más de diez centímetros de alto, estaba hasta la mitad de algo muy parecido a la miel.

Hefesto la destapó, y a las fosas nasales de Millaray llegó el dulce y característico aroma de la miel, pero mucho más potente, al punto que inundó la cabina.

—Esto es ambrosía —explicó. Millaray alzó sus cejas—. Siempre me llevo un poco cuando visito el Olimpo, esto es lo último que me queda. Para mi desdicha, esta cantidad no es suficiente para hacerte inmortal, pero creo que, si bebes un sorbo, podrá saciar vuestra hambre y tal vez, te ayude con los mareos. Tiene muchas propiedades medicinales.

Millaray miró la botella, casi no podía creer que ese líquido espeso y color ambarino fuera ambrosía, aceptó con la mirada lo que proponía Hefesto y él le entregó la botella.

Solo un sorbo.

En cuanto sintió el sabor de la ambrosía, Millaray arrugó la cara y tragó.

—¡Argh! ¡Qué relajante[9] es esta cosa! —exclamó, al tiempo que se suavizaba el dulzor en su boca. De inmediato, sintió que la fatiga por no comer, desaparecía. Le devolvió la botella al dios, quien, riendo, la volvió a guardar en su bolsillo.

—Quiero llegar a Chacao a la una de la tarde, almorzaremos y buscaremos un lugar donde no nos molesten. Si no tenemos suerte, alojaremos en algún hostal. Fue muy buena tu elección, en Chiloé hay zonas prácticamente desiertas, donde la casa más cercana puede estar a kilómetros, así no habrá testigos de mis prácticas.

Con esa frase —totalmente inocente para Hefesto— Millaray se llenó de anticipación. Iban a estar solos, completamente so-

---

9 En Chile se le dice relajante a algo que es en exceso dulce.

los. Probablemente, no pasaría de esa misma noche en tener a ese hombre desnudo sobre ella. Poseyéndola.

Aquella evocación fue demasiado vívida, teniendo al dios a su lado. Sus mejillas ardieron.

Hefesto la miró de soslayo, sonrió de medio lado, adivinando los lúbricos pensamientos de Millaray y encendió el motor. Mejor concentraba sus pensamientos en algo menos tentador, o no partirían nunca.

La radio comenzó a sonar, era Vivaldi y sus «Cuatro Estaciones». La camioneta tomó rumbo al sur. En diez minutos más, Hefesto podría confirmar si el remedio para el mareo había funcionado. Millaray no solo tendría que soportar un viaje en camioneta, también tendría que aguantar el transbordo desde el continente hasta la isla.

*****

—¡Mira, un delfín! —gritó Millaray eufórica, apuntando el lomo del animal que se había zambullido en el océano. El viento húmedo le golpeaba la cara, el olor del mar era maravilloso, el vaivén del transbordador no le afectaba en lo más mínimo.

¡Era maravilloso!

Ni el viaje en camioneta, ni la velocidad de la misma, ni el sube y baja del transbordador le arruinó la experiencia. ¡Había funcionado la medicina de Hefesto! Millaray estaba extática disfrutando por primera vez de un viaje.

—Mira, allá también. —Hefesto apuntó a otro, al tiempo que abrazaba a Millaray por la cintura.

Ambos estaban a estribor del transbordador y, a pesar del frío, había mucha gente mirando y disfrutando del paisaje. Las penas de Millaray, por abandonar Carahue, se fueron atenuando al llenarse su corazón de nuevas expectativas. En cuanto tuviera la oportunidad, llamaría a su tata para avisarle que estaba bien. Lo único malo era que no le podría contar todo lo que había visto.

Chacao ya estaba a la vista, el principal acceso a Chiloé le daba la bienvenida a la pareja. Las nubes reinaban en el lugar, densas, aglutinadas como oscuros algodones, casi ningún rayo de luz podía penetrar aquella espesura. Casi.

Hefesto divisó en el horizonte algo que no le gustó. Muy a lo lejos, un haz de luz pugnaba por abrirse paso entre las nubes, como si buscara un minúsculo hueco por dónde meterse. Decidió que no tentaría a la suerte, durante el día trabajaría con Millaray y, durante la noche, protegido por la vasta oscuridad, pondría a prueba esos poderes que sentía en la punta de los dedos. Ese plan le hacía sentir seguro.

Sabía que pronto iba a llegar el día en que dominase los cuatro elementos a voluntad. Lo sentía en la médula de sus huesos. Con cada hora que pasaba, esa energía que siempre estuvo dentro de él, iba aumentando más y más.

Debía tener fe y ser disciplinado. No quería pecar de soberbio, pero no tenía ninguna duda de que cuando todo su poder se desatara, iba a ser capaz de proteger a Millaray para poder realizar el ritual, y darle a su mujer la tan ansiada inmortalidad.

Capítulo XI

Siete horas más tarde, tras dar un recorrido para mostrar las habitaciones, el administrador de una propiedad ubicada en la Reserva Martín Pescador, en el corazón de Chiloé, le entregaba las llaves a Hefesto. El hombre estaba más que contento de arrendar por todo un mes, la cabaña de veraneo más cara y exclusiva del complejo eco turístico. En plena temporada baja, esa casa pasaba deshabitada a diferencia de las de menor precio.

Y es que el término cabaña era mezquino, porque la vivienda era inmensa; 387 metros cuadrados, dos pisos, tres dormitorios, cocina equipada, cinco baños, calefacción eléctrica y a leña, terraza techada, parrilla, jacuzzi y una inigualable vista al lago Huillinco, cuya orilla estaba a tan solo veinte metros de la entrada.

A juicio del administrador, esa cabaña estaba destinada para el alojamiento de nueve personas, y era demasiado para una pareja sin hijos, pero bueno, negocios son negocios y oportunidades así no se veían en esa época del año.

El administrador estrechó la mano de Hefesto y la de Millaray, les deseó unas excelentes vacaciones y se retiró.

Eran las ocho de la noche. En aquel paraje la negrura engullía todo a su alrededor, solo podían oírse los sonidos del bosque nativo que rodeaba la casa, la lluvia que caía intensa y unos truenos lejanos rasgaban las nubes, como si los mismos dioses intentaran abrirse paso entre ellas.

Aquel lugar era un verdadero santuario de la naturaleza, lleno árboles, siempre verde; tepuales, mañíos, canelos, arrayanes y lumas que albergaban innumerables especies de aves y algunos animales nativos que apenas se dejaban ver.

Millaray observaba abstraída el exterior desde el gran ventanal; la lluvia que salpicaba los vidrios, las sombras de los árboles, la inmensidad del lago. A pesar de no ver el paisaje en todo su esplendor, la dejaba sin aliento encontrarse en un lugar así, sintió que podría estar ahí toda la vida.

Suspiró relajada.

El cansancio se hizo presente de golpe, como si toda la adrenalina del viaje hubiera desaparecido, abandonando su cuerpo y dejándolo sin energía; le dolían los músculos y los párpados le pesaban. Se rio internamente de sí misma, había sido bastante ingenua y libidinosa para pensar que esa noche sería de pasión con su dios del fuego.

Pasión, en ese momento, estaba en el último lugar de su lista.

Lo primero era dormir, descansar y recuperar energías y si era sobre el pecho de Hefesto, mucho mejor. No veía inconveniente para que descansaran juntos, ¿o no?

—¿Tienes hambre, Millaray? —preguntó Hefesto, al cabo de unos minutos de observarla en silencio. Era la personificación misma de la tranquilidad.

Ella parpadeó como si hubiera despertado de un sueño y dirigió su atención hacia él. Hefesto parecía estar entero y alerta, daba la impresión de que el cansancio no hacía mella en su cuerpo divino.

—En realidad, tengo más sueño que ganas de vivir —bromeó ella, sus labios eran adornados con una sonrisa somnolienta y de inmediato dio un largo bostezo. Hefesto se acercó a ella y la abrazó con ternura, se deleitó con el tibio calor de ese cuerpo que sentía menudo entre sus brazos.

—Ve a tomar una ducha para que descanses. Encenderé la calefacción del dormitorio y traeré nuestro equipaje —propuso tranquilo, el sonido de la lluvia lo sosegaba y relajaba. Deseaba a Millaray, perderse dentro de ella y poseerla, pero también necesitaba descansar, y lo haría por primera vez al lado de una mujer que lo amaba.

Le besó la cabeza y ella lo abrazó un poco más fuerte.

—Te amo, Hefesto —dijo con su mejilla pegada a su pecho, podía escuchar cómo los latidos regulares y pausados se aceleraban con sus palabras—. Gracias por todo lo que haces por mí.

Hefesto le volvió a besar la cabeza. ¡Ah! Podía estar así para siempre y jamás se cansaría de decir:

—Yo también te amo, Millaray.

Se quedaron un rato en silencio, escuchando la lluvia caer, sus parpadeos eran lentos, sentían el sopor del sueño invadiéndolos, lento pero inexorable.

—Estoy muy cansada —susurró Millaray con la voz colmada de sueño.

—Solucionémoslo. —Decidido, la tomó en brazos. Millaray quiso dar un gritito, pero solo le alcanzó para una risita floja, se dejó hacer. Hefesto la llevó al dormitorio principal y con delicadeza la dejó sobre la cama. La habitación estaba un poco fría.

No importaba.

Nerviosa, Millaray se quitó la ropa, quedando vestida solo con una camiseta y ropa interior estilo deportiva de algodón gris con gatitos rosa. De soslayo, miraba cómo Hefesto también hacía lo mismo, pero lo único que cubría su desnudez era un bóxer negro.

«Mejor que un dios griego», pensó Millaray, admirando el cuerpo musculado y maduro de Hefesto. Sin duda, una hoja de parra no sería capaz de cubrir cierta parte que rellenaba muy bien ese bóxer. Una gran cicatriz adornaba su pierna derecha en toda su extensión, supuso que era la marca que le dejó la caída cuando su madre lo expulsó.

La noche anterior había buscado en internet toda la información que existía sobre él, algunas cosas eran un poco perturbadoras, en otras partes decía que él tuvo varias mujeres, aparte de Afrodita, en otros mitos se señalaba que tuvo hijos deformes. Se preguntó qué tanto era verdadero en aquellos relatos.

Ah, pero incluso estaba demasiado cansada para preguntar. Se conformó con tener la certeza de que estaba enamorada de la mejor versión del dios de esos mitos.

Millaray se metió a la cama con movimientos lentos y torpes, Hefesto encendió la calefacción a una temperatura agradable, apagó la luz y, acto seguido, se acostó al lado de su muchacha.

No alcanzó a acomodarse del todo, cuando Millaray se coló bajo su brazo y se pegó a su cuerpo, apoyando su cabeza sobre su hombro, abrazando su pecho y enredando sus piernas entre las de él. Enternecido, la rodeó con sus brazos y solo disfrutó del calor compartido.

—Es usted tan calentito, maestro —balbuceó Millaray ebria de sueño, olvidando el tuteo—. Es tan maravilloso escuchar su corazón... Es uno que nunca se va a detener. —Bostezó largo—. Buenas noches, que descanse.

—Buenas noches, mi muchacha, descansa también.

Hefesto cerró sus ojos y, sin darse cuenta, se deslizó hacia un profundo sueño, escuchando la serena respiración de Millaray.

*****

Esa noche fue tocado por uno de los Oniros, hijos de Hipnos, que eran los que entregaban sueños a los humanos. Desde que Hefesto empezó a vivir en la tierra, comenzó a soñar. Era confuso, no sabía si era un simple sueño o una premonición. Nubes negras, lluvia y rayos, fuego que lamía unas montañas que nacían con violencia desde las entrañas de la tierra, al tiempo que olas rompían contra ese muro de rocas imperecederas. En medio de todo ese caos, estaba Millaray, imperturbable, y a su lado aparecía Zeus, empuñando una daga...

Hefesto abrió los ojos, ahogando un jadeo.

Era de día.

*****

Nereo sintió la inquieta presencia de Caicai antes de que entrara en la sala de audiencias. Supo en ese mismo instante que su hija traía importantes noticias.

Al entrar la nereida, hizo una solemne venia a su padre y luego lo abrazó.

—Padre... —Caicai se interrumpió. Miró a su alrededor, había más escoltas de lo habitual, al mismo tiempo, un presentimiento se instaló en su pecho, era inquietante, no le gustó la sensación.

—Hija mía, al fin has venido a visitarme, tu madre y yo nos estábamos empezando a preocupar —reprochó Nereo con cariño, miró de soslayo el acceso de una habitación contigua. Caicai asintió con un leve gesto de cabeza—. ¿Las aguas se tornaron demasiado frías en el Nuevo Mundo?

—Estuve en Rapa Nui, padre, allá son cálidas. —Sonrió con malicia—... Pero he venido porque te extrañaba. ¿Tenemos visitas?

—Nuestro soberano ha venido a verme por un asunto importante —informó natural.

—¿Poseidón? —preguntó Caicai, alzando sus cejas. No imaginó que el dios regente de los mares, ríos y lagos saliera de la autoimpuesta reclusión de su palacio.

—¿Esta es una tus hijas? —intervino una voz viril y grave.

Caicai miró en la dirección de dónde provenía esa voz. Poseidón, ataviado con su oscura armadura de escamas y portando su tridente; sus cabellos grises no concordaban con sus facciones juveniles y nobles, era lo único que indicaba su longevidad.

—Caicai es una de las que ha sobrevivido —respondió Nereo—. De mis tres mil hijas, solo quedan ella, tu esposa Anfitrite y nueve más. Van y vienen a placer.

—Su alteza. —Caicai hizo una reverencia, pensando que lo había hecho demasiadas veces en las últimas horas—. Es un placer conocerlo.

Poseidón respondió con una inclinación de cabeza.

—El placer es todo mío. Hace eones, no era posible conocer a todas tus hermanas, por ser muy numerosas, pero creo que ahora es mucho más difícil que en ese entonces; hallar a una de las diez ninfas recorriendo las aguas del mundo, es una tarea complicada... Es hermosa tu hija, gran anciano —aseveró, clavando su mirada verde en las formas sensuales y femeninas de Caicai—. Bueno, todas lo son.

—Me halaga, su alteza —CaiCai fingió humildad. Poseidón, al igual que muchos dioses, tampoco era mejor que Zeus en muchos sentidos. En su fuero interno, hizo una mueca de hartazgo, él era otro más que no entendía las palabras «no», «consentimiento» y «fidelidad». Reprimió el impulso de convertirse en serpiente y huir a toda velocidad de la mirada depredadora del soberano del mar. En cambio, dijo—: Si no les molesta, me retiraré a mis aposentos. El viaje me ha dejado extenuada… Por cierto, padre, su señoría Helios envía sus saludos —señaló como si tal cosa fuera algo absolutamente natural.

Necesitaba saber los alcances del engaño de Zeus. Hasta dónde llegaba su sed por conservar su poder. Soltar una pequeña intriga era muy efectivo cuando se trataba de los dioses.

—¿Helios? —interrogó Poseidón, intrigado—. ¿Dónde lo viste?

—En medio del Océano Pacífico —respondió escueta—. Me preguntó sobre Hêphaistos, lo cual me sorprendió mucho, hace tanto que no he escuchado nada de él, desde que Zeus convocó el retorno de los dioses al Olimpo —continuó Caicai con inocencia.

—¿Te preguntó sobre Hêphaistos? —Poseidón frunció el ceño—. Mi hermano, hace cientos de años me dijo que el herrero eligió la mortalidad. Debería estar muerto.

—¿Por qué Helios lo buscaba, entonces, si se supone que está muerto? —cuestionó Caicai con cierta malicia—. Ese hecho, incluso, hubiera sorprendido a mi señor Hades, pero me temo que él no se ha manifestado tampoco.

—Nosotros no sabíamos que Hêphaistos había elegido la mortalidad —agregó Nereo, siguiendo el juego de Caicai—. Es toda una sorpresa lo que dice su alteza. Aunque ahora es otra duda la que me asalta, ¿cómo ha sobrevivido entre los humanos sin la manzana dorada?

El rostro de Poseidón reveló, solo por un segundo, su desconcierto, para luego volver a su expresión augusta e insondable.

—En fin, ¿él solo buscaba a Hêphaistos? —interrogó Poseidón a Caicai con un tono de voz monocorde.

—Solo eso, su alteza. Yo solo respondí que estuve en Rapa Nui y que no sabía nada al respecto. Mi señor Helios me pidió que le informara cualquier actividad sospechosa y que estuviera relacionada con el dios del fuego —detallo Caicai, actuando muy bien su papel de simple ninfa que no tiene idea de nada del mundo de los dioses de mayor linaje.

Poseidón asintió con un regio movimiento de cabeza, un gesto que solo un señor como el dios de los mares era capaz de hacer; exudaba autoridad y poder.

—Puedes retirarte, Caicai —despidió Poseidón, lacónico.

—Su alteza. —La nereida inclinó su cabeza con respeto—. Padre —repitió el ademán y abandonó la estancia, nadando hacia sus aposentos; ya tendría tiempo de hablar con su padre.

Solo esperaba que Poseidón no lo entretuviera tanto.

Poseidón se quedó mirando a Caicai hasta que ella se perdió de vista, Nereo, conocedor del carácter caprichoso y enamoradizo del dios, se aclaró la garganta para llamar su atención.

—¿Y cuál es el motivo de vuestra visita, su alteza? —preguntó Nereo con curiosidad, quien ya estaba lo suficientemente perplejo con la noticia de que Helios buscaba a Hefesto, obviamente, bajo las órdenes de Zeus.

La visita de Poseidón también era inesperada, sabía que la presencia del dios no era por mera cortesía.

—Sabes perfectamente que nuestros poderes fueron reducidos a la nada —dijo Poseidón, dirigiendo su atención a Nereo—. Al menos, eso es lo que dice mi hermano. Sin embargo, aunque ya no intervenimos en el destino de los humanos, podemos gobernar la naturaleza a la que estamos enlazados. En ese sentido, mi poder no ha sido mermado... Durante el tiempo que estuve en la tierra, era como si los humanos no repararan en mi presencia. Había una fuerza superior que no me permitía mostrar mi poder a los mortales... y cuando volví, me sentí como en casa, en mi elemento, entre mis pares tenía libertad. —Hizo una pausa, se paseó nervioso por la habitación—. Pero desde hace unas semanas he sentido en el mar un susurro, el vestigio de una energía nueva que señala que algo importante está sucediendo. ¿Lo has sentido, Nereo?

Nereo miró a Poseidón, se preguntó qué tan aferrado estaba al poder. ¿A quién le iba a dar su lealtad, a su hermano o a su sobrino? Solo sus actos le darían alguna certeza.

—Siento que vienen cambios —respondió ambiguo—. En mi opinión, creo que los olímpicos han estado estáticos, esperando nada por demasiado tiempo. ¿Por qué el Creador de los Cuatro Primeros les permitió seguir viviendo para quedarse como meros espectadores? —cuestionó Nereo con un tono reflexivo, intentando obtener respuestas respecto a la posición de Poseidón, quien no se atrevía a salir de su palacio en el fondo del mar, a causa de los dictados de Zeus.

—Es nuestro castigo —repitió las palabras del dios del rayo, como si fuera un acto reflejo—. Jugamos demasiado con los humanos.

—¿Y si todo esto es una oportunidad? Mire cómo están las aguas, ya no son lo mismo. El ingenio humano ha traído consecuencias nefastas y los dioses no hacen nada con su poder. Mis hijas fueron pereciendo una a una a causa de las máquinas de transporte y de guerra, la pesca a mayor escala... y la peor, esa contaminación que no se ve, esa energía que las enferma hasta convertirlas en algo que me cuesta asimilar. Solo han sobrevivido las más poderosas.

—Pero si salimos de nuestros dominios, pereceremos —replicó Poseidón, evidenciando sus temores.

—Nosotros estamos aquí por una razón. La prohibición no es inflexible, podemos ir y venir, tenemos la ambrosía y el néctar para seguir viviendo y no sucumbir al sueño eterno... —razonó Nereo, queriendo sembrar la duda, despertar a Poseidón y hacerle ver que no todo estaba perdido, pero que había un gran inconveniente.

Uno que tenía nombre.

Poseidón se quedó en silencio, su suegro siempre lograba hacerlo pensar y reflexionar, pero, ¿qué pasaba si, desafiando las palabras de Zeus, sus acciones intervenían en el destino de los humanos de manera indirecta?, ¿no sería aquello desobedecer al castigo?

—O tal vez... —continuó Nereo, cauteloso—, no era un castigo, sino un cambio en las reglas del juego. Depende de cómo se interprete... Creo que esa energía que usted siente es una señal, los castigos no son eternos. Un ejemplo claro son los titanes, quienes fueron liberados del Tártaro y con el tiempo se fundieron en sus elementos; Urano es el cielo, Gea se ha fundido en la tierra, Nix se ha convertido en la noche eterna y podría seguir enumerando... Ellos también se sometieron a la nueva regla de no intervenir, pero si lo piensa, lo siguen haciendo; la tierra alimenta la vida y da riquezas, el cielo nos protege del poder supremo del sol, la noche y su manto da equilibrio a todos los seres vivos, sean mortales o divinos.

Poseidón resopló, se sentía contrariado.

—Todo es muy extraño —murmuró con un atisbo de consternación.

—A veces nos acostumbramos a ciertas situaciones, su alteza. Pero eso no significa que sean buenas.

Poseidón entrecerró sus ojos. Tuvo esa sensación de que Nereo trataba de decirle algo, pero que no podía... Decidió por impulso ir al Olimpo.

No veía a Zeus desde hacía mucho tiempo.

*****

Millaray despertó a causa del movimiento, le daba la espalda a Hefesto, quien le abrazaba de la cintura con fuerza. Intentó girarse, pero el dios se lo impidió.

—Quédate un rato más así, por favor —murmuró él con la voz ronca.

Millaray no dijo nada, sonrió, se acurrucó y se solazó con aquel íntimo momento. No pasaron muchos segundos y algo muy inusual la inquietó.

—Maestro... Hefesto —murmuró, sintiendo la piel de él—. Tu cuerpo está muy caliente, ¿no tienes fiebre?

—No —respondió lacónico—. Quédate quieta, deja que se me pase un poco esto.

Millaray no alcanzó a preguntar por qué, en su trasero sintió incrustado el duro motivo por el cual él estaba «afiebrado». Ciertamente, no era la primera vez que Millaray estaba con un hombre, pero aquella experiencia no se igualaba a estar con un dios. Un inusitado pudor la invadió.

Pero la curiosidad fue más.

—¿Qué tan caliente se pone su cuerpo cuando se excita? —preguntó con voz trémula, cayendo de nuevo en el trato formal.

Hefesto gruñó.

—Cuarenta y uno, más o menos —respondió a regañadientes.

—Oh... ¿Y no se siente enfermo con esa temperatura? —preguntó, mirando hacia la pared. Se removió un poco.

Hefesto siseó.

—Creo que voy a enfermar si no te poseo.

Capítulo XII

Nereo entró en los aposentos de su hija, quien estaba flotando en medio de la estancia. Su valiente y rebelde Caicai siempre había pasado inadvertida entre sus numerosas hijas, pero, a medida que su número disminuía, ella se transformó en un ejemplo de constancia y superación. Era la más poderosa de todas, pero nunca usó su poder para obtener un lugar —salvo quizá, cuando era muy joven y desafió a Zeus—, y cuando lo hizo, fue cuando sus hermanas estaban siendo diezmadas, cuando se le necesitó.

—Caicai —la llamó por el nombre que le había dado el pueblo austral del Nuevo Mundo. Desde hacía miles de años que no usaba el original, el cual había sido olvidado—, Poseidón se ha ido. Me temo que va a pedir explicaciones a Zeus.

Caicai suspiró aliviada. Desde que entró en su habitación, intentó mantenerse quieta y relajada, para que el agua no la delatara. No podía permitir que el soberano del mar se enterara de toda la verdad.

Al menos, no todavía.

La nereida se acercó a su padre, quien le tomó la mano y la invitó a pasear por los jardines acuáticos del antiquísimo palacio. Caicai disfrutó del momento con su padre, era un ser que admiraba por su sabiduría y sentido común. Uno de los pocos que poseía esas características en el mundo que le tocó vivir. Dioses y titanes recurrían a él por consejo.

—El Señor de los Cuatro Elementos ha despertado, padre —reveló de pronto, logrando que Nereo se detuviera. Caicai lo miró de una manera que no daba lugar a dudas de sus palabras—. Se están cumpliendo cada una de las partes de la profecía de Urano. He sido testigo de ello.

Nereo, que casi había perdido su capacidad de asombro, no pudo evitar arquear sus cejas con absoluta sorpresa.

—Todo se ha precipitado de un modo que nadie previó —señaló tras algunos segundos de silencio.

—En estos momentos, él está viajando a algún punto del sur del Nuevo Mundo, con su mujer. Ha elegido como consorte a una humana, descendiente mestiza de un pueblo de guerreros, llamados mapuche. No obstante, ella no es una mujer común y corriente, lo sé, padre.

—¿A qué te refieres, hija? Sé más específica.

—Sin duda, es mortal, pero hay algo en ella, una energía extraña... No es maligna —se apresuró a decir—. Pero, sin temor a equivocarme, ella fue la causante de que Hêphaistos despertara. Ellos se aman, ¿lo puedes creer?

Nereo sonrió flojo, aquello era asombroso. El amor puro y sincero era algo tan escaso en su mundo lleno de tragedias, celos, locura y muerte...

Por eso Hêphaistos era especial. Casi sucumbió a ese mismo destino, pero él tenía un corazón humano. Era frágil, pero a la vez poseía una voluntad que podía igualarse a la de Zeus, con la diferencia de que el dios del fuego no anhelaba el poder, ni dominar a los humanos. Él los comprendía a un nivel superior que el dios del rayo jamás iba a lograr desde su trono dorado en el Olimpo.

—Pero hay algo que no entiendo, padre. La profecía decía que el Señor de los Cuatro Elementos iba a despertar si Zeus lo tocaba, pero eso no sucedió así, ¿por qué?

—El problema de los dioses es que se toman todo de forma literal —evidenció Nereo, negando con su cabeza—. Zeus también ha cometido ese error y ha provocado, irónicamente, que su mayor temor se cumpla. —Caicai lo miró interrogante, Nereo sonrió benévolo—. Uno de los tantos nombres que tiene el soberano de los dioses es *Moiragetes*, «dador de destinos». Él podía entregar alegrías, aflicciones, premios y castigos a los humanos, y así decidir sobre sus vidas. Cada vez que él conspiró para evitar el despertar de Hêphaistos, una consecuencia se desencadenaba en el destino de él y de los humanos con los que se relacionaba... —Nereo guardó silencio por unos instantes, sus labios se curvaron en una sonrisa y continuó—: Esta vez la profecía de Urano se va a cumplir, lo quiera o no. Zeus tocó al dios del fuego por medio del destino que les dio a los humanos con su última decisión.

—Al liberar a los dioses del Olimpo —agregó Caicai, comprendiendo y aceptando que esa interpretación también era correcta. Las palabras de su padre tenían toda la lógica del mundo.

—Exactamente, mi amada Caicai… —Nereo suspiró hondo—. Todo está tomando su lugar, antes de que desaparezca nuestro mundo, tal como lo conocemos.

—Padre, eso no suena nada esperanzador.

—Los dioses no tenemos esperanza, solo los humanos son capaces de invocarla… Por eso mismo, la consorte del futuro rey es una humana.

—Bueno, todavía no se casan, por lo tanto, no es su esposa aún.

—Podemos hacer todas las ceremonias que quieran, pero lo único que hace un matrimonio real, es la libre elección de estar junto al ser amado, unirse en cuerpo y alma, y aceptar todo lo que conlleva ese enlace.

—De todos modos, ellos harán una ceremonia, una que oficiarás tú, por cierto.

Nereo rio, Caicai tenía un carácter tan extraño, para algunas cosas era muy flexible y comprensiva, en cambio, para otras, era un ser absolutamente cuadrado.

—Estaré encantado de ratificar ese matrimonio.

—Me sentiré más tranquila si sucede así, que nadie en nuestro mundo pueda negar la validez de ese enlace —declaró la nereida con un tinte de severidad. Se quedó unos instantes pensativa, tenía tantas dudas, necesitaba encontrar respuestas sólidas—. Padre… La profecía dice que ella es la hija inmortal de guerreros y ella no es…

—Ya ha quedado claro que no hay una sola forma de interpretar la profecía —intervino Nereo con paciencia.

—Lo sé… —Caicai resopló—, pero Hêphaistos decidió quedarse con ella, para intentar dominar los elementos. Ni siquiera le interesa desafiar a Zeus, está preparándose solo para protegerla en el caso de que el soberano se entere que él ha despertado. Nadie me quita de la cabeza que Zeus buscará y ejecutará a la humana antes de que se cumpla la profecía por completo. Y me temo que ya está sospechando que eso está sucediendo, por eso tiene a Helios husmeando.

—Interesante lo que me dices... pero confía en Hêphaistos, haga lo que haga, su suerte está echada. Lo que me extraña es Helios, él solía ser bastante neutral, siempre intentó hacer lo correcto.

—Helios ni siquiera cuestiona las órdenes de Zeus... es como si fuera un perrito faldero —masculló Caicai, molesta.

—No tomes una posición demasiado vehemente, hija. Veremos qué logra Poseidón. Abandonó este lugar bastante perturbado.

—Sí... ya quisiera observar la cara de Zeus cuando vea a su hermano.

*****

—Entonces hazlo, poséeme, Hefesto —accedió Millaray, sintiendo la boca seca y sacando cuentas mentales; el primer día de su menstruación, cuántos días habían pasado desde aquello. Ella era una de esas mujeres afortunadas cuyo cuerpo funcionaba como un reloj, veintinueve días exactos. No había peligro... pero, ¿y si llegaba a quedar embarazada?... No sintió miedo ni incertidumbre, ese bebé iba a ser concebido con amor.

Un gruñido masculino y casi animal emergió de la garganta de Hefesto, sacando a Millaray de sus cavilaciones.

—Me vas a matar, muchacha.

Eso fue lo último que dijo antes de inhalar, posesivo, el aroma de la piel de ella y atraerla más hacia su cuerpo, para que sintiera su adolorida erección. Deslizó su enorme mano por debajo de la camiseta, deleitándose con la suave piel femenina. Millaray suspiró con esa delicada caricia. Hefesto era corpulento, puro músculo, fuerte, sólido y poderoso, sin embargo, su toque era suave y ardiente. Sus manos ásperas se sentían perfectas, vagando por su vientre, ascendiendo hasta llegar a la curva de su seno, por sobre el sostén deportivo de algodón.

—Quítate esto para mí —susurró él con la voz colmada de deseo y acarició con su dedo índice la cúspide del seno, logrando que, al instante, el pezón se endureciera. Millaray murmuró un elocuente «mmmmmmm».

Él esbozó una sonrisa con malicia. Sí, ella era muy receptiva.

Millaray obedeció su orden y se incorporó para poder quitarse la camiseta y el sostén. Lo miraba a los ojos, él le hacía sentir segura y hermosa, como si fuera la única mujer sobre la tierra.

Y para él, así era. ¡Cuántas veces había fantaseado con ella! Hefesto no sabía cómo había podido contenerse tanto. La respuesta vino sola, fue el amor que sintió por ella, desde el primer día; ahora lo sabía. Siempre deseó protegerla, incluso de sí mismo.

Pero ahora no tenía por qué contenerse.

Millaray se quitó la camiseta, arrastrando consigo el sostén, dejando sus pechos desnudos, expuestos ante el ávido escrutinio de su dios, cuyo semblante se había endurecido. Tenía la apariencia de ser una bestia a punto de devorarla.

—Móntame —ordenó con su voz grave y dura.

Millaray, con gracia, acató la demanda de su dios. El contacto de sus sexos era solo impedido por la ropa interior que todavía no se quitaban. Hefesto siseó al sentir el calor de ella sobre él. Sentía que iba a explotar, la deseaba tanto, tanto, tanto.

Con ambas manos tomó esos dos montículos que lo desafiaban erguidos y firmes, a que fueran asediados. Llenó sus manos, era como si hubieran sido moldeados para él. Millaray gimió en cuanto él comenzó a juguetear con sus pezones, hasta convertirlos en dos perlas duras y sensibles. A Hefesto se le hizo agua la boca, quería probar, se incorporó hasta alcanzarlos y se metió uno a la boca, y chupó con gentileza.

Millaray se aferró a los duros hombros del dios y echó su cabeza para atrás, disfrutando de las caricias que él le prodigaba con la boca y la lengua. Enterró sus dedos en la morena y tersa piel divina, podía sentir cómo se movía cada fibra de la sólida musculatura. Hefesto era el epítome de la virilidad, todo él destilaba testosterona, hacía que el resto de los hombres fueran insignificantes al lado de él.

Casi con desesperación, Millaray deslizó sus manos hacia los bíceps de Hefesto, que estaban tensos y abultados, al igual que esa impresionante y caliente erección que sentía entre sus piernas. Instintivamente, ella comenzó a buscar alivio a esa urgente necesidad que sentía por explotar. Jamás se había sentido así, hambrienta. Era como si él tuviera un ancestral poder sobre ella y su libido, que la llamaba y la dominaba. Movió sus caderas, su centro estaba húmedo, resbaladizo y anhelante.

Hefesto gruñó, podía sentir cómo el néctar femenino traspasaba la tela de su ropa interior, el aroma de Millaray lo estaba enloqueciendo. Era imperativo, necesitaba hundirse en ella, embestirla, poseerla, marcarla, llenarla de él.

Y lo haría. Ella estaba lista, no había peligro de que su simiente fuera a tener consecuencias... ¿y cómo lo sabía? Él moldeó en arcilla a la primera mujer, Pandora. Hefesto conocía el cuerpo de una mujer como la palma de su mano, a tal punto que sabía, con tan solo tocar su vientre, que ella no podía ser fecundada por él, ni ese día, ni en los siguientes. Millaray ya no estaba en sus días fértiles, de lo contrario, bastaría derramar tan solo una gota de su simiente cerca de ella y quedaría encinta.

Millaray, en completo abandono, jadeaba y murmuraba, frotándose contra él, se había transformado en un ser voluptuoso y erótico, una verdadera diosa del deseo.

Hefesto abandonó el lascivo tormento de estimular los pechos de Millaray. Tomó el amado rostro de ella entre sus manos y la besó, profundo, insaciable, saboreándola. Ella ahogó un gemido dentro de su boca, entrelazando su lengua con la de él, degustando a su hombre, devorándolo. Todo su cuerpo estaba hipersensible, el calor inhumano que él desprendía la excitaba a cotas cada vez más elevadas. Hefesto espoleaba tanto su deseo, que sentía el impulso de rogar para que él entrara en ella.

No fue necesario hacerlo, los pulgares de él se anclaron al elástico de la última barrera que los separaba, y comenzó a deslizar la prenda, Millaray, separándose de él, le facilitó la tarea, al tiempo que Hefesto hacía lo propio, dejando al descubierto su prominente erección.

Millaray se mordió el labio inferior como acto reflejo al contemplarlo en todo su desnudo esplendor. Era un ser impresionante, y no era precisamente por el tamaño de su orgullosa longitud —que era impúdica y viril perfección—, ni gigante, ni pequeño, el grosor era el preciso. Se le hizo agua la boca, imaginó albergarlo en su húmeda boca hasta hacerlo estallar. No obstante, en ese momento, ella solo deseaba ser poseída, su sexo clamaba por ser colmado por él hasta lo más recóndito de su ser.

Millaray vibraba por la anticipación, el dios del fuego era inigualable. El dios le estaba brindando una lúbrica estampa. La imagen que Hefesto le ofrecía, era como una fantasía cumplida; él, mirándola como si fuera un oasis en medio del desierto, listo y decidido para darle el placer definitivo. No le cabía ninguna duda, ella solo sentiría deleite.

—Solo te haré una pregunta, Millaray… ahora que estás en condiciones de contestar —anunció Hefesto, sin dejar de mirarla fijo—. ¿Debo ser cuidadoso, o puedo entrar sin barreras?

Millaray entendió el tenor de la pregunta, él estaba serio, pero no había reproche en el tono de su voz.

—Hace mucho tiempo que no lo hago —respondió sincera. «Y siempre fue decepcionante», agregó su mente. Ella jamás se había sentido presa del deseo, nunca experimentó esa primitiva sensación que el dios despertaba en ella, como si la sangre le hirviera únicamente con mirarlo. Solo Hefesto estaba logrando llevarla por un camino que jamás había explorado.

—Muy bien… Entiendo —afirmó lacónico. A él no le importaba no ser el primero. Su objetivo era ser el último, por toda la eternidad. La pureza de Millaray trascendía lo físico, su alma era inmaculada—. Ven. —Ofreció su mano y Millaray la tomó. Hefesto tiró de ella con suavidad, logrando un firme y fluido movimiento que la dejó tendida al lado de él. Ella le regaló una risita diáfana y nerviosa.

Hefesto la miró con ternura, le besó la frente y le susurró un «te amo» sin separar su boca de su piel. Se incorporó y, de rodillas, se situó entre las torneadas piernas de Millaray, le acarició los suaves muslos. Su mirada se perdió por largos segundos en la natural feminidad, preparada y dispuesta para recibirlo. Resbaló su dedo índice entre los cálidos y húmedos pliegues, arrancándole un siseo a su mujer, al mismo tiempo que sus caderas se elevaban como una ofrenda.

Sí, definitivamente, estaba muy, muy receptiva.

Las ventajas de ser un dios, era precisamente eso, si su compañera lo amaba y deseaba, la experiencia sexual era algo arrollador. Pero cuando se trataba de una humana, el deseo se exacerbaba, al punto de ser casi incontenible. Millaray estaba viviendo en carne propia las maravillosas consecuencias de la mítica influencia sexual de un dios sobre una mortal.

Millaray le estaba brindando una experiencia única que preservaría incólume en su memoria, relegando a un rincón de su mente a todas las demás, entre ellas, Afrodita; su esposa nunca lo deseó ni lo amó, compartieron una cama, pero jamás le permitió unirse a ella después de la primera vez. Todavía estaba nítido en su memoria el recuerdo del rostro asqueado de ella cuando él consumó su matrimonio, no se atrevió a tomarla nunca más. Unas cuantas humanas lo desearon, pero jamás lo amaron, por lo que él solo era parte de un anónimo historial de relaciones carnales e intranscendentes, casi como si lo hubieran hecho con un humano corriente.

Hefesto parpadeó y volvió al presente, se embelesó con el tesoro que le regalaba Millaray, ella lo amaba y lo deseaba, y él sentía el mismo poderoso sentimiento. Gracias al amor, él sentía que era un ser completo. Ahora solo el cielo sería el límite para ellos. Ya no estaba solo y ella tampoco estaba sola.

Ambos iban a ser parte del otro. Para siempre.

Apoyó una de sus manos al lado de la cabeza de Millaray, quien le acarició el rostro con ternura y lo contemplaba enamorada.

—Te amo, Hefesto —susurró, al tiempo que dio un jadeo largo y asombrado. Hefesto entraba en ella, caliente, lento, inexorable y decidido—. ¡Dios! —gimió casi en éxtasis—. ¡Dios, qué rico!

Hefesto rio grave y arrogante. ¡Ah, le encantaba su desinhibida muchacha! Aquello había sido un pequeño orgasmo para ella, el cálido interior convulsionó.

—Soy tu dios, mujer —replicó—. Te amo. —Y acto seguido, comenzó a embestir.

¡Dioses! ¡Qué diferente era estar dentro de ella! Su excitación pronto alcanzó la de Millaray, y Hefesto no pudo mantener el ritmo constante y comedido que pretendía para su primera vez. Ella también le afectaba de un modo que jamás imaginó. Se entregó a lo que ella le exigía y se dejó llevar por su atávico instinto.

Millaray abrió más sus piernas para sentir más de esa sublime sensación. Ancló sus manos a las nalgas de Hefesto, quien empujaba dentro de ella a un ritmo que le estaba haciendo perder la cordura y el recato. Con cada voluptuosa embestida, él tocaba el punto preciso que la llevaba a una velocidad vertiginosa al placer.

Jadeos y gemidos llenos de delectación manaban de su garganta, casi sin ser consciente de ello. Nada en la tierra se le igualaba a hacer el amor con Hefesto. Era caliente, tierno y, al mismo tiempo, primitivo y animal. Un dios.

Un dios del sexo.

Millaray arqueaba su espalda para ir al encuentro con él. Cada vez que sus cuerpos chocaban, ella elevaba más su voz, jadeando sin vergüenza, sin pudor, y él acompañaba sus eróticos sonidos con gemidos graves y respiraciones fuertes y contenidas.

Hefesto estaba maravillado, jamás había vivido una experiencia así, lo cual le confirmaba que Millaray había sido hecha para él. Estaban unidos más allá de sus cuerpos, sentía que sus almas también convergían en ese celestial intercambio. El éxtasis se acercaba para ambos, demoledor, violento y lacerante. El dios del fuego aceleró sus acometidas, Millaray lo siguió y, en medio de sus palabras ininteligibles, él la sintió.

Millaray dio un grito en medio de su clímax. El acuoso y espeso calor inundó el miembro de Hefesto. Los espasmos del interior de ella, que lo apresaban y le exigían su rendición, lo arrastraron a una vorágine de sensaciones que le hizo lanzar un quejido ronco y gutural y, dando una última estocada, se derramó como nunca dentro de ella, drenándose, reclamándola para él, solo para él.

Hefesto y Millaray sentían que aquel placer no era algo natural; era eterno, intenso, casi doloroso. Se encontraron en un extático plano superior que los elevó más allá de sus consciencias, a tal punto, que todo desapareció. No sintieron que, súbitamente, una tormenta eléctrica azotó sobre la cabaña; ni que el fuego se encendió espontáneo en la chimenea de la sala de estar; ni que la tierra tembló, dando una violenta sacudida; ni que olas, empujadas por el viento, lamieron la orilla del lago.

Los cuatro elementos se habían manifestado, aprobando ese sagrado vínculo entre un dios y una mujer.

Hefesto respiraba agitado, todavía unido a Millaray, quien lo observaba inmersa en esa deliciosa nebulosa sexual que no tenía fin.

—Tus ojos —susurró Millaray, acariciando el pétreo rostro de Hefesto, parpadeando lánguida—. Han cambiado de color, se han vuelto grises. —Desvió levemente su mirada hacia el pecho de él y jadeó con sorpresa—. Tu piel… en tu pecho se están dibujando raíces doradas son… son hermosas.

En ese instante, Hefesto fue consciente del calor que recorría su piel, desde los hombros, descendiendo por sus brazos y manos, serpenteando por su abdomen, estrechándose hasta llegar hasta donde ellos estaban unidos. Desconcertado, se irguió y estudió en sus manos y brazos el bello entramado en su piel.

—¡Hefesto! —llamó Millaray. Ella no sabía qué sentir, asombro o temor—. Yo...

Ella también sintió ese calor e, incrédula, observó que las raíces doradas también comenzaban a tatuar su piel, ascendiendo desde su monte de venus, recorriendo su vientre, trepando por sus pechos, retorciéndose en sus hombros, para luego, ir descendiendo por los brazos, hasta llegar a sus manos.

Tatuajes divinos, idénticos.

—¿Qué es esto? —murmuró Hefesto, mitad confundido y mitad lleno de felicidad—. Jamás había visto ni oído de algo semejante.

Sin embargo, para Millaray esa divina señal era clara. Entrelazó sus dedos con los de Hefesto, sus tatuajes se unían a la perfección.

—Somos marido y mujer... —sentenció Millaray, solemne—. Esto es la prueba de la unión de nuestros corazones. No necesitamos a nadie para reafirmar lo que nosotros ya hemos hecho, lo que hemos prometido, lo que sentimos. Nada ni nadie podrá romper este vínculo.

—Un pacto de fuego, oro y sangre —susurró Hefesto, al mismo tiempo que recordaba lo que había pensado dos días antes, su intención había sido casi premonitoria. El dios del fuego, los tatuajes dorados, la mujer mortal, eran la sagrada prueba de un enlace inquebrantable e imperecedero.

La tormenta cesó.

Solo en ese momento se dieron cuenta del aguacero que había caído sobre la cabaña.

Capítulo XIII

El haz de luz se difuminó en el aire, dejando a Poseidón frente a las enormes puertas de la residencia de Zeus y que daban directamente al Gran Salón, lugar donde él celebraba fiestas, juicios, audiencias y reuniones. Miró a su alrededor, a la distancia se podían apreciar, a diferentes niveles de altura, las casas de cada uno de los dioses olímpicos, obras de exquisita arquitectura y fastuosidad, mármol, bronce y oro adornaban las columnas que soportaban el techo del edificio. Eran versiones más pequeñas de los templos que construyeron los humanos, pero no por ello, menos majestuosas.

Hêphaistos fue el genio arquitecto de tan magníficas residencias y también, fue él mismo quien, camuflado entre los humanos, dirigió las obras de los templos y trabajó junto a los constructores para materializar esas verdaderas obras de arte.

Poseidón alzó su mano para abrir las enormes puertas de acceso al Gran Salón. Pero la detuvo en el aire, el dios de los mares reprimió el impulso y volvió a recorrer el paisaje con la mirada... El silencio era escalofriante... e inusual.

Desvió su vista hacia abajo, la residencia de Hêphaistos era la que estaba más cerca de la tierra. Acto seguido, miró hacia un lado y hacia otro. Lo único que rasgaba el silencio era el trinar de algunos pájaros, las fuentes de agua y el susurro del viento que movía las hojas de los eternos árboles. El paisaje poseía una tranquilidad idílica, pero estaba lejos de serlo. Según recordaba Poseidón, en épocas anteriores, se notaba la actividad de la vida cotidiana de los dioses; en el aire se podía sentir la música, el arte, la forja, risas, cantos, la luz… Ahora no había nada de eso, Poseidón no encontraba una respuesta lógica.

Impulsivamente, dio un gran salto y descendió hasta la entrada de la casa de Hêphaistos. Empujó sin dificultad la gran puerta de piedra. La estancia principal estaba desierta, en penumbras. Era extraño entrar en ese lugar y no escuchar los sonidos provenientes de la forja del dios del fuego. Poseidón comenzó a recorrer la casa, tenía una justificada curiosidad. El eco de sus pisadas resonaba en todas partes de un modo inquietante y, a medida que avanzaba, se encendían las antorchas que iluminaban por donde iba. Esbozó una sonrisa, el maldito cojo era muy ingenioso, siempre hizo cosas como esas, quizá qué tipo de mecanismo activaba el fuego cuando detectaba que había alguien en el interior de la casa.

Entró a la forja, el fuego estaba apagado, pero todo estaba minuciosamente ordenado. Cada cosa estaba en su lugar; herramientas, materiales y planos. Las *Kourai Khryseai*, doncellas doradas, bellas mujeres autómatas quienes servían a Hêphaistos, permanecían de pie y sin vida. Todo el lugar estaba a la espera del retorno de su amo.

A Poseidón le llamó la atención un mapa que colgaba de una pared. Extraño. Entrecerró sus ojos y se acercó, era, indudablemente, un objeto hecho por humanos. Se trataba de una imagen dibujada en papel… No, no era un dibujo, era una técnica diferente, aquella imagen era en extremo perfecta en sus trazos y letras. Era un mapa del mundo, y tenía unas pequeñas marcas de color negro en numerosas zonas, unas, incluso, estaban marcadas dos veces. Había pocos territorios que no estaban señalados, podría contarlos con los dedos de sus manos, había varios al sur, en el Nuevo Mundo, otros en el extremo superior del mapa.

¿Qué significaba todo eso?

¡Dioses!

—Esto no puede ser algo antiguo —susurró Poseidón, acariciando el papel, tenía una especie de sellado que lo hacía reluciente y lo protegía del paso del tiempo.

Si antes la sensación de intriga lo tenía inquieto, ahora era peor.

Tenía que hablar con Zeus.

Salió de la casa de Hêphaistos sintiendo el pecho oprimido. Decidió subir por las escaleras que bordeaban el monte para llegar de nuevo a la entrada del Gran Salón, necesitaba tiempo, reflexionar, ordenar sus ideas —si es que lograba hacerlo—, sentía un creciente malestar, no podía quitarse de la cabeza que su inteligencia estaba siendo insultada.

Poseidón detuvo sus pasos a medio camino, ¿Hades también era ignorante de lo que estaba sospechando? Le daba escalofríos la idea de ir al Inframundo, ese lugar lúgubre, oscuro y depresivo. Sin embargo, esto era mucho más importante que lo que le hacía sentir la residencia de su hermano mayor, bien valía la pena el esfuerzo. Después de todo, no veía a Hades desde hacía muchos siglos.

*****

Zeus alzó la vista, la energía de Poseidón anunció su presencia en el Olimpo. Masculló una maldición, más le valía al dios de los mares no hacer preguntas estúpidas, de lo contrario, tendría que silenciarlo. Invocó un rayo que tomó forma de lanza en sus manos.

Esperó…

Esperó…

Y luego, la presencia de Poseidón ya no estaba en los dominios del Olimpo.

Zeus soltó el aire de sus pulmones con alivio.

*****

Millaray respiraba agitada sobre el pecho de Hefesto, con una sonrisa satisfecha en los labios. Era la cuarta vez que tocaba el cielo. Estaba exquisitamente agotada, un poco adolorida y feliz.

Hefesto le acariciaba la espalda con pereza. Los tatuajes se habían extendido en los cuerpos de ambos, abarcando sus torsos, extremidades superiores y cuello. Él todavía no hallaba una explicación a aquel fenómeno, jamás había escuchado nada que se le pareciese, ni siquiera en las antiguas historias, que apenas daban un indicio del incognoscible nacimiento de los Cuatro Primeros. Los matrimonios que conocía de dioses, jamás habían manifestado algo similar en sus cuerpos.

No quiso pensar más en ello, de momento, prefería creer en las palabras de Millaray; esas marcas eran el símbolo de su unión.

Millaray se irguió, sin separarse de él, apoyando sus manos en el sólido pecho de Hefesto, aún sentía el miembro de su dios, rígido en su interior. Su sonrisa no se borraba de sus labios. Era adicta a él, tenía el imposible deseo que él siguiera hundido en ella.

Lamentablemente, su cuerpo era mortal y la delató con un sonido que era familiar para Hefesto.

—Debemos desayunar —decretó Hefesto, obteniendo una sonrisa maliciosa por parte de Millaray—. El otro desayuno, el que se come y alimenta vuestro estómago —especificó, entrecerrando sus ojos, como si estuviera reprendiéndola. Jugueteó con sus pechos, amasándolos con gentileza, solo por el placer de hacerlo.

—Ohhhh, ese desayuno. —Millaray rio coqueta al sentir las enormes manos de él sobre ella—. Sí, creo que es hora de comer algo... pero creo que debería llamarse almuerzo.

—Como quieras llamarlo; vamos a tomar una ducha y prepararemos algo. —Millaray no se movió, Hefesto le dio una sonora nalgada—. ¡Muévete, muchacha!

—¿En serio quieres que me mueva? —desafió Millaray, moviendo sus caderas como si fuera una lasciva odalisca.

Hefesto siseó. Millaray rio y dejó de moverse.

—Ya, vamos por esa ducha... —sentenció socarrona. Alzó sus caderas y se separó de él dando un largo gemido, al tiempo que entornaba sus ojos. Era una sensación deliciosa, pero a la vez la hacía sentir vacía.

—Te voy a dejar muy limpia —anunció Hefesto, levantándose, luciendo su cuerpo desnudo y tatuado en todo su esplendor. Le ofreció su mano a Millaray, quien sacaba apresurada sus artículos de aseo de su bolso. Su muchacha entrelazó sus dedos con los de él y siguió sus renqueantes pasos.

—¿Te duele? —preguntó de pronto Millaray—. Cuando caminas —agregó.

—Solo si camino distancias muy largas —respondió entrando al baño, sacó unas toallas y las dejó a la mano—, pero no podría definirlo como dolor, a estas alturas de mi vida, es solo una leve molestia. El bastón lo uso como un apoyo, más que nada.

—¿Y nunca te has planteado operarte o usar zapatos ortopédicos? —preguntó, dando el agua caliente de la ducha, la cual pareció empequeñecer cuando Hefesto entró en ella sin siquiera probar la temperatura. Millaray también lo hizo y dio un gritito al sentir el agua todavía un poco fría. El dios rio y echó jabón líquido en una esponja.

—No, ir a médico implica hacerse exámenes, radiografías y esas cosas —explicó mientras pasaba la esponja por el cuerpo de Millaray, acariciando su cuerpo, estudiando sus nuevos tatuajes dorados, dejándola llena de espuma que iba siendo arrastrada por el agua—. Digamos que prefiero evitar preguntas que no puedo responder. Y debo admitir que mi vanidad me hace sentir orgullo por este defecto. Soy un dios, soy inmortal, pero puedo sentir dolores terribles, me pueden herir… Cuando fui expulsado, caí, di de lleno con la pierna derecha. Tuve numerosas fracturas expuestas, hubiera muerto en medio del mar sufriendo un gran dolor, sentía que mi vida se drenaba de a poco por el icor que iba perdiendo. —A su mente le llegó la imagen clara de cómo se diluía su sangre divina en el agua salada. A diferencia de los humanos, los dioses podían conservar sus memorias más importantes desde el día en que nacían.

Desechó el recuerdo, le entregó la esponja a Millaray, quien le echó más jabón y empezó a limpiar el cuerpo de Hefesto, admirando los tatuajes y la soberbia musculatura de él.

—Entonces… ¿Es cierto que Hera te arrojó del Olimpo? —preguntó Millaray, sintiendo un rechazo hacia la diosa que no tuvo piedad con su propia sangre, solo por no ser perfecto y hermoso.

Hefesto asintió.

—Pero ya nada es lo que parece —añadió Hefesto, dándole la espalda para que ella continuara—. La información que me dio Caicai en el Llaima, me hizo recordar algo que había enterrado en mi memoria. El dios del rayo logró perturbar la cordura de mi madre para que lo hiciera… Sé que en algún momento de mi vida ella me amó, era su hijo, solo de ella… ¡Dioses! —Entre ellos se prolongó un silencio que tenía un dejo de melancolía—. Eso ya no es así, por el motivo que sea… Déjame lavarte el cabello.

Hefesto dio media vuelta y Millaray hizo lo mismo, ahora ella dándole la espalda. Se quedaron callados mientras él aplicaba el *shampoo*, masajeaba y luego aclaraba. Luego repitió esa misma acción con el bálsamo.

—Por eso hueles a miel —señaló Hefesto, terminando de lavar el cabello negro de Millaray—. Siempre me ha gustado. Estás lista.

Ella sonrió, se giró y se quedó observando cómo Hefesto se lavaba el cabello. Tenía sentimientos encontrados, por un lado, era extraño ver a un dios haciendo algo tan corriente como asearse, y a la vez, pensaba que esa idea era absurda, porque primero lo conoció como un hombre normal. Hefesto era un dios de carne y hueso, no una entidad invisible, o una energía intangible. Podía tocarlo, olerlo, saborearlo. Amarlo. Conocía su poder. Su fe en él era inquebrantable.

—Estuve leyendo los mitos sobre ti en internet —confesó Millaray al cabo de unos segundos, volviendo a encauzar la conversación.

—¿Hay alguno que quieras discutir en particular? —preguntó mientras se aclaraba su cabello.

Millaray dudó por un segundo, pero debía preguntar.

—El de Atenea. ¿Es cierto? —dijo con voz vacilante.

—El mito dice que intenté violarla, y que mi simiente cayó en la tierra, logrando que Gea, una titánide, engendrase a Erictonio, quien se convirtió en rey de Atenas —resumió Hefesto con un tono monocorde mientras cortaba el agua y buscaba las toallas. Envolvió el cuerpo de Millaray con una y, con la otra, comenzó a secar el largo cabello de ella y continuó—: Esa es una variante de la historia, una que se aproxima a la realidad hasta cierto punto. Sí, reconozco que estaba muy enojado e intenté asustar a Atenea por tomar cosas de mi taller, y lo hice del modo más estúpido del mundo, pero nunca fue mi intención llevar a cabo esa abominación. El resto, es una buena historia aderezada con detalles morbosos… Cortesía del esposo de mi madre; él descendía a la tierra, se hacía pasar por aedo y así transmitía nuestras historias, algunas más ciertas que otras. Así llegaron los mitos a los hombres, quienes también adornaron los relatos. Es por ello que no hay solo una historia de un mismo hecho, sino varias… Ya está… —Hefesto, usando la misma toalla con la que secó el cabello de Millaray, hizo lo propio con eficiencia y rapidez.

—Por eso dijiste que muchos de los mitos tuyos no son ciertos… —reflexionó—, también se dice que tuviste más esposas e hijos deformes.

—Más invenciones… ni lo uno ni lo otro. A decir verdad, siempre he estado solo, incluso cuando estuve casado. Lo que sí he de reconocer, es que he disfrutado de unas pocas humanas y ninfas, pero nunca fueron mis esposas, ni me dieron hijos, tampoco las forcé… Procuré no dejar descendencia —explicó, sintiendo una leve esperanza; esperaba, algún día… tener hijos con Millaray—. Los mitos pueden llegar muy lejos para intentar explicar cosas que no son, o para difamar.

—Y… ¿Hace cuánto que no «disfrutaba» de una mujer? —preguntó Millaray, sintiendo la punzada de los celos por primera vez.

Hefesto se quedó en silencio, percibiendo en ella una mirada diferente, al tiempo que notaba que el tatuaje comenzaba a brillar levemente. «Qué interesante», pensó. Se sintió halagado, su muchacha era un poquito celosa.

—La verdad, no lo recuerdo, he estado muy ocupado desde el siglo XIX —respondió, intentando recordar cómo se llamaba esa mujer. ¿Catalina?... sí, española. En una época donde se apreciaban los cuerpos más del estilo delgado y atlético, una viuda sentía una extraña fijación con yacer con hombres corpulentos y él, simplemente, no perdió la oportunidad—. ¿Estás celosa?

—No… —respondió por mero reflejo, e hizo un mohín—. Bueno, un poquitín —admitió—, pero ya que han pasado unos dos siglos, no hay nada que pueda hacer al respecto… —Millaray se encogió de hombros y sonrió.

Hefesto notó que el brillo de las raíces doradas volvía a su estado natural… dentro de todo lo natural que podían ser esos tatuajes divinos surcando sus cuerpos. Tal vez, reflejaban lo sentimientos de Millaray y, probablemente, los de él.

Deseó que esos tatuajes nunca se borrasen, eran el testimonio visible del amor que se profesaban.

Hefesto se acercó a ella, le acarició su rostro y ella puso su mano sobre la de él y entornó sus ojos.

—Te prometo que todo el tiempo que estemos juntos —dijo él, logrando que ella lo mirara a los ojos—, ya sea unos días o la eternidad, no habrá otra que no seas tú —declaró el dios, anhelando reflejar en su voz lo verdadero que era ese juramento.

—No importa si nuestro destino fue dictado o no. Lo único que sé es que te amo y que prefiero morir antes de que me separen de ti. —Al terminar de decir esas palabras, Millaray recordó a su madre, una parte de ella la entendió y la perdonó. Sus historias tenían un universo de diferencia, pero había un punto en común. No concebía su vida, su mundo, sin Hefesto.

*****

Era de noche. Hefesto elevó su mirada al cielo, todo estaba cubierto de nubes, ni una estrella se vislumbraba. El viento frío del fin del mundo acariciaba su cuerpo desnudo. Caminó hacia la orilla del lago y comenzó a internarse en el agua. Sentía la intensa mirada de Millaray a sus espaldas, a pesar de que ella estaba dentro de la cabaña.

Cuando el nivel de las aguas le llegó a la cintura, comenzó a buscar dentro de él el poder, tal como lo hacía con el fuego y la tierra. Hizo su cuerpo arder en llamas; flamas doradas y briosas danzaban sobre su piel inmortal, el agua que lo rodeaba comenzó a hervir, borboteaba con violencia, salpicando agua caliente, y el vapor se elevaba al cielo, para luego, difuminarse en el aire. Hefesto sumergió sus manos y dio vida a un remolino que comenzó a dar violentas vueltas, dejando al descubierto el fondo barroso del lago.

Hefesto casi no podía creer lo fácil que había sido. Su corazón latía frenético por la emoción.

Alzó sus manos, el remolino se detuvo y el agua dulce se abrió, atravesando con furia el lago hasta la otra orilla, formándose a cada lado una pared de cinco metros de altura. Hefesto caminó por ese sendero, tocando, incrédulo, el agua que parecía estar cuajada.

Se preguntó si podría formar una tromba, solo para probar…

Millaray observaba a la distancia. El espectáculo que estaba dando Hefesto era aterrador —a la vista de cualquier humano—, pero para ella, era algo fascinante. Rayos eléctricos envolvían el cuerpo llameante de Hefesto, quien estaba al centro de ese sendero que había formado. Esos rayos comenzaron a trepar las aguas, hasta llegar y envolver a una tromba que estaba a punto de tocar el fondo del lago. Sin embargo, antes de que aquello sucediera, el Señor de los Cuatro Elementos abrió sus brazos y la tromba se partió en dos. Solo en ese instante, los nuevos tornados acuáticos besaron la superficie del lago, uno a cada lado del sendero. La fuerza monstruosa pero controlada de esos vientos, provocaba que millones de gotas salpicaran el vidrio del ventanal.

—Dioses —susurró Millaray. Durante el día Hefesto había dicho tantas veces esa expresión que ya se le había pegado. Ya no sabía si era correcto decir «Dios mío».

Un temblor hizo que la cabaña vibrara, un sonido sordo y subterráneo se hizo más y más fuerte. El movimiento era constante y sosegado, y durante veinte segundos no disminuyó en su intensidad, hasta que se detuvo de golpe. Millaray se distrajo y desvió la mirada hacia la mesa; un vaso se había movido hasta la orilla de la mesa, estaba a punto de caer al suelo. Se quedó quieta, al tiempo que volvía a poner atención al lago. Algo extraordinario sucedió, Hefesto estaba sobre un montículo de rocas de unos diez metros de alto; las trombas se dispersaron, el agua se cerró y rompió en furiosas olas que chocaron contra el nuevo accidente geográfico que Hefesto había creado. El lago ahora tenía un pequeño islote.

Y, de pronto, Millaray lo sintió en su piel, lo supo; ese inmenso poder que había mostrado Hefesto era una mínima parte de lo que era en realidad, pero él no se atrevía a hacer más.

Era lógico, esa pequeña demostración era suficiente para llamar la atención de cualquiera.

Así lo confirmó al día siguiente, Caicai estaba golpeando su puerta con cara de pocos amigos.

Capítulo XIV

Helios llevaba varios días sin dar ninguna señal. Zeus estaba hastiado y molesto por la espera. Desde su lugar en el Olimpo su vista del mundo era limitada, si quería ver qué había más allá de sus antiguos dominios, tenía que recurrir a Helios para que lo llevase en su carro... Pero, aunque quisiera, tampoco podía salir del Olimpo, si eso sucedía, no había garantía de que Hipnos hiciera su trabajo. No podía arriesgarse a que lo traicionaran.

Masculló una maldición. Hasta ese momento, todos sus intentos habían sido exitosos para que la última profecía de Urano jamás se cumpliera. Había logrado someter a Hefesto, había acabado con su alma, con su corazón y su amor propio. Lo había reducido a ser un dios menor, que tan solo unos pocos humanos lo adoraran, que los demás dioses se burlaran de él, que lo rechazaran y vilipendiaran.

Que su madre lo negara, ese había sido su primer gran triunfo sobre el usurpador.

Todavía podía recordar el día que Hera lo dio a luz, su sonrisa de satisfacción y orgullo al confesar que lo había concebido sola, tal como él había dado a luz a Atenea. Hera estaba furiosa por su infidelidad con Metis y, peor aún, que se quedara con el fruto de aquella traición.

En ese instante, Zeus se dio cuenta de que la profecía de Urano ya estaba siendo una espantosa realidad, jamás imaginó que la diosa que iba a cometer tal ignominia iba a ser su propia esposa. Pero era demasiado tarde, ya no podía tocar a Hêphaistos.

—Esa horrible criatura no merece ser llamada dios —declaró Zeus, despectivo—. Debería ser llamada escoria. Míralo, parece humano con ese color de piel, esos ojos y ese cabello... Me sorprendería si algún día llega a tener poderes. ¿No habrás yacido con un mortal para provocar mis celos, mujer? Si es así, te informo que no lo has logrado.

—¡Es mío, solo mío! —se defendió Hera, aferrándose a su inocente recién nacido, quien bebía de su leche.

—Esa horrible criatura tiene la forma de tu venganza, de tus celos, de tu aberrante traición como esposa —declaró beligerante—. Es un monstruo maldito.

Y así, Zeus comenzó su implacable plan de llenar de veneno la mente de Hera. Día tras día, noche tras noche, él acabó con la cordura de su esposa. Sus palabras llenas de maldad penetraron el corazón de ella, ennegreciéndolo. Al punto de dejar de alimentar y no atender al bebé.

Hera lo escuchaba llorar y se tapaba los oídos. No quería oírlo, no quería verlo, y se mecía, abrazándose a sí misma como desquiciada. Así la sorprendió el dios del rayo. En ese momento lo supo, solo bastaba dar el tiro de gracia y acabaría con la amenaza.

—Si no quieres seguir oyendo su horrible chillido, solo hazlo, esposa mía. Nadie te reprochará haberte deshecho de esa abominación, incluso la naturaleza se encarga de matar a los más débiles —susurró a su oído—. Hazlo.

Desesperada, Hera tomó el pequeño cuerpo de Hefesto y lo lanzó con fuerza, ira y asco. No hubo ni un atisbo de duda.

El silencio reinó en la habitación y Hera ya no volvió a ser la misma.

Zeus pensó que lo había logrado. Pero años después ese maldito volvió...

Siempre volvía.

*****

Hades se encontraba solo en su gran palacio situado en lo más profundo del Inframundo, aburrido mortalmente y echado, cuan largo era, sobre los brazos de su trono de ónix. Perséfone, su adorada esposa, estaba con su madre, Deméter, llenando de fertilidad ese lado del mundo. Suspiró, la extrañaba y la amaba, no podía negarlo. Y, a pesar de no haber empezado su matrimonio de un modo tan romántico como hubiera querido, el amor había florecido en ella.

De todos modos, él había pasado una eternidad compensándola por su error y se había ganado su corazón. Perséfone pasaba seis meses con su madre y seis meses con él. Tal vez por eso su matrimonio era tan exitoso.

Estaba solo y aburrido. ¿Qué pasaba con los humanos? Últimamente, había aumentado el número de almas que se iban derecho al sufrimiento eterno del Tártaro. Tal vez iba a tener que echarles una visita a sus jueces y darles un buen sermón sobre la flexibilidad y, de paso, comentarles que ya quedaba poco espacio para castigar apropiadamente a las almas que no eran virtuosas.

De vez en cuando, el Inframundo daba bastante trabajo, sobre todo los últimos siglos. Los hábitos, la moral y ética de los humanos modernos ya no eran lo mismo. Por ejemplo, una de las reglas que Hades tuvo que cambiar en el Inframundo, fue aquella en la que las almas le dieran un óbolo [10]al barquero Caronte, dado que los humanos ya no tenían la costumbre de ponerlas debajo de la lengua de los difuntos, estos ya no podían cruzar el río Aqueronte para entrar al Inframundo y se estaba llenando de almas errantes en los Campos de Asfódelos. Ahora le tenía que pagar un sueldo a Caronte —ni siquiera sabía cómo se gastaba ese dinero—, y así se evitaba la sobrepoblación de almas vagando sin propósito.

Más allá de eso, no pasaba nada interesante.

Y estaba aburrido.

Aburridoooooo.

Un haz de luz atravesó el techo abovedado de la estancia y Hades salió de su estado soporífero. Se enderezó con sus cejas alzadas. Tenía que ser uno de sus hermanos… Ahora que lo pensaba bien, hacía mucho que no veía a Hermes, el dios que solía ser el mensajero de los dioses olímpicos.

Aquella luz cegadora se disipó, dejando al descubierto a Poseidón. Hades esbozó una sonrisa burlona, su aburrimiento había llegado a su fin, al menos por unos minutos, nadie soportaba estar demasiado tiempo en su palacio, una verdadera lástima. No era muy luminoso, lo sabía, pero en el último siglo había adoptado algunas tecnologías humanas y ahora era mucho más acogedor. Perséfone le había hablado tanto de ellas, que le dio en el gusto, en su palacio había luz eléctrica, televisión, internet y unas consolas de

---

10 *Fue una moneda griega de plata cuyo valor era la sexta parte de una dracma.*

videojuegos. Estaba muy orgulloso de sus pequeños lujos, invirtió mucho tiempo, oro y energía. Pero valía toda la maldita pena.

Los humanos modernos sí sabían de diversión. Hades solo estaba aburrido porque no tenía títulos nuevos de videojuegos que le llamaran la atención, se había dado vuelta el «God of War IV» unas diez veces.

Poseidón, antes de saludarlo, miró toda la estancia con asombro. El palacio del Inframundo era... era... no tenía palabras para describir aquello. No sabía para qué eran todos esos artefactos, pero, lo más notable, eran esas lámparas que colgaban del techo y proporcionaban luz de día. Era un cambio impensable, de escalofriante a impresionante.

Hades se acercó a él, relajado, como si lo hubiera visto el día anterior y le palmeó la espalda. Poseidón alzó sus cejas y dio un respingo, reparó en su hermano que vestía de un modo extraño. Parecía un humano de no más de treinta años, con su cabello oscuro y largo hasta los hombros. Vestía esos pantalones negros ajustados y una camiseta que tenía un dibujo de una calavera que tocaba un instrumento que no había visto nunca... Las letras latinas conformaban dos palabras, «Iron» y «Maiden».

—¿Qué haces, hermano? ¿Qué te trae por mis dominios? —preguntó Hades en un tono jovial que a Poseidón le hizo dar otro respingo. Hades no parecía ser Hades—. No me digas que Zeus se mandó otro desmadre.

—¿Desmadre?

—Desmadre, un cagazo, un vergazo... ¿Cómo era? —Hades murmuró varias palabras que Poseidón no entendió—. Perdón, hablo como humano de veinte años, son pegajosas sus maneras y mucho más divertidas. —Se aclaró la garganta y preguntó con un tono más solemne—: ¿Zeus ha cometido algún error grave que provocó nefastas consecuencias?

Poseidón enmudeció por unos segundos, era tan extraño ver al dios invisible del Inframundo hablando con un acento raro, expresándose y viviendo como un humano cualquiera. Era casi una blasfemia.

—No lo sé —repuso el dios de los mares—, por eso he venido a hablar contigo, porque creo que él está haciendo algo que nos va a costar demasiado caro.

Hades arqueó levemente sus cejas y se metió las manos a los bolsillos.

—No me extrañaría… Aquí las cosas han cambiado un poco, pero lo suficiente para notarlo. Explícate mejor… pero ¿sabes?, relájate un poco, quítate esa armadura y tomemos un café y conversamos. —Poseidón lo miró como si Hades se hubiera transformado en Medusa—. ¿O prefieres otra cosa? Tengo cerveza de ambrosía, heladita es espectacular —ofreció, frotándose las manos.

Poseidón, anonadado, asintió. Se quitó la armadura, se sentó en lo que su hermano llamaba la «barra de bar». Hades le sirvió una pinta y bebió cerveza.

Era «espectacular».

Después del refrescante primer trago, lo contó todo.

*****

—Pues, así como lo cuentas, coincido contigo, dudo mucho que Hêphaistos esté muerto —sentenció Hades, después de beber su cuarta pinta de cerveza—, ese mapa del que hablas es, definitivamente, humano… se llama póster, para tu información. Sé que muchos de ellos marcan en un mapamundi los lugares que han visitado. Creo que el herrero imitó esa rutina, y si visitó casi cada maldito país de este planeta, debió tener mucho tiempo para hacerlo.

—Sabes demasiado de las costumbres humanas, por lo que veo.

—Perséfone disfruta de la tecnología y hábitos humanos. Yo adoro darle en el gusto, y he aprendido a apreciar lo que me ella me trae o me pide —explicó—. Ya sabes que a Deméter nunca le interesó el Olimpo, así que sigue haciendo de las suyas en la tierra, como si no hubiera sido castigada… De hecho, eso es extraño —divagó—. En fin, ella decidió continuar con su labor por su cuenta, sin las manzanas. Mi esposa cuando la visita, le lleva ambrosía suficiente para vivir un año.

—¿Todavía sufre nuestra hermana cuando Perséfone se queda aquí? —preguntó Poseidón con curiosidad.

—Afortunadamente, dejó de lado el drama y, mientras espera el retorno de mi esposa, descansa tranquila durante el otoño e invierno, en una cabaña calientita, viendo *doramas*[11] coreanos y bebiendo chocolate caliente. Hasta me envía granadas, porque sabe que las amo. —Sonrió y se sirvió otra pinta, le ofreció a su

---

11 *Telenovelas.*

hermano rellenar la suya y él aceptó—… Entonces y resumiendo, Zeus ha mentido, para variar. El alma de Hêphaistos no ha pasado por acá, así que estoy seguro de que vive. Nuestro hermano lo está buscando por un motivo, y dudo mucho que sea para preguntarle cómo pasar una etapa del «*God of War*». Pero lo que más me extraña de todo lo que me has dicho, es que el Olimpo está sospechosamente silencioso, como si estuviera muerto… Bueno, te confirmo que el resto de los dioses están vivitos y coleando, Caronte me habría avisado, es muy eficiente. Aquí solo hay humanos… Demasiados, últimamente. ¿Por qué Zeus mentiría, precisamente, sobre el herrero cojo? ¿Por qué Hêphaistos no ha vuelto?

—Dudo que nuestro hermano nos dé respuestas —vaticinó Poseidón—. Y también creo que Nereo sabe más de lo que dice.

—Pues creo que debemos ganarle la partida a Zeus y encontrar al herrero primero, tal vez él sabe por qué nuestro hermanito lo busca con tanta desesperación. —Se quedó pensativo por unos instantes y chasqueó sus dedos—. Dijiste que había pocos lugares marcados en el mapa. —Poseidón asintió—. Sugiero que empecemos a buscar por donde estaba fisgoneando Helios.

—¿En el sur del Nuevo Mundo?

—Ya que la nereida mencionó el Océano Pacífico, creo que deberíamos partir por los países de la costa de América del Sur… podríamos *googlear* algo y… —Hades se levantó de su asiento y salió de la estancia—. ¿Dónde dejé mi *laptop*? —Logró escuchar Poseidón.

¡Por todos los dioses! ¿Qué era *googlear*? ¿¡Qué era una *laptop*!?

*****

—Señora Caicai —murmuró con sorpresa Millaray. La nereida estaba con su apariencia habitual ante la puerta de la cabaña, con una expresión que no anunciaba que era feliz.

—Muchacha…

—Mi nombre es Millaray —refutó, frunciendo el ceño—. Solo Hefesto tiene el derecho de llamarme «muchacha».

—Entonces, no me digas «señora Caicai» —espetó, poniendo sus manos en las caderas.

—¿Y cómo quiere que la llame? —replicó irreverente, imitando el gesto de la nereida—. ¿Caicai, La Pincoya?… ¿La Sirenita?

—Ja, ja… muy graciosita… Solo llámame Caicai y deja el trato de usted. Tengo que hablar algo importante con tu dios.

—Pasa, estamos desayunando. —Millaray abrió más la puerta y dejó que la nereida entrara—. ¿No tiene ropa para ponerse?, hace mucho frío para andar casi en pelota[12].

Caicai rodó sus ojos, chasqueó los dedos y se transformó en una jovencita rubia vestida igual que Millaray; un abrigado sweater de cuello alto, jeans y botas, casi podría decirse que era su prima alemana… en quinto grado.

—Al parecer, ya te uniste a tu dios. ¿El sexo te volvió irrespetuosa con tus mayores? —interrogó Caicai con ironía, entrando en la cabaña.

Millaray encogió sus hombros con un poco de indolencia. Caicai chasqueó la lengua, le gustaba esa humana.

—Subiendo las escaleras está el comedor —señaló Millaray.

La nereida siguió las indicaciones de Millaray, y pronto se encontró frente al dios del fuego a torso desnudo, tomando una taza de café.

Tatuajes dorados… ¡Dioses!

Caicai dio media vuelta con sus ojos desorbitados y Millaray venía tras ella, impasible.

—¿Tú también tienes esos tatuajes? —preguntó Caicai a la humana, casi atropellándose con sus palabras.

Ella asintió, bajó un poco el cuello del sweater y le mostró el entramado idéntico al de Hefesto. Caicai se acercó a ella y tocó la piel humana. Se miró los dedos y comprobó que no fuera pintura. Eran reales.

¡Lo sabía! ¡Sabía que la humana era especial!

—¿No se supone que nos veríamos en Lemnos en un mes? —intervino Hefesto, mirándola de soslayo, sin dejar de desayunar.

—Se supone, pero vine porque tengo noticias importantes… Pero antes de eso… ¿Esos tatuajes aparecieron después de su primera unión? —interrogó sin una pizca de pudor.

Hefesto le gruñó como respuesta afirmativa.

—¿Sabías que tu humana tiene sangre divina?

La tostada que iba directo a la boca de Hefesto quedó a medio camino, al mismo tiempo que Millaray ahogaba un jadeo asombrado.

---

12 *Desnuda.*

—No tenía idea, y dudo que Millaray lo supiera —respondió Hefesto, mirando fijo a la nereida y dándole un mordisco a la tostada.

—Eso no es posible, Caicai —se apresuró a asegurar Millaray—. ¿Cómo voy a tener algo de divino? Mis abuelos, mis tíos, mis hermanas... somos humanos, mapuche mestizos con españoles... o con lo que sea. De todas formas, ¿quién no es mestizo en este país? —divagó—. Si tuviera algo de divino, lo sabría... ¿o no?

—Déjame disentir, ¿sabes quiénes fueron tus antepasados? ¿Qué tanto sabes de tu ascendencia?

—No mucho, la verdad. Nunca supe quién fue el hombre que me engendró... y por parte de mi mamá, nuestra historia familiar ha sido borrada por muchos motivos, no sé qué hay más allá de mis abuelos. Mi apellido y rasgos físicos son lo único que delata algo de mi ascendencia —respondió Millaray con un poco de pesar. Era absurdo, en cierto sentido, sentirse así, pero ella no podía evitar tener ese sentimiento de melancolía por no saber más de quienes originaron sus raíces, su existencia y la de su familia.

—Estás intentando decir que es posible que algún antepasado de Millaray concibió un hijo con un dios —terció Hefesto, entrecerrando sus ojos. El gesto era bastante amenazante—. ¿Por qué? Explícate.

—Esos tatuajes lo demuestran, es la prueba inequívoca. Si Millaray fuera una humana corriente, esto no estaría pasando... —respondió con suficiencia, señalando hacia el pecho de Hefesto—. Sus marcas son muy especiales, no cualquiera las tiene, son una leyenda en nuestro mundo, tan antigua, que ha sido olvidada por la mayoría. Mi padre me contó que los Cuatro Primeros no se unieron entre ellos para tener descendencia. Sin embargo, dos de ellos sí la tuvieron sin necesidad de un consorte, pero llegó un momento en que necesitaron de uno. En el caso de Gea, dio a luz a sus consortes Ponto y Urano; de la unión con el primero, nacieron las primeras criaturas marinas divinas (entre ellos, mi padre); y con el segundo, los titanes, los primeros grandes dioses. Con Ponto no era amor verdadero y su vínculo fue breve. Gea siempre anheló amar y ser amada, con Urano logró vivir aquello. Mi padre decía que ambos tenían dibujos dorados en sus cuerpos, como el símbolo sagrado de su unión. Pero un día, ese símbolo se borró, cuando el poder corrompió a Urano. Desde entonces, los tatuajes divinos no han vuelto a aparecer en casi ningún matrimonio entre dioses.

Cuando el amor verdadero existe entre dos seres divinos, al unirse sus cuerpos, sus almas quedan encadenadas y sus pieles tatuadas en oro. Solo la sed de poder puede borrar esa marca, cuando el amor deja de ser importante.

—El poder siempre corrompe —terció Hefesto—. Y no conocía esa historia… Digamos que nadie se sentaba a entablar ningún tipo de conversación casual conmigo cuando iban a mi forja. Solo eran encargos.

—Aquella es una historia convenientemente olvidada. A la mayoría de los dioses les favorecía que quedara enterrada, para no evidenciar que sus sentimientos no eran del todo verdaderos —explicó Caicai, sintiendo desprecio por toda esa generación de dioses que no conocían el real significado del amor. Ella había visto solo los tatuajes de su padre, que todavía permanecían indemnes en su piel, al igual que los de su madre. Ellos tuvieron suerte.

Hefesto se levantó de su asiento y se acercó a su muchacha, quien se miraba las manos, sin poder creer que en sus venas corría sangre de dioses. Ella estaba escuchando la grave voz de su dios, como si él estuviera a lo lejos, mas, alzó la vista y ya lo tenía frente a ella, tomándola de la cintura. Lo miró fijo a sus hermosos ojos que ahora eran grises, extrañaba el castaño.

—Millaray, tenías razón, estamos casados. Es una unión sagrada —sentenció con emoción. Era un hombre feliz.

—Si en algún momento dudé de mi padre —intervino Caicai—, con la prueba que me están dando ahora, no tengo más que admitir que ustedes son nuestros nuevos regentes. —Hincó una rodilla en el suelo, frente a Millaray y Hefesto, agachando la cabeza, posando una mano en su pecho y la otra en el suelo, tomando una postura humilde—. Desde este minuto, les ofrezco mi más ferviente lealtad, mis señores. Soy solo una nereida, pero haré todo lo que esté al alcance de mi poder para que ocupen el lugar que les corresponde por derecho en el Olimpo. Así lo ha dictado la profecía de Urano —declaró solemne.

Hefesto inspiró hondo. Estaba tan incómodo como Millaray ante esa inflamada declaración. Pero, ¿qué más podía hacer? Al parecer, todo lo estaba empujando a tomar un lugar que jamás quiso para él.

—Vuestra valiosa lealtad es recibida con gratitud —dijo Hefesto, serio—. Y ponte de pie, Caicai, de verdad no necesito esto, tú no eres una súbdita, eres una amiga. —La nereida se alzó. Hefesto se rascó la barba—. A decir verdad, después de Millaray, eres la única que tengo...

—¿Por qué no te sientas con nosotros a la mesa y nos cuentas lo que pasó? —intervino Millaray, esbozando una sonrisa.

Caicai tenía tantos, tantos años más que Hefesto, y ya a esas alturas de su vida nada la sorprendía. Sin embargo, el Señor de los Cuatro Elementos y su consorte, la habían dejado perpleja y emocionada.

Asintió con la cabeza, a ella le gustaba la comida humana.

CAPÍTULO XV

La conversación fue postergada por unos minutos. Hefesto y Millaray le servían a Caicai algo de comer. La nereida estaba inusualmente silenciosa y cohibida, fijando su mirada en un punto indeterminado de la mesa.

Sus señores le estaban sirviendo, sin embargo, ella pensaba que debería ser al revés. Internamente, negó con la cabeza, reprendiéndose. Millaray y Hefesto, si bien habían aceptado su juramento de lealtad —y su destino a regañadientes—, no eran seres orgullosos y altivos. Era lógico y casi obvio que la trataran como un igual y no como alguien de inferior linaje.

Sobre la mesa, un frugal, pero delicioso desayuno fue puesto frente a ella, el té aromatizado con canela y el pan tostado con mantequilla olían de maravilla. El apetito apareció como por arte de magia en el estómago de Caicai. Ella era una mujer solitaria, y eran pocas las oportunidades que tenía para comer acompañada, la sencillez del momento, la estaba apreciando con calidez en lo hondo de su corazón.

Bebió un sorbo de té, el calor de la infusión la reconfortó. Si bien, la comida humana no le proporcionaba lo suficiente para vivir para siempre, le saciaba el hambre, le daba energía y era muy sabrosa.

Miró de soslayo a la nueva pareja, cada uno estaba centrado en comer, pero había algo inexplicable entre ellos, era como si un lazo invisible los conectara, no necesitaban darse miradas enamoradas para evidenciar la profundidad de su vínculo. Suspiró, esa relación era envidiable y pocas veces vista en su mundo. Se preguntó si solo unos cuántos estaban destinados al privilegio de encontrar el amor verdadero, o si solo era una cuestión de actitud frente a aquel sentimiento.

Tal vez los dioses no sabían amar.

Mejor dejaba de divagar, debía poner su atención en el presente.

—Solo es cuestión de tiempo —comenzó a decir Caicai al dejar su taza sobre el platillo—. Por órdenes de Zeus, Helios está rastreando esta zona incansablemente... Tenemos a favor el invierno del sur que, indudablemente, es una gran ayuda. Si se da el caso, yo podría entretenerlo, dándole pistas falsas, aunque, de preferencia evitaré llamar su atención. Pero he de admitir que no tenemos mucho tiempo. Jamás sospeché que tu poder dejase semejantes huellas en todas partes. Helios no abandonará esta zona, creo que ya ha sentido tu poder.

Hefesto alzó sus cejas al punto de formar surcos en su frente. Millaray bebió un sorbo de té, no le sorprendían del todo las palabras de Caicai.

—Estoy siendo cauteloso —aseveró Hefesto, intentando restarle importancia al asunto, no creía que fuera tanto el poder desplegado, solo lo sentía fluir natural, sin esfuerzo, como si siempre los hubiera poseído—, solo pretendo comprobar hasta dónde llega mi fuerza, durante la noche, con el propósito de que Helios no lo detecte en un lugar en específico. De hecho, anoche solo hice unas pequeñas pruebas, no me atreví a usar todo mi poder.

—Eso ya no tiene importancia, Hêphaistos... Aun cuando hayan pasado varias horas, después del amanecer, el remanente de tu poder se puede sentir a cientos de kilómetros en el agua, en el aire, en la tierra... La atmósfera de esta región te delata, así fue cómo te hallé. Si no fuera porque sé que eres tú, diría que hay varios dioses vagando aquí. Lo percibo en mi piel, como si la era dorada de los titanes hubiera vuelto. Tarde o temprano, Helios sentirá lo mismo que yo, y te encontrará —concluyó Caicai—... Y no es solo eso, mi padre me ha contado que Poseidón fue a buscar consejo. Él también está sospechando que algo inusual está ocurriendo; probablemente, ha estado sintiendo tu poder sin saber que eres tú. De hecho, el esposo de tu madre le dijo que estabas muerto. Seguramente, fue así como explicó tu ausencia al convocar el retorno de los demás dioses al Olimpo. El señor del mar anunció que iba a visitar al dios del rayo, mas no sé con qué intención.

Un silencio denso se prolongó en la estancia. Solo se escuchaba el crepitar del fuego de la chimenea. El rostro de Hefesto no expresaba nada. Inspiró fuerte y espiró largamente.

—¿Qué posibilidades hay de conseguir ambrosía para mí? —preguntó Millaray al cabo de un rato, miraba fijo a Caicai—. Me temo que nada de lo que habíamos planeado va a resultar como pretendíamos. Quiero quitarle un peso de encima a Hefesto, mi mortalidad es una carga innecesaria, no quiero que le preocupe la fragilidad de mi vida, que tema por mí.

—Estamos contra el tiempo —señaló Caicai—. Necesitarás una cantidad considerable de ambrosía, no sé cuántos días tarde en conseguirla, y eso no es todo, estamos a ciegas al intentar el ritual de Deméter, porque no sabemos cuántos días necesitarás para ser completamente inmortal… No queremos que suceda lo mismo que con Aquiles y su ridículo talón —acotó—. Pero, de todas formas, realizarlo es mejor que intentar asaltar el Olimpo para conseguir manzanas. No tenemos la certeza de, si al comerla, tendrá el mismo efecto que en un dios. Por lo pronto, viajaré esta noche para evadir la vigilancia de Helios. Y, mi señor. —Hefesto resopló molesto por el trato formal. Caicai esbozó una sonrisa burlona—. Creo que debes practicar ser invisible para el señor que todo lo ve. Es mejor que dejes de lado tus demostraciones de poder.

—Todavía no he alcanzado el nivel máximo. Necesito saber hasta dónde puedo llegar —rechazó convencido. Para él era imperativo saber, con seguridad, que ningún dios lo podía vencer.

—Nada de eso —replicó la nereida con vehemencia—. Creo que, con lo que he sentido, es suficiente para saber que, al menos, le patearás el culo al esposo de tu madre. —Se quedó pensativa unos instantes y miró perspicaz a su señor—. Supongo que sabes pelear.

—Algo —respondió lacónico. Caicai le lanzó una mirada incrédula, Hefesto puso sus ojos en blanco—. Los dioses, a excepción de Atenea y Ares, no tienen idea de pelear cuerpo a cuerpo, solo usan sus poderes y armas. Yo no iba a ser la excepción; aparte de ello, mi cojera es una clara desventaja.

—Entonces, ahí tienes tu misión. Haz lo que mejor sabes hacer; armas y armaduras poderosas para ti y Millaray. Es mejor ser precavido y es lo único que les falta. ¿Sabes si en estas tierras hay adamantio?

—Hace un instante me ordenaste que no debía usar mi poder y ahora me dices lo contrario —interpeló socarrón—. Para vuestra información, no es tan fácil obtenerlo, como se supone. Adamantio hay en todas partes, pero implica una gran cantidad de energía de mi parte para extraerlo desde el fondo de la tierra…

—Entonces, no me queda más alternativa que intentar distraer a Helios; me dejaré ver mañana y lo enviaré a Arica. Estoy segura que tres mil kilómetros de distancia es suficiente para que él no te detecte con facilidad —decidió como la buena estratega que era. Bostezó largo y se estiró—. Viajar de noche es terrible, me iré a echar una siesta. Dormiré en el lago, el agua de aquí es deliciosa…

*****

Helios detuvo sus caballos, dando un fuerte tirón a las riendas. Los animales piafaron nerviosos y echaron fuego por sus dilatadas fosas nasales. Un escalofrío recorrió su cuerpo cuando sintió el eco de una energía poderosa. Era titánica, pero estaba seguro de que no podía pertenecer a ninguno de los titanes, ellos ya no vagaban por la tierra, ni estaban confinados en el Tártaro. Frunció el ceño, esa energía estaba dispersa en todas partes, podía provenir de cualquier punto de la accidentada costa del sur del Nuevo Mundo, mas las densas nubes grises no le permitían ver el territorio con claridad, todo era borroso. No podía asegurar con exactitud el epicentro de dónde procedía esa energía.

De lo que sí estaba seguro, era que no se trataba de uno de los doce titanes. Era imposible, ellos ya no se manifestaban de esa manera. Helios estaba desconcertado, ¿acaso Hêphaistos era responsable de aquella terrible muestra de poder? El señor que todo lo ve inspiró hondo y cerró sus ojos, intentando percibir al dios del fuego. Largos minutos pasaron, sin embargo, no consiguió ningún resultado claro y negó con la cabeza. No era él, no era posible que ese horrible herrero cojo fuera más poderoso que el mismo Zeus. Definitivamente, debía ser otra cosa, ¿un nuevo dios, tal vez?, ¿varios? Además, esa energía era diferente, no era solo fuego, era aire, agua, tierra. Todo en una perfecta amalgama que mezclaba algo nuevo y, a la vez, ancestral.

Un temor se apoderó de Helios. Era inútil seguir en ese lugar, no iba a encontrar nada. Aquel vestigio de poder se iba disolviendo conforme transcurrían los minutos. Debía ir al Olimpo e informarle a Zeus.

Las cosas se habían complicado.

*****

—¿Me puedes recordar por qué dioses estoy vestido de esta manera? —interpeló Poseidón, mirándose por primera vez en el espejo, después de haber sido despojado de su armadura.

—Porque debes parecer un humano corriente si queremos volar en un avión, no que estás haciendo un muy mal *cosplay* de Aquaman en la ComiCon —respondió Hades, mirando con aprobación a su hermano—. Pero así te pareces a John Wick, en una versión de pelo gris —comentó socarrón; Poseidón lo miró interrogante—. De todos modos, va bien con tu atuendo, aunque creo que el azul marino te hubiera quedado mejor.

Poseidón miró con cara de asesinar a Hades. Una actitud muy apropiada para su apariencia de sicario de una mafia indeterminada. Tronó los nudillos. Hades alzó sus manos.

—Enfócate, hermano. Recuerda que debemos llegar a Ca… ¡Ay, qué nombre más complicado! —Hades se rascó la cabeza e hizo una mueca graciosa.

—Carahue —respondió Poseidón lacónicamente—. Eso decía el mapa.

—¡Eso, Carahue!… —Chasqueó sus dedos—. Por eso me gusta el internet, y tú aprendes rápido.

—Debo reconocer que es muy interesante ese artilugio humano que usas… esa *laptop* —admitió Poseidón, peinando su cabello hacia atrás con sus dedos, al tiempo que su color cambiaba de gris a negro. Esbozó una sonrisa de suficiencia, ahora le gustaba más su aspecto.

Era la antítesis de su hermano, quien solo se había cambiado de camiseta, las mismas letras, solo el horrendo dibujo era diferente. Hades le hizo escuchar esa música estridente que tocan los humanos. No sabía si aborrecerla o amarla. Después de la cuarta canción, estaba empezando a tamborilear la melodía con sus dedos.

—De otra forma, jamás nos habríamos enterado que el herrero cojo es famoso haciendo trabajos para museos, fue muy astuto con cambiarse el nombre, pero esa cara horrible no se la quita ni el mismo Zeus. Tampoco ha perdido el toque, el maldito, sigue siendo hábil —continuó Hades, mirándose las uñas y las hizo sonar—. Por ahí tenemos que empezar a buscar, la noticia no tiene más de un mes, debería estar ahí todavía... ¿Nos vamos al aeropuerto? Deberíamos llegar a Carahue en dos días.

Poseidón se encogió de hombros, queriendo aparentar indolencia, pero debía admitir que, después de tantos siglos sin hacer nada, la expectativa de vivir algo semejante a una aventura, lo llenaba de cierta excitación. Lo sentía en las venas, sabía que una nueva historia se estaba escribiendo.

Hades sacó de su bolsillo unas llaves y las hizo tintinear frente a los ojos de Poseidón.

—Creo que esta es una ocasión más que especial para estrenar mi Lamborghini Murciélago —anunció el señor del Inframundo con la voz radiante de anticipación. Poseidón ya estaba cansado de alzar sus cejas con sorpresa o incredulidad.

¡Por todos los dioses! ¿Qué era un Lamborghini?

*****

Hefesto tomó su bastón, y con la mano que había quedado libre, buscó la de Millaray y entrelazaron sus dedos. Salieron de la casa con una tarea en mente; detectar un yacimiento de adamantio en medio de la milenaria reserva natural que rodeaba la cabaña. El dios iba descalzo, situación que le llamó la atención a Millaray. Hacía mucho frío, pero tal parecía que la temperatura no afectaba a Hefesto, quien, si bien iba abrigado, no parecía perturbarle el hecho de estar sin zapatos.

—¿Por qué andas a pata pelada[13]? —preguntó al fin Millaray, presa de la curiosidad. Había pasado media hora en la que no habían cruzado palabra alguna, salvo un par de advertencias de obstáculos en el camino, o para susurrar un «te amo» que era respondido de la misma forma.

—Para encontrar un yacimiento —respondió sin dejar de dar sus pasos renqueantes—. El adamantio es un material abundante en la tierra, pero solo siendo un dios puedes obtenerlo. Por eso los humanos todavía no lo descubren.

—¿Por qué? —interrogó, inclinando un poco su cabeza, un gesto que indicaba un interés supremo por parte de ella.

---

13 *Expresión coloquial para decir que va descalzo.*

Hefesto la miró de soslayo, le encantaba que ella preguntara siempre. Aquello era un indicativo del hambre de conocimiento de su mujer.

—Porque solo se encuentra diseminado en pequeñas partículas en lo profundo de la tierra. Es casi invisible para los ojos humanos y vuestras máquinas.

—¿Y cómo lo va a sacar, maestro? —preguntó Millaray asombrada, sintiendo que aquello era una clase muy especial de metalurgia, por lo que cambió su trato inconscientemente.

—Ahí es donde la parte de ser un dios es importante, muchacha —explicó con una sonrisa de medio lado, mientras seguían caminando—. Descalzo puedo sentir el adamantio que yace bajo mis pies. Es una especie de llamado primitivo que nos hace la tierra y que solo algunos de nosotros podemos responder.

—Yo pensaba que el adamantium era algo salido de los cómics —señaló Millaray; el tono de su voz se dividía entre diversión e incredulidad.

—Adamantio —corrigió Hefesto—. Los cómics son los que usan elementos de los mitos que han llegado a los humanos. Pero ellos no llegan a dimensionar la resistencia y flexibilidad del adamantio. Hace poco descubrieron el carbino, que es doscientas veces más fuerte que el acero. El adamantio, en cambio, es dos mil veces más fuerte.

—Impresionante.

—Sí que lo es —afirmó el dios con cierto orgullo—. El adamantio es capaz de herir de muerte a un dios.

—¿Un dios puede morir? ¿No se supone que son inmortales? —preguntó consternada.

—Inmortalidad no es sinónimo de invulnerabilidad —sentenció, al tiempo que seguía caminando. Su concentración se dividía entre sentir la tierra con sus pies y la conversación que sostenía con Millaray—. El tiempo, las enfermedades, las armas de los humanos no son capaces de hacernos daño mortal. Pero podemos morir de muchas formas; si un arma de adamantio nos decapita, muerte instantánea. Yo casi morí cuando fui expulsado, la fuerza del impacto destrozó mi pierna, y el icor que manaba de mis heridas se diluía en el mar, era solo un bebé y era vulnerable, por lo que, perfectamente, pude morir. Morfeo fue fulminado por un rayo del esposo de mi madre, todo su cuerpo fue desintegrado sin darle tiempo para regenerarse. Si no comemos ambrosía, néctar o la manzana dorada, caemos en el sueño eterno. Es como estar en coma, si vuelven a alimentar al dios, este despierta, mas no sé cuánto tiempo debe pasar para que ese sueño sea irreversible. Bajo esas condiciones, un dios puede morir, y sus consecuencias, insospechadas. Por ejemplo, cuando Morfeo murió, los reyes y emperadores no tuvieron más sueños, es por ello que ellos están extintos, hoy solo hay dictadores en el mundo.

—Entonces, no importa lo que hagamos, de todas formas, mi vida corre peligro —musitó Millaray, sintiendo un súbito temor. A fin de cuentas, ella era solo una humana, la inmortalidad era solo una ilusión.

—Importa y mucho —enfatizó severo, deteniendo sus pasos y tomándola de los hombros—. ¿No comprendes? Yo no podré seguir viviendo si tú no estás conmigo. Si esta profecía no hubiera existido, lo que hubieras elegido, mortalidad o eternidad, yo te habría seguido sin dudar un instante. Así de simple. —Tomó el rostro de su muchacha entre sus manos y la miró a sus ojos castaños, oscuros e intensos—. Te protegeré de él, cueste lo que cueste; viviremos, formaremos una familia, seremos felices, nos amaremos eternamente. Déjame creer que tendremos todo eso, de lo contrario, él habrá ganado. No me importa quebrar el orden que ha habido en el Olimpo, si con ello me quedo contigo.

Millaray se quedó sin palabras ante la vehemente réplica de Hefesto, sus sentimientos eran tan intensos, tan determinados. Ella también quería creer que podrían estar juntos, sin importar el precio. Inspiró hondo, no debía perder la esperanza, debía confiar en Hefesto, el nuevo regente de los dioses.

Cerró sus ojos y besó al dios del fuego con intensidad, quería sentirse viva, que la esperanza aflorara de nuevo en su corazón. Un calor la recorrió entera cuando él respondió al beso y sintió su lengua caliente enredándose con la de ella. Amaba esa sensación, amaba a ese hombre más allá de la razón.

Hefesto terminó el beso bruscamente. Miró al cielo, nubes negras impedían que la luz del mediodía penetrara. No sintió la presencia de Helios, sin embargo, lo que sí sintió fue el llamado del metal de los dioses, había un yacimiento bajo sus pies.

—¡Dioses! —susurró Millaray, observando sus manos. Flamas doradas la envolvían por completo, pero no la quemaban, ¿ese era el inusual calor que sentía? Estaba sorprendida, pero ya se estaba acostumbrando a que sucedieran cosas que escapaban de su comprensión—. ¡Me quemo, pero no duele, no me hace daño!

Hefesto de inmediato centró su atención en ella, estaba tan asombrado como Millaray. A cada hora descubría que su poder se manifestaba de tantas maneras diferentes, que apenas podía vislumbrar hasta dónde podía llegar.

Las llamas comenzaron a morir, al tiempo que Millaray sintió un frío brutal. Sus dientes empezaron a castañetear contra su voluntad, se abrazó a sí misma y se frotaba los brazos; su cuerpo temblaba. Hefesto, en el acto, la abrazó fuerte para que recuperara su temperatura normal. Tal vez, no solo compartían tatuajes divinos, al hacer el amor habían intercambiado algo más que un compromiso.

Conforme pasaban los segundos, Millaray comenzó a sentir que su temperatura volvía a ser normal y suspiró aliviada.

—¿Estás bien? —interrogó Hefesto al ver que las mejillas de Millaray cobraban color. Ella asintió con un movimiento de cabeza seguro y firme. El dios del fuego gruñó grave, satisfecho con la respuesta. Miró a su alrededor para saber en qué parte del bosque estaba—. Bien… esposa mía, he encontrado un buen yacimiento. Esta noche haremos la extracción —decretó, al tiempo que marcaba una cruz con su bastón—. Aquí está más concentrado, podré sacar lo suficiente para hacer cotas de malla, armaduras y… tengo que pensar qué tipo de arma son las mejores para nosotros.

—Yo no sé nada de armas y artes marciales, Hefesto. Si llega el momento de defenderme, ¿cómo lo voy a hacer?

—Esperemos a que no tengas que hacerlo, pero, me temo que deberías aprender a disparar. Sin duda, lo mejor para ti será un arma de fuego.

—¿Una pistola?, ¿no es algo un poco indigno para los dioses? —cuestionó irónica.

Hefesto rio, era verdad lo que decía Millaray, un arma tan humana y artera sería una ignominia para los dioses. Pero era algo que, probablemente, Zeus no esperaría.

—Te haría una metralleta, pero es difícil de esconder, ¿no? —replicó, alzando una ceja—. Lo importante es el factor sorpresa.

—Solo te pido que hagas una cantidad considerable de balas, de adamantio, lógicamente.

—Lógicamente.

Capítulo XVI

Hefesto y Millaray volvieron a la cabaña con sus dedos entrelazados. Caminaban a paso tranquilo y con sus rostros sonrientes, como si no estuviera en sus manos el futuro del mundo de los dioses. Su buen ánimo se vio perturbado por la presencia de un hombre mayor, que miraba la orilla del lago sin prestarle atención a la pareja. Vestía a la usanza griega de la antigüedad; su atuendo estaba compuesto por un quitón, que era una túnica de lino con mangas largas de color marrón que le llegaba hasta los tobillos. Para resguardarse del frío, llevaba una clámide, una capa de lana gris con ornamentos dorados. Por último, calzaba unos coturnos, que eran unos zapatos sencillos y guardaban cierta similitud con las botas.

En el acto, Hefesto puso a Millaray en su retaguardia, si bien el hombre no se movía, el dios no quiso tentar a su suerte. La peculiar energía que desprendía el desconocido era atávica y muy familiar.

Millaray pudo notar cómo los músculos de la espalda de Hefesto se tensaron y pequeños rayos eléctricos comenzaron a emerger de entre las fibras de la ropa de él.

—¿Ha perdido el camino, señor? —interpeló Hefesto con un tono que estaba muy lejos de ser hospitalario.

El hombre dio media vuelta sin decir una palabra, su expresión era inescrutable. Hefesto frunció el entrecejo, empuñó sus manos y comenzó a avanzar con cautela, al tiempo que le entregó su bastón a Millaray y, con un elocuente ademán, le señaló que se pusiera a salvo dentro de la cabaña. Ella comenzó a alejarse sin darle la espalda a Hefesto y con la vista centrada en el misterioso visitante.

En ese tenso momento, solo se escuchaba el sonido irregular de los pasos de Hefesto que rompían con la armonía del susurro de la brisa fría que mecía las hojas, y el gorjeo de los pájaros que se llamaban unos a otros.

El visitante inclinó levemente la cabeza a modo de saludo y esbozó una sonrisa.

—La última vez que vi a mi señor era tan solo un niño. —La expresión de los ojos de Hefesto sufrió un súbito cambio, pero su rostro permanecía adusto—. Creo que no me recuerda con esta apariencia.

—Muéstrese —ordenó Hefesto.

El hombre se transformó en una criatura que Hefesto solo vio en burdas representaciones en jarros antiguos, donde lo pintaban como un monstruo marino. No le hacían justicia a la augusta figura de un hombre de barba y cabellos largos y níveos, su rostro joven pero maduro, reflejaba su longevo paso por el mundo; desde la cintura para abajo, su piel eran escamas azulosas e iridiscentes, su torso de piel casi humana era pálido amplio y fuerte. Estaba surcado por tatuajes dorados, raíces.

Como él y Millaray.

Todos le decían anciano a ese impresionante hombre, solo porque fue uno de los primeros hijos de la titánide Gea con su primer consorte Ponto. Ella era una deidad primitiva del mundo, la madre de todo lo que había en la tierra.

Sus ojos eran iguales a los de cierta nereida, de un sobrenatural verde musgo.

—Venerable y sabio Nereo —llamó Hefesto, sintiendo oleadas de alivio y una creciente curiosidad por tan inesperada visita.

El dios del fuego, el Señor de los Cuatro Elementos, puso una rodilla en el suelo, agachó su cabeza y posó su palma sobre el pecho. Era el saludo que se le debía dar a la realeza, Nereo era el anterior regente de los mares. Pero no solo por ello Hefesto lo reverenciaba de esa forma, también respetaba mucho todo lo que representaba el padre de Caicai, su linaje era casi tan ancestral como el de la tierra misma.

—Mi señor. —Nereo imitó el humilde saludo de Hefesto—. Soy yo el que debe rendir pleitesía.

Hefesto alzó la mirada, Nereo todavía estaba con la cabeza gacha. Suspirando con cierta resignación, el dios del fuego se levantó.

—Ponte de pie, Nereo… No quiero que me saludes de esa forma. Solo llámame por mi nombre.

—Tendrá que acostumbrarse, mi señor Hêphaistos —respondió de buen humor, siguiendo la orden de Hefesto.

—Eso ya me lo dijo tu hija —reafirmó, rascándose la barba—. Ella está…

—Descansando en medio del lago —intervino—, lo sé. No quise interrumpirla, prefiero darle la sorpresa.

—La sorpresa nos la has dado a todos… —aseveró, sonriendo—. Era muy niño cuando te vi por única vez.

—Suele pasar en nuestro mundo. Al único dios que veo con cierta regularidad es a Poseidón.

Hefesto se tensó al escuchar ese nombre, solo esa mañana Caicai le había informado que el señor de los mares había ido a buscar consejo de Nereo y que, a raíz de esa conversación, Poseidón habría ido hacia el Olimpo a buscar respuestas.

—No se trata de él —aclaró Nereo de inmediato—. He venido porque mi hija, si bien es muy inteligente, también es impulsiva. Le hace correr riesgos innecesarios y, por lo que ella me ha contado, es lo que menos necesitamos en este momento. Mi misión es traerle un regalo de bodas a vuestra consorte —reveló con una benévola sonrisa.

—¿Un regalo? —Las cejas de Hefesto se arquearon. Miró en dirección a la cabaña. Millaray los observaba atentamente desde el interior del segundo piso.

«Buena, muchacha», pensó él, mientras alzaba su brazo e hizo un gesto, conminándola a unirse a ellos. Nereo estaba ahí solo por ella. El pecho de Hefesto se inflamó de orgullo por su muchacha, que uno de los seres más antiguos del mundo la reconociera como su esposa, era muy importante para él.

Millaray con agilidad bajó por las escaleras y, en cuestión de medio minuto, ya estaba llegando al lado de su esposo. Menos mal que había visto a esa imponente criatura desde lejos, gracias a ello, tuvo tiempo de ocultar su estupor al ver su sorprendente transformación.

—Buenas tardes, soy Millaray Colina… esposa de Hefesto —se presentó ante Nereo con cierta timidez, y extendió su mano que quedó suspendida por unos segundos. Nereo no entendió el gesto. Hefesto se aclaró la garganta y fue una evidente señal para el padre de Caicai de que debía responder de la misma manera. Puso su palma frente a la de Millaray, quien, un poco desconcertada, rio nerviosa y se la tomó, dando un firme apretón.

Nereo comprendió y rio por su torpeza. Pocas veces había interactuado con algún humano. No conocía sus costumbres ni modales.

—Nereo a vuestro servicio, mi señora. —Encerró la mano de Millaray entre las suyas, se las llevó a la frente e hincó su rodilla en el suelo.

—No es necesario que haga eso, señor... don... eeeeeh... Nereo —replicó Millaray, incómoda e inquieta. No sabía cómo dirigirse hacia ese impactante hombre. Ya se había dado cuenta de los tatuajes dorados que decoraban su torso, eran similares a los que compartía con su esposo.

Su esposo sonrió internamente, era extraño y, a la vez, la llenaba de felicidad pensar en Hefesto de esa manera. Centró nuevamente su atención a Nereo.

—¿No tiene frío? —preguntó Millaray con poca sutileza. La apariencia real de Nereo, en el estricto rigor, era la más completa desnudez.

Nereo rio, ¡ah, el pudor humano!

—No tengo frío, mi señora. —Se levantó y, ante la tímida mirada de Millaray se transformó en el hombre mayor que vieron al principio, solo sus facciones se conservaron—. He traído un presente de bodas para usted.

—¿Para mí? —interrogó sorprendida.

—¡Padre! —interrumpió Caicai con un chillido, corriendo hacia él. Le dio un cálido abrazo que él respondió del mismo modo—. ¿Qué haces aquí? —interpeló con un matiz de preocupación en su voz.

—Tu devoción hacia tus señores te hace actuar precipitadamente, hija mía —respondió sereno. Alzó su mano derecha, y desde el fondo del lago emergió una enorme mano de agua que imitaba los movimientos de Nereo y sostenía una enorme tinaja de cerámica, cuyas dimensiones equivalían a tres Hefestos juntos.

La mano de agua dejó con delicadeza la tinaja en el suelo, a los pies de Millaray.

—Es ambrosía, mi señora —reveló al fin Nereo. Millaray ahogó un grito y se llevó las manos a la boca. Hefesto sintió un profundo alivio, al igual que Caicai, ella ya no tendría que viajar y arriesgar un encuentro con Helios—. Mi regalo será su inmortalidad. Yo mismo dirigiré el ritual de Deméter.

*****

Helios llegó a tiempo al Olimpo. Resopló aliviado, por poco no lo logró, el atardecer estaba muriendo, e inexorablemente estaba dando paso a la oscuridad de la noche. Entró al Gran Salón del palacio de Zeus. Todo estaba envuelto en un silencio sepulcral. El trono dorado estaba vacío.

El señor del sol miró a su alrededor. La presencia de Zeus era desequilibrada, y comparándola con la poderosa energía que percibió en el Nuevo Mundo, la del rey era, por decir lo menos, inquietante. Helios intentó no darle más vueltas al asunto, solo debía seguir las órdenes de Zeus y obtendría lo que más anhelaba. Su señor le había prometido traer a su hijo Faetón a la vida si daba con Hêphaistos. Llevaba décadas buscando sin resultados al herrero.

Y ahora que estaba cerca de lograrlo, se encontraba con ese poder titánico que, a pesar de su aterradora fuerza, no le provocaba el temor que sentía cuando estaba frente a Zeus.

Recorrió la estancia, ¿dónde estaba la música, las risas, las voces de los demás? Es más, ¿dónde estaban los otros dioses?

—¡Helios! —llamó Zeus con severidad, entrando en su campo visual.

El señor del sol notó de inmediato que algo no estaba bien con el rey del Olimpo. En los ojos grises de Zeus se reflejaba la locura, no aquella que siempre caracterizó a su señor, la mirada que le lanzaba estaba llena de algo que nunca pensó ver de nuevo. El poder lo estaba corrompiendo, tal como a Crono y Urano.

¡¿Cómo no lo notó antes?! Si no hubiera sentido esa fuerza en las costas del Nuevo Mundo… Era tan diferente, tan nueva, sin un atisbo de demencia. Ahora no podía evitar compararlas, Zeus estaba fuera de control. Era evidente, ¿Cómo pudo estar tan ciego? ¿Qué dirían los demás?

¡No!

«No cuestiones y tendrás de nuevo a tu hijo», se convenció Helios de inmediato. Era la única oportunidad que tenía para recuperar a Faetón, su hijo mayor, quien había muerto hacía milenios. Cada día se arrepentía de concederle el deseo de conducir su carruaje dorado por un día. El muchacho solo quería probarle a todo el mundo que era el legítimo hijo del señor del sol.

El impulsivo e inmaduro Faetón, en cuanto tomó las riendas, perdió el control de los caballos, provocando el caos en la tierra; primero, días oscuros y fríos al viajar demasiado alto; luego, sequías, incendios, y temblores al hacerlo demasiado bajo. Zeus, furioso por el desastre ocasionado por el muchacho, lanzó un rayo hacia el carro para detenerlo, haciendo caer al hijo de Helios a las aguas del río Erídano, donde se ahogó.

—Su alteza —saludó Helios con humildad, mirando el suelo, apretando sus mandíbulas por el doloroso recuerdo. Zeus era tan impulsivo, como lo fue Faetón, su señor pudo haber detenido el carruaje de tantas formas diferentes para no causarle la muerte a su hijo.

—¿Lo encontraste? —preguntó Zeus, sin preámbulo alguno.

—No, su alteza —respondió sin alzar la vista. Llenó de aire sus pulmones para explicar el motivo de su regreso al Olimpo.

—Entonces, ¡¿qué haces aquí!? —vociferó, al tiempo que un trueno hizo retumbar las paredes del Gran Salón—. ¡Vete! ¡No vuelvas hasta que encuentres al herrero!

—¡Titanes, su alteza! —espetó Helios desesperado, sintiendo que el miedo le recorría las venas. De soslayo vio que Zeus portaba un rayo listo para ser lanzado.

—No puede ser. Ellos ya no viven como antes, se han fundido en sus elementos —refutó Zeus, entrecerrando sus ojos, teniendo un muy mal presentimiento.

—Entonces, no tengo cómo explicar la presencia de los cuatro elementos en el Nuevo Mundo, su alteza. Al llegar a sus costas australes sentí los vestigios del poder titánico de ellos. Era extraño, eran el fuego, el aire, el agua y la tierra, separados, unidos… No sabría cómo definirlo —explicó apresurado.

—Y aun así, ¡¿no encontraste a Hêphaistos!? —cuestionó Zeus, beligerante—. ¡Eres un inútil!

—No, no era el herrero, era diferente al poder que sentí cuando se movió al volcán… —balbuceó Helios, sudando frío. Sentía los grises ojos de Zeus clavados sobre su nuca.

—¡Esa fuerza era el herrero! —bramó iracundo. Helios alzó la vista, Zeus estaba enajenado, su rostro estaba transformado en una máscara deforme—. ¡El susurro de los otros dioses invocándome! ¡Por eso el aire ha cambiado tan radicalmente! ¡Ese maldito adefesio cojo! —masculló entre dientes, paseándose frente a él, blandiendo el rayo. Se detuvo en seco frente a Helios, lo miró fijo, pero a la vez, era como si no lo estuviera mirando a él, sino a otra persona—. ¡¡Ha despertado!! ¡¡Dioses, no!! ¡¡¡No!!! ¡¡¡¡Noooooooooo!!!!

Zeus alzó su rayo y lo arrojó en dirección a Helios, quien, como acto reflejo, solo tuvo tiempo para protegerse con su brazo derecho.

Un estallido ensordecedor provocó ondas invisibles que levantaron el polvo más allá del palacio.

Un alarido, lleno del más desgarrado y puro dolor, lo siguió.

Helios se llevó la mano al muñón carbonizado que quedó de su brazo derecho. Zeus se acercó a su rostro, a tan solo un centímetro de distancia. El señor del sol podía sentir la colérica respiración de su señor en medio del fétido hedor de su propia carne quemada.

—Cuando sanes de tus heridas, encuentra al herrero, pero solo me traerás a su mujer. Sigue esa energía… titánica —ordenó amenazante, escupiendo con desdén la última palabra—. Si no lo haces, en vez de traer a tu hijo a la vida, me encargaré de que Hades los mantenga separados en el Inframundo por toda la maldita eternidad.

—¿Qué? —interrogó con un entrecortado hilo de voz, pero completamente consciente. Apenas entendía lo que había sucedido. ¿Esa fuerza descomunal provenía de Hêphaistos? ¿Qué estaba ocultando el rey? ¿De qué mujer hablaba?

—He dicho —zanjó el asunto Zeus, no iba a repetir su orden.

Helios enmudeció, observando cómo el dios del rayo abandonaba la estancia. Se quedó mirando el alto techo abovedado… No podía conducir su carruaje en esas condiciones. El dolor de la quemadura era intenso, trataría su herida con ambrosía; si tenía suerte, en unos días iba a estar sano.

Iba a necesitar más suerte todavía si pretendía tomar las riendas de sus caballos con una sola mano y secuestrar a la mujer de Hêphaistos.

Si es que esa mujer existía…

Helios rio flojo, si tan solo Hêphaistos estuviera ahí, trabajando en su forja divina, él no dudaría en pedirle que le hiciera un brazo de oro que fuera capaz de reemplazar en todas sus funciones al que acababa de perder. Estaba seguro que el herrero podría ser capaz de realizar tal prodigio.

Lamentablemente, eso jamás iba a suceder.

*****

Millaray estaba desnuda frente a la monstruosa pira que había encendido Hefesto en tan solo un segundo. Respiraba agitada, no podía negar que estaba nerviosa y con miedo.

Las llamas danzaban briosas, intentando lamer el firmamento austral. Afortunadamente, no estaba lloviendo, pero hacía mucho frío. Era toda una ironía, la única forma de calentarse era entrando a esa hoguera.

Dos horas antes del anochecer, Nereo inició el ritual de Deméter. Con los ojos cerrados conminó a Caicai a que recibiera las prendas que le iba quitando Hefesto a su esposa, mientras él oraba a Gea para que bendijera a Millaray. Las palabras de Nereo eran dichas con fervor en ese idioma ancestral que solo los dioses entendían. No había humano vivo sobre la tierra que hubiera escuchado esas extrañas palabras.

Una vez despojada de su ropa, Caicai se unió al rezo de Nereo y Hefesto la ayudó a que se sumergiera dentro de la tinaja llena de espesa ambrosía.

—Aguanta la respiración, esposa mía, debes hundirte por completo. No debe quedar ninguna parte de vuestro cuerpo que no haya tocado la ambrosía o se quemará —indicó Hefesto, serio.

Millaray, sin vacilar, obedeció. Tomó una profunda bocanada de aire y se hundió en el líquido ámbar. Cuando no pudo respirar más, emergió resollando, sintiendo el sabor dulce en sus labios y boca. Se quedó dentro de la tinaja, debía repetir el proceso cada media hora para asegurar que la ambrosía penetrara cada poro de su piel mortal.

Cuando el crepúsculo murió y el cielo se llenó de estrellas, Hefesto la sacó y la llevó en brazos hacia la hoguera. La situó frente a las ardientes llamas para que Millaray pasara su, literal, prueba de fuego.

El Señor de los Cuatro Elementos le ofreció la mano, Millaray la tomó y las llamas de la pira aumentaron de tamaño. El pecho de ella subía y bajaba con rapidez. De a poco, el frío abandonaba su piel, el calor del fuego la llamaba.

Nereo y Caicai observaban en silencio y expectantes. El cuerpo de Millaray relucía como si fuera una estatua viviente de ámbar.

—No temas, Millaray. Entraré contigo, te protegeré —prometió Hefesto, mirándola a los ojos.

Millaray asintió con la cabeza e inspiró hondo. Avanzó uno, dos, tres pasos…

Cerró los ojos…

Y entró.

Millaray esperó sentir dolor, pero nada de eso sucedió. Abrió sus ojos y contempló atónita cómo las llamas comenzaron a consumir su piel mortal, la cual se resquebrajaba y desprendía de su cuerpo, elevándose hasta convertirse en cenizas. Sentía la temperatura del fuego como si estuviera tomando una ducha demasiado caliente. Le ardía el cuerpo, pero no al extremo de sentir dolor; conforme pasaban los minutos, se acostumbraba a la sensación de intenso calor.

Hefesto le soltó la mano con cautela, para que esa parte del cuerpo de su muchacha también fuera consumida por el fuego. Millaray ya no temía, miraba hipnotizada sus dedos; al desaparecer cualquier vestigio de su piel humana, la nueva piel inmortal comenzó a tomar casi el mismo tono dorado de sus tatuajes, los cuales se acentuaban aún más con el calor. Era un espectáculo hermoso.

—No había notado que ellos tienen tatuajes divinos —murmuró Nereo a su hija con cierto tono de orgullo. La última profecía de Urano era inevitable para todos—. Nuestra señora tiene sangre divina, ¿quién lo diría?

—Ninguno de nosotros lo sospechó… —susurró Caicai, sin dejar de mirar la hoguera. Millaray era una humana muy valiente y especial, no cualquiera aceptaba el mundo de los dioses con tanta facilidad. Aunque debía admitir que su señora nunca tuvo otra alternativa más que abrazar su destino junto a Hêphaistos. Dirigió su atención hacia su padre—. ¿De qué dios será su sangre?

—Roguemos que no sea una descendiente del dios del rayo —respondió Nereo, haciendo una mueca—. Hay dioses y diosas —subrayó— que han dejado su estirpe regada por el mundo, en secreto, la mayoría de las veces. Tal vez nunca lo sabremos…

Caicai se encogió de hombros. Volvió a contemplar las llamas que ya empezaban a apagarse, Hefesto besaba a Millaray con una ternura infinita. El primer día del ritual había culminado con éxito.

La nereida suspiró, qué hermoso era el amor verdadero.

Ojalá… algún día…

Capítulo XVII

Hefesto acostó a Millaray con delicadeza sobre la cama. Después de salir del fuego, ella se desvaneció en sus brazos. Aquellos fueron los segundos más largos de su vida, hasta que Nereo le indicó que aquello era una consecuencia lógica. Millaray era tan solo una humana, dormiría toda la noche a causa del agotamiento extremo de su cuerpo que se aferraba a la mortalidad. Caicai y Nereo acompañaron en silencio a sus señores en todo momento.

La temperatura del cuerpo de Millaray había descendido. Hefesto la cubrió con las mantas y encendió al máximo la calefacción de la habitación.

Su preciosa muchacha se veía tan frágil. Recordó cuando estuvo enferma, y la desesperación que sintió al imaginar que la perdía.

—Pierda cuidado, mi señor. Su consorte solo necesita descansar. Por eso el ritual debe realizarse por varios días —intervino Nereo—. La ambrosía debe penetrar hasta sus huesos. Su piel fue la primera barrera traspasada.

—¿Cuántos días tendremos que repetir esto? —preguntó Hefesto, preocupado, mientras acariciaba el rostro de su esposa.

—El ritual nunca ha sido completado con éxito —respondió sincero—. Tardaremos lo que sea necesario.

—Entonces, ¿cuándo sabremos que ya es inmortal, padre? —preguntó Caicai.

—Creo que, llegado el momento, lo sabremos. Nadie mejor que nuestra señora nos puede decir si se siente diferente. Su naturaleza es sabia y reflexiva, sus ojos reflejan su pureza interior. Debemos confiar en ella —respondió Nereo, intentando hacerles ver a Hefesto y Caicai que Millaray no era una niñita.

—Tienes razón, Nereo —sentenció Hefesto, agradecido. Debía confiar en su esposa en ese sentido. Siempre lo hizo cuando ella fue su aprendiz, debía hacerlo ahora también que era su compañera. El temor le hacía olvidar lo más importante—. ¿Pueden velar su sueño? Yo tengo que ir a extraer el adamantio, encontramos un yacimiento a una media hora a pie. Debo aprovechar la noche para que no nos descubra Helios —explicó.

—Déjela en nuestras manos, mi señor —aceptó Nereo.

—Muchas gracias a ambos… —agradeció, mirándolos, y suspiró, revelando cansancio. Los últimos días de su existencia estaban siendo en extremo intensos—. Si no fuera por ustedes… No quisiera imaginar qué destino hubiéramos tenido.

—No es necesario agradecer nada, Hêphaistos —negó Caicai—. Es nuestra voluntad ayudar, podríamos estar perfectamente tranquilos con nuestras vidas, pero esto es más grande, no podíamos ser meros espectadores.

Hefesto esbozó una sonrisa, dio una última mirada a Millaray y salió de la habitación.

Caicai se sentó al lado de Millaray y le tocó la frente. Estaba tibia.

—Confiamos en ti, mi señora —susurró Caicai—. Debes vencer tu mortalidad.

*****

Hefesto no necesitaba una linterna para iluminar su camino, bastaba con que extendiera la palma de su mano para que una luminosa llama danzara sobre ella, proporcionando la luz suficiente para su cometido.

Tardó menos de lo que esperaba en encontrar la marca que había dejado con su bastón, el cual dejó en la cabaña. Iba a necesitar sus dos manos libres.

Se situó sobre la marca y juntó las palmas de sus manos que se envolvieron en llamas azules y las abrió con dificultad, como si la tierra misma estuviera haciendo fuerza para no permitir ser abierta.

—Gea, madre nuestra… —invocó Hefesto—. Bendíceme con vuestro tesoro que conservas para todos los dioses. Permíteme proteger a la mujer que amo, a mis amigos… —Hizo una pausa en su ruego, pensó en aquellos dioses que nunca lo trataron como a un igual. Reflexionó sobre lo que sentía, no era un santo, en su alma todavía tenía un vestigio de rencor, dolor y odio, pero no el suficiente como para buscar venganza o hacer daño—. Soy el horrible hijo de la ira, los celos y la venganza… liberaré a mis hermanos… a mi madre. Ayúdeme, se lo ruego, venerable titánide. Concédame la gracia de vuestro elemento.

Esa fuerza invisible que luchaba contra Hefesto, desapareció. El dios de la forja separó sus manos con libertad absoluta.

Un gemido grave y gutural emergió desde lo más profundo de la tierra, y una grieta de diez metros de largo rasgó el suelo virgen del bosque. Las llamas azules se extendieron por todo el cuerpo del dios, quien comenzó a sentir que las primeras partículas de adamantio empezaban a salir del fondo de la tierra, primero invisibles, pero evidentes para él.

Conforme pasaban los minutos, Hefesto pudo notar cómo, una a una, las partículas de adamantio comenzaron a unirse en el aire, alcanzando el tamaño de una diminuta pepita, luego fue un guijarro, una piedra, hasta llegar a formar un lingote. Repitió el proceso más veces de las que pudo contar.

Hefesto resollaba exhausto y sudaba profusamente. Muy, muy pocos dioses tenían el poder de extraer adamantio desde las entrañas de la tierra, puesto que demandaba de mucha energía, poder, y un privilegiado sexto sentido para percibir la presencia de las partículas. Si bien Gea había accedido a abrirse para que él obtuviera el preciado metal, de todas maneras, significaba un esfuerzo supremo, incluso para un dios.

Llevaba cuatro horas de pie, su pierna comenzó a resentirse y un dolor sordo se extendió desde el centro de sus huesos hacia sus músculos, tendones y piel. Hefesto ignoró la protesta de su cuerpo, necesitaba extraer la mayor cantidad posible, no era su deseo perturbar a Gea otra vez, ella ya había hecho demasiado con permitirle el acceso.

—Vais a destrozar vuestra pierna si continuáis de ese modo, Hêphaistos —susurró grave, lenta y profunda la voz de Gea—. Habéis obtenido suficiente adamantio…

Hefesto se detuvo, jamás había escuchado la voz de Gea hablándole directamente. El fuego azul se extinguió de súbito, y la enorme pirámide de lingotes de adamantio que había formado y que todavía flotaba, cayó dando un golpe seco que hizo reverberar la tierra.

Sus rodillas flaquearon y se enterraron en la tierra, al igual que sus manos.

—Solo deseo proteger a Millaray y lo que queda de nuestra estirpe —respondió jadeando, intentando recuperar el aliento.

—Es vuestro destino hacerlo, Hêphaistos... Fuisteis la última profecía de Urano... Después de que esta se cumpla, forjareis vuestro propio porvenir —respondió Gea; cada palabra reverberaba en el pecho de Hefesto.

—¿Cómo sabe que lo lograré? ¿Por qué yo? —interpeló.

—Porque, a pesar de haber sido concebido por la furia de Hera, vuestra alma es pura y justa. Los demás necesitarán que los guieis hacia la nueva era dorada.

Hefesto negó con la cabeza, él solo haría lo que tenía que hacer. No obstante, estaba seguro de que, sin importar sus intenciones, el resto de los dioses no lo respetaban más que a un sirviente.

—Ellos no querrán nada de mí —espetó con la certeza de que las cosas no cambiaban en el Olimpo.

—Solo tú tienes un destino que cumplir, el resto es incierto. Libre albedrío, no más profecías, oráculos o pronósticos. Aquello fue nuestra perdición y lo hemos pagado muy caro —respondió Gea. En su voz se podía sentir su auténtico lamento.

—No sé si podré... él ya lo ha evitado otras veces —replicó inseguro.

—Tú, Hêphaistos, eres inexorable.

La grieta de la tierra se cerró.

Hefesto intentó levantarse, pero se desplomó boca abajo. Sus dedos se aferraron a la tierra, el aroma del petricor penetraba hasta lo más hondo de sus pulmones. Se sintió frágil, débil, impotente. Seguía siendo un tullido.

Entornó sus ojos y, sin más, se deslizó en un sueño que lo dejó inconsciente hasta el amanecer.

*****

Cuando Hefesto despertó, los rayos del sol le daban en el rostro, el cielo estaba parcialmente nublado. Se incorporó con cierta torpeza, estaba desorientado, sucio y sentía todo el cuerpo adolorido. Miró la pirámide desarmada de lingotes de adamantio y recordó a Gea, incluso la titánide tenía fe en él.

Se levantó y puso sus manos en las caderas, decidiendo cómo llevarse esa cantidad de adamantio sin que le exigiera demasiado poder de su parte. No le gustaba para nada estar expuesto ante los rayos del sol.

Resopló, era imposible entrar con la camioneta entre todos esos árboles. Caminar de regreso a la cabaña le haría resolver su dilema de cómo transportar el metal. Mientras tanto, llevaría tantos lingotes como pudiera. Gea había tenido razón, extrajo demasiado adamantio. A sus pies tenía suficiente como para hacer armas, armaduras y municiones para abastecer un pequeño ejército.

Comenzó a tomar los pesados lingotes, el día solo acababa de comenzar.

*****

Millaray despertó sobresaltada. Miró en todas direcciones, se encontraba sola en la habitación. Era de día.

—Hefesto —susurró. Se sentía inquieta su cuerpo lo percibía extraño, como si no le perteneciera—. ¡Hefesto!

No tuvo que esperar demasiado, Caicai se asomó, entreabriendo la puerta de la habitación, respondiendo a su llamado.

—Hola. Hêphaistos salió anoche a extraer adamantio —respondió la nereida, logrando la atención de Millaray, quien se cubrió con la manta como acto reflejo al percatarse de su desnudez. «Un poco estúpido de mi parte, si la noche anterior estuve expuesta durante horas», reflexionó ella enseguida.

—¿Todavía no ha regresado? —preguntó Millaray, evidenciando preocupación en su voz.

Caicai esbozó una sonrisa.

—No te preocupes. Todo salió como nuestro señor esperaba y ha regresado hace poco. Mi padre le ayudó a transportar el adamantio —informó tranquila—. ¿Cómo te sientes?

Millaray abrió su boca, pero las palabras murieron antes de que salieran de ella. Apenas podía recordar lo que sucedió la noche anterior. Solo conservaba breves retazos que no sabría asegurar si lo había soñado o no; la sensación de ingravidez cuando estaba dentro de la tinaja de ambrosía, el fuego en la hoguera, su piel desprendiéndose, luego el frío; estaba desconcertada. Necesitaba respuestas.

Un sonido la sacó de súbito de sus cavilaciones. Millaray se percató del familiar repique del martillo y el yunque que se escuchaba a lo lejos. Su corazón latió rápido, de inmediato sintió el impulso de ir corriendo hacia donde estaba Hefesto. Amaba verlo trabajar y, al mismo tiempo, necesitaba también, usar sus manos. Debía terminar un anillo que había dejado a medias antes de que sus vidas cambiaran tan drásticamente.

Por un momento, pensó que era algo absurdo preocuparse de algo tan mundano y banal, pero no quería dejar asuntos pendientes de su vida normal. Una persona había confiado en sus manos, la creación de un regalo de aniversario que fuera memorable. No quería fallarle, le faltaba tan poco, solo tardaría unas horas.

—Estoy un poco desorientada, pero bien —respondió Millaray al cabo de unos segundos, volviendo a enfocarse en el presente—. ¿Qué hora es?

Caicai se rascó la cabeza e hizo un mohín, arrugando su respingada nariz.

—Lo único que sé es que el sol está en su zénit… En realidad, nunca me ha interesado saber más allá si es mañana, tarde o noche. No sé ver la hora en esos relojes con agujas que usan ustedes…

Millaray sonrió, la concepción del tiempo en el mundo de los dioses era muy diferente a la de los humanos, obsesionados en controlar cada hora del escaso lapso que duran sus vidas mortales… Se miró las manos, sentía su piel diferente, más suave, más sensible. Frotó las yemas de sus dedos confirmando que su tacto era más fino, podía sentir la textura de sus huellas digitales, la aspereza de la sábana que cubría su cuerpo, la corriente cálida del calefactor que templaba la temperatura de la habitación. A medida que se espabilaba, sentía una sobrecarga sensorial que le estaba costando asimilar.

—Le diré a Hêphaistos que ya has despertado —anunció Caicai, sacando de cuajo a Millaray de sus pensamientos.

—No lo interrumpas. Cuando trabaja tan afanado, es mejor no perturbar su concentración. Mejor me quedaré dentro de la cabaña trabajando en terminar un proyecto.

Caicai se encogió de hombros, aceptando los dichos de Millaray, al fin y al cabo, ella era quien mejor lo conocía. Esos dos eran bastante raros, a veces eran tan melosos que daban ganas de gritarles que se encerraran para siempre en una habitación y, en otros momentos, parecía que podían permanecer separados, sin dar suspiritos anhelantes.

Sus sentimientos eran intensos, a la par de equilibrados.

Equilibrio, eso era lo que le hacía falta al Olimpo.

*****

Hefesto estudió a consciencia la pieza que acababa de terminar. Encajó cada parte del arma con eficiencia, estaba satisfecho con su trabajo, lo había llevado a cabo en poco tiempo, gracias a la combinación de su poder nativo con la tradicional forja.

En sus grandes y toscas manos relucía una pistola de nueve milímetros, especial para Millaray. Era muy parecida a una Beretta, pesaba 1200 gramos, un término medio entre pesada y liviana. Confiaba en que, conforme pasaran los días, su esposa comenzara a adquirir no solo inmortalidad, sino también, más fuerza, destreza, rapidez y se agudizaran sus sentidos.

Tal como Aquiles, pero sin su estúpido talón.

Quitó el seguro, corrió la cámara y la cargó. Movió su muñeca para comprobar peso y balance. Esbozó una sonrisa orgullosa, era perfecta. El resto del día haría más municiones, balas expansivas de adamantio, «matadioses», si daba en la cabeza o en el corazón. De momento, solo había hecho una cantidad suficiente para que Millaray practicara.

Hefesto se dirigió a la orilla del lago. Tomó una piedra del tamaño de su puño y la lanzó al aire por sobre las aguas serenas del Huillinco. Apuntó y disparó.

La piedra se hizo polvo, el cual se dispersó en la brisa sin que llegara al agua, al mismo tiempo que se desvanecía en un largo eco, el rugido reverberante del disparo. Cientos de aves volaron asustadas por el cielo austral.

Funcionaba sin problemas. Para un dios, disparar sin fallar era como respirar. Sus sentidos eran mucho más agudos que los de un humano.

Rio, Millaray tenía razón, una pistola era un arma indigna para un dios, era demasiado fácil disparar a matar para él. Pero en el amor y la guerra, todo se vale.

Y él sentía que se estaba preparando para una guerra.

Decidió que él no sería noble, ni justo. También iba a forjar un arma para él. Más grande y poderosa, se inclinaba a algo parecido a una Magnum.

—Hefesto... —La suave voz de Millaray lo llamó a sus espaldas. Él dio media vuelta y observó a su esposa que le sonreía. No la veía desde la noche anterior, cuando la dejó al cuidado de Nereo y Caicai. Una vez que hubo trasladado todo el adamantio, no se permitió extrañarla, debía priorizar su tiempo en crear un arma para que ella pudiera defenderse.

Al parecer, Millaray lo entendía, no había reproche alguno en su mirada.

Millaray observó el arma que portaba Hefesto, quien le colocó el seguro y se la ofreció con cierta solemnidad. Ella la tomó, jamás había tenido una pistola entre sus manos. Era más pesada de lo que imaginaba. Pero debía admitir que su esposo había hecho un trabajo magnífico; el adamantio era como del color del acero, pero, a diferencia de este, tenía cierta tonalidad verdosa. Sobre la corredera tenía una inscripción grabada en una masculina letra manuscrita que decía: «*Mea aeterno aureum florem*». Lo miró interrogante.

—Latín... significa «Mi eterna flor dorada» —tradujo Hefesto.

—Es un hermoso detalle, mi dios... —afirmó con coquetería, mientras acariciaba las letras sobre el frío metal—. Entonces, ¿conocías el significado de mi nombre? —El dios asintió con una leve inclinación de cabeza.

—Lo averigüé la noche anterior a que te convirtieras en mi aprendiz, sabía que ibas a lograrlo —respondió, recordando aquel día—. Quería darte algo especial, aparte de las llaves.

La sonrisa de Millaray se ensanchó más ante esa confesión.

—Se te da de maravilla hacer feliz a una mujer. Sin duda, soy una afortunada —aseveró convencida. Se alzó sobre la punta de sus pies y besó ligero a Hefesto. Su atención volvió a la pistola—. ¿De verdad crees que podré aprender a usar esto?

—Con el transcurso de los días… —La tomó de la cintura y la atrajo hacia él. Le acarició el rostro con sutileza. Sentía que la morena piel de ella era diferente al tacto—. ¿Cómo te sientes?

—Mejor que cuando desperté… Pero no te preocupes —se apresuró a tranquilizar—, todo ha vuelto a la normalidad, solo estaba desorientada y no podía recordar varias cosas. Así que, como estabas ocupado y necesitaba distraerme, decidí terminar el encargo de don Ángel. Después te lo mostraré, quedó hermoso, aunque yo lo diga —avisó con cierta emoción. Inspiró hondo, el familiar aroma de Hefesto cuando trabajaba en la forja llegó a ella, despertando su libido. Intentó evadir su lascivo impulso, pero él se lo ponía muy difícil cuando la miraba de esa forma tan intensa—. Mi piel se siente diferente, muy suave, como si fuera de una *guagüita*[14]… más allá de eso, no me siento particularmente inmortal.

—Ya te acostumbrarás a la sensación, pero es una muy buena señal, significa que el ritual de Deméter está dando resultados.

—Espero que sí… —Suspiró—. Entonces, ¿cómo se supone que tengo que usar esta cosa?

*****

Nuevamente, Millaray estaba frente a la inmensa hoguera. El ritual, tal como el día anterior, se repitió y, a la vez, fue distinto. Al sumergirse en la ambrosía, ella sintió un leve cosquilleo, una indescriptible sensación de efervescencia en su piel.

Hefesto, rodeado de llamas rojas, la esperaba dentro de la hoguera. Él estaba a torso desnudo y descalzo, solo un pantalón cubría su cuerpo. Ofreció su mano para que ella se internara en el fuego.

La tomó sin dudar.

Las llamas se avivaron y se enfurecieron en cuanto ella puso un pie dentro de la hoguera. Esperó sentir lo mismo que la primera noche, pero nada la preparó para ver cómo su piel borboteaba, como si se estuviera friendo. Millaray sentía que su carne ardía desde adentro de su cuerpo y se ovilló, al tiempo que Hefesto se arrodillaba y la acunaba en su regazo.

—¿Te duele? —preguntó angustiado.

—Me quema… —susurró—. Creo que puedo tolerarlo… Solo abrázame y no permitas que salga corriendo.

---

14 *Niño recién nacido o de pocos meses y que todavía no camina.*

Hefesto, impotente, obedeció. Millaray se quejaba en voz baja y sollozaba ignorante de lo que el dios era testigo. A través de la piel de su esposa, emergían con furia miles de diminutas chispas, iguales a las que eran expulsadas al encender el carbón. Eran los vestigios de sus músculos humanos que abandonaban su cuerpo, dando paso a la nueva carne inmortal.

Tras unas horas al interior de la hoguera, el dolor cesó, a la vez que las llamas comenzaron a apagarse. Millaray yacía desmayada en su regazo. Hefesto la tomó entre sus brazos y agradeció con un gesto a Nereo y Caicai, quienes estuvieron oficiando nuevamente el ritual.

El Señor de los Cuatro Elementos los conminó a que fueran a descansar en el lago, para ellos, el día había sido demasiado largo. Mientras Hefesto trabajaba en su forja, ellos estuvieron vigilando desde el lago y el mar. Había sido un día soleado, estaban todos expuestos a Helios. Pero, por fortuna, no había indicios de que el señor que todo lo ve estuviera rondando en esa zona.

Caminó renqueante hacia la cabaña. Esa noche, nada le iba a impedir velar el sueño de su mujer.

Capítulo XVIII

A la mañana siguiente, Millaray despertó sintiendo el calor de Hefesto en su espalda. Se deleitó con aquella asombrosa sensación, como si nunca hubiera sentido de verdad su piel tocando la de ella. Era algo nuevo y exquisito. Sonrió traviesa, la piel inmortal tenía impensadas ventajas sensoriales, a las cuales debía sacar placentero provecho.

Se estiró un poco, todos sus músculos le dolían, estaban tensos y agarrotados, como si hubiera estado demasiado tiempo sin moverse. Sin embargo, no se sentía cansada. Suspiró. Sintió la palma de Hefesto, que se abrió sobre su vientre y la atrajo más hacia él.

—Esto me parece como un *déjá vu* —comentó Millaray, socarrona, sintiendo cómo la temperatura de él aumentaba rápida e inexorable—. Y ya sé cómo va a terminar.

—¿Cómo, según tú, va a terminar? —espetó Hefesto con su voz grave y dura, pero que tenía un matiz seductor.

Millaray rio coqueta y, aunque todos sus músculos protestaron, se sentó a horcajadas sobre él. Las manos de él se fueron directamente a sus pechos, logrando que ella sonriera de gusto. Siseó dulce y femenina.

—Sin importar lo que hagamos, terminará siendo algo delicioso… —respondió con picardía. Se inclinó y lo besó, tomándose su tiempo, acariciando sus labios con los suyos. Su barba le hacía cosquillas. Su lengua la invadió, tenía reminiscencias de algo dulce… ambrosía.

Sin embargo, su cuerpo no le daba tregua, el dolor comenzó a agudizarse y Millaray interrumpió el beso. Se acostó de nuevo al lado de Hefesto, rodó y quedó frente a él, perdiéndose en sus ojos grises.

—Si me hubieran dicho que el ritual de Deméter incluía el dolor, me lo hubiera pensado mejor. —No lo dijo en serio, Hefesto podía ver diversión en sus ojos, así como percibía la tensión en el cuerpo de su muchacha.

—¿Estás bien? —interrogó muy preocupado.

—Mis músculos me duelen mucho. Como si hubiera hecho demasiado ejercicio —explicó, haciendo un mohín—. ¿Qué sucedió realmente anoche? Lo último que recuerdo es haber sentido que me quemaba. Dolía, pero podía aguantar.

—Te desmayaste, tu carne mortal se hizo cenizas —reveló escueto—. Te traje aquí, y temblabas de frío, te di mi calor como la vez pasada.

—Eso explica el sueño tan sensual que tuve —comentó risueña—. Estaba contigo haciendo el amor envuelta en llamas.

Hefesto la miró fijo por unos instantes. Su expresión era insondable.

—Espérame, voy y vuelvo —anunció de pronto, mientras se levantaba y se vestía rápido.

Millaray se quedó quieta y parpadeando. Se preguntó si los últimos cinco minutos no habían sido una especie de sueño.

Suspiró y miró por el gran ventanal de la habitación. El cielo estaba gris y encapotado por abultadas nubes que anunciaban lluvia. Sabía que, al menos, habían transcurrido un par de horas desde el amanecer… Aunque también podían ser las dos de la tarde. El invierno le daba la sensación de que era siempre la misma hora durante el día, sin grandes variaciones de temperatura, luz ni sombras. Era un limbo, hasta que llegaba el crepúsculo.

—Ponte boca abajo —ordenó Hefesto, logrando que Millaray diera un respingo.

—Amaneciste mandón esta mañana —rezongó Millaray, obedeciendo, mientras él se volvía a quitar la ropa. Ah, qué divino era su dios, a ella le encantaba que a él le gustara estar desnudo. Era una verdadera delicia.

Hefesto no dijo ni una palabra más, retiró las mantas, dejando expuesto el cuerpo de Millaray, y se recreó en su trasero respingón, al tiempo que se ponía a horcajadas sobre ella, pero sin cargarle su peso.

Millaray sintió cómo el colchón se hundía a cada lado de sus muslos…

—¡Está frío! —reclamó en cuanto sintió un hilo de algo acuoso sobre su espalda. Escuchó que Hefesto se frotaba las manos, y luego, un glorioso calor comenzó a recorrerle la piel, esparciendo el líquido.

Un masaje.

Las enormes manos de Hefesto presionaban firme pero gentil su adolorido cuerpo, deslizándose suavemente sobre su piel, otorgándole alivio y calor. Millaray murmuraba gustosa de puro deleite.

—¿Qué estás usando para el masaje?, no tiene ningún aroma —observó Millaray, su voz era un murmullo—… Ahí, oooooh, sí… —siseó.

—Vaselina líquida… —respondió lacónico.

—¿Vaselina?, ¿de dónde la sacaste?

—De mi caja de herramientas. Suelo usarla para soltar pernos o tornillos —respondió, sin dejar de frotar la piel resbaladiza.

—Ya veo… Mmmmmmm… Sí, ahí… Aaaaaah, qué rico… Se siente bien.

—Es la idea. En teoría, tienes músculos nuevos y no los habías usado antes. Por eso te duelen.

Hefesto masajeó a conciencia la espalda, los hombros, los brazos y el cuello. A veces, recorría con sus dedos el entramado de sus raíces doradas, que parecían ser más brillantes que antes. Su masaje continuó por sus nalgas, donde se demoró más de lo debido. Con parsimonia, describió círculos sensuales sobre sus curvas y redondeces, abriendo y acariciando aquel valle oculto que le arrancó un ahogado jadeo a Millaray.

El dios del fuego esbozó una sonrisa perversa.

Continuó con su misión por los muslos, descendiendo, descendiendo, hasta llegar a los pies pequeños y de dedos regordetes de su esposa. Millaray rio nerviosa e intentó retirar sus pies.

—¡Me da cosquillas! —exclamó nerviosa y risueña.

—Relájate, mujer, y no las sentirás —ordenó severo, tomando con fuerza el pie femenino.

—¡Ya *po'h*[15]! ¡Te puedo pegar sin querer! ¡Por favor, mi amor-cito! —rogó, retorciéndose desesperada, empujando involuntaria-mente con sus pies hacia el pecho de él.

Hefesto se detuvo sorprendido, y la dejó libre. Le había esta-do sujetando el pie con firmeza, ni siquiera ella debería ser capaz de moverlo, y menos de empujarlo. El cuerpo de su esposa había adquirido fuerza sobrehumana y ella todavía no lo notaba.

—Ya terminé de este lado, date la vuelta —ordenó, con la emoción burbujeando en su interior. El ritual estaba dando los re-sultados que esperaba, disipando sus incertidumbres.

—Sí, señor —Millaray acató la orden con pereza y una sonri-sa coqueta—. Ya me estoy sintiendo mucho mejor.

Hefesto vertió más vaselina sobre el esternón y el vientre de Millaray, y repitió el masaje, que ya había dejado de ser inocen-te y estaba tornándose sensual; las manos de él resbalaban sobre sus pechos, amasándolos una y otra vez, descendiendo hacia su vientre, logrando que ella comenzara a sentir con más fuerza ese acelerado palpitar entre sus piernas.

El dios continuó por sus ingles, evadiendo a propósito el sexo de su esposa, quien levantaba sus caderas, tentándolo; la ignoró, vertió más vaselina en los muslos y otorgó alivio a las torneadas piernas. Volvió a torturar brevemente sus pies. Ella volvió a reír nerviosa.

Por un buen rato más, Hefesto siguió con el masaje, hasta que se aseguró de relajar todo el cuerpo de Millaray. Ella lo miraba con los ojos velados por el deseo insatisfecho, lo llamaba sin palabras.

Y él, acudió a ese llamado.

Se cernió sobre Millaray y la besó profundo y sexual, al tiem-po que las manos de ella atraparon su miembro y comenzó a esti-mularlo con ese delicioso sube y baja. Hefesto se deleitó con aque-lla caricia, se quedó quieto durante largos segundos, absorbiendo la placentera sensación que ella le prodigaba.

Pero no podía ser un dios egoísta.

Cambió de posición, dejándola a ella sobre él.

—Date la vuelta... quiero comer —exigió Hefesto, lleno de lujuria.

Millaray acató la orden y obsequió, como ofrenda a su dios, su feminidad, sin sentir ninguna clase de pudor y, al mismo tiem-

---

15 *Deformación de la palabra pues, se usa como una muletilla al final de una frase para dar énfasis a lo que se dice*

po, ella tenía toda la libertad de tomar como se le placiera la anhelante erección de su esposo. Iba a cumplir su fantasía.

Sin embargo, antes de que pudiera hacer algo, Millaray sintió cómo Hefesto abría sus resbaladizos pliegues con delicadeza y, sin más preámbulo, el lúbrico calor de la lengua de él, que lamía toda la extensión de su sexo, esparciendo su humedad, succionando su clítoris, mordiendo con gentileza, penetrándola con sus dedos al compás que le daba su interior. Su esposo la estaba devorando, llevándola sin demora, directo al orgasmo.

Siempre era así, el deseo que él despertaba en ella era sobrenatural, ningún hombre sobre la tierra era capaz de emular lo que el dios provocaba en su cuerpo.

Hefesto estaba fascinado con el sabor de Millaray, era adicto a su aroma femenino, a la sedosa textura de su carne, a los jadeos de placer que ella emitía. Lo excitaba dominarla sensualmente, ser él quien provocaba esa miríada de reacciones animales en su esposa. La voz de ella, colmada de ardor, era algo que nunca se cansaba de escuchar, pero, de pronto, esa voz fue ahogada. No alcanzó a preguntarse el por qué; unos cálidos labios encerraron su miembro, llevándolo al interior de la suave boca de su esposa.

El dios jadeó, interrumpiendo su banquete. Ninguna mujer, diosa, mortal o ninfa, fue capaz de hacer lo que ella estaba haciéndole libremente. Echó su cabeza para atrás, disfrutando ese inconmensurable y nuevo placer. Y ella no solo usaba su perversa y voluptuosa boca, una de sus manos también lo estimulaba, empuñándolo en un movimiento perfecto y sincronizado con sus labios. No pudo evitar el instinto de empujar hacia ella, quien lo succionó con más fuerza y lo recibió más profundo. ¡Dioses! Estaba a punto de eyacular. Estaba perdido.

Hefesto emitió un quejido que se encontraba entre el deleite y el sufrimiento.

Millaray se detuvo, se irguió y lo miró lasciva.

—¿Quieres que me detenga? —interrogó con una sonrisa de suficiencia.

—Sigue —respondió con la voz estrangulada.

—Tú también sigue —ordenó con sensual altivez.

—Dioses, mi señora, me lo pones muy difícil. Quiero estar dentro de vuestro cuerpo.

—Solo déjame disfrutarte un ratito más… Eres exquisito, tu sabor es divino.

Y Millaray continuó con su asedio. Hefesto volvió a jadear, y se incorporó para torturar a su esposa.

La atmósfera de la habitación se caldeó y se llenó de sonidos de gemidos lúbricos y decadentes, jadeos y humedad. Hombre y mujer unidos en completo y hedonista abandono.

Millaray sintió que Hefesto no podía soportar más, y ella tampoco. Necesitaba ser colmada por él, sentir su invasión y alcanzar la gloria, tanto como respirar.

No fueron necesarias las palabras. Casi con desesperación, Millaray cambió de posición. Acarició por última vez el grueso miembro de Hefesto y, con premura, lo guio a su interior, entretanto ahogaba un jadeo. Estaba al borde de la liberación. El dios la tomó por las caderas y, sin mayor preludio, comenzó a embestir con brío.

Lo que vino después, fue una vertiginosa y erótica carrera por alcanzar el clímax. Hefesto empujaba, Millaray recibía. Ambos gemían al compás de las acometidas. Se susurraban palabras de amor, mezcladas con otras llenas de lujuria animal. Ella se inclinó sobre su pecho y se aferró a las nalgas de él para sentirlo más hondo.

Y fue su perdición. La de ambos.

El orgasmo la arrasó, arrancándole gritos de deleite, al tiempo que el dios drenaba su divina simiente en su interior en medio de un gemido ronco, sintiendo el voluptuoso éxtasis de su mujer, colmado de calor y humedad que le exigía entregarle hasta la última gota. Millaray había olvidado el dolor de su cuerpo, solo sentía cómo su hombre la llenaba de él, desbordándola de gozo.

De nuevo, esa sensación de que ese maravilloso y deslumbrante placer no tenía fin. Y algo nuevo sucedió, sus cuerpos fueron envueltos en llamas doradas que no calcinaban su piel ni las sábanas. Un fulgor los unía y los llevaba a un lugar sereno, donde no existía más mundo que ellos dos.

Millaray, extasiada, se quedó sobre el pecho de Hefesto, quien apenas comprendía lo sucedido. Con su esposa, el sexo no era solo sexo, era algo que trascendía lo físico y espiritual.

Se sintió humilde ante ese amor que era más grande que el universo infinito. Abrazó a su esposa, que se estaba convirtiendo en una diosa.

Lo sabía, faltaba muy poco y el ritual de Deméter estaría completo por primera vez en el mundo de los dioses.

*****

—¿En serio Hêphaistos vive en esta diminuta pocilga? —cuestionó Poseidón frente a la puerta del taller de Hefesto en Carahue.

—Tu concepto de pocilga es demasiado exigente —refutó Hades, dando una risotada—, ¿qué pensabas?, ¿que estaría viviendo en un palacio? Al herrero cojo le encanta vivir como un humano y ellos prefieren algo más práctico y pequeño si viven solos. A mí no me cuesta mantener el orden en mi palacio, tomo un par de almas ociosas y las pongo a ordenar. Pero, si fuera un tipo como Hêphaistos, lógicamente, tendría algo pequeño. A mí me gusta, no es solo un taller, y apuesto que esa otra puerta es la del acceso a la casa particular —señaló, apuntando con un gesto hacia la residencia que colindaba con el taller.

Poseidón golpeó la puerta de metal que retumbó en todas partes. Pero nadie contestó.

La puerta que señaló Hades con anterioridad, se abrió. Un hombre viejo salió. Era Anatolio; el maestro Tahiel le había exigido que se quedara en su casa mientras ellos estaban afuera del país, tanto para cuidarla, como para estar más cómodo. Insistió tanto, junto con su nieta, que no tuvo más alternativa que ceder. Miró a esos dos tipos con desagrado, no le daban buena espina.

Hades y Poseidón alzaron sus cejas con asombro.

—A Hêphaistos no le ha hecho bien estar con los humanos —susurró Hades a su hermano—. Míralo, está decrépito.

—Cállate, idiota. No es el cojo —masculló Poseidón molesto, y Hades estalló en carcajadas; concentró su atención en el viejo—. ¿Se encuentra en casa el señor Tahiel? —interpeló mirando al hombre, quien le devolvió la mirada con gesto interrogante. El dios olvidó que en ese lugar hablaban español y estaba haciendo su pregunta en el idioma divino.

Pero Anatolio, entre toda esa ininteligible parrafada, entendió muy bien el nombre del maestro. Asumió que querían algo de él, pero se hizo el desentendido.

—No le entendí *na'a* de lo que dijo *'eñor* —respondió de mal talante—. *Ai don espik in inglish*[16].

Poseidón resopló. Hades volvió a dar risotadas.

---

16 «*I don't speak in english*», **no** hablo en inglés.

—¿Aquí vive el señor Tahiel? —preguntó Poseidón casi rechinando los dientes... y en español.

—El maestro no está —respondió Anatolio, lacónico.

—¡Dioses! —exclamó Poseidón, pateando una piedra, evidenciando su frustración—. Señor, ¿dónde podemos encontrar al maestro? —preguntó con melosa amabilidad, dándole un discreto codazo a su hermano para que dejara de reír. Parecía un lunático.

—Está fuera del país —respondió Anatolio con desconfianza. Solo el día anterior, su nieta lo había llamado por teléfono diciendo que estaba muy bien, pero que seguían en Santiago. No les iba a dar mayor información, esos dos parecían ser un par de matones. Sobre todo, el tipo de traje, el otro no era muy diferente a un vago—. ¿Para qué lo buscan?

—Somos sus tíos —intervino Hades con soltura y se aclaró la garganta para calmar los estertores de su ataque de risa.

Anatolio arqueó una ceja con franca incredulidad.

—Tenemos una historia familiar muy especial —se apresuró a explicar Hades, con una sonrisa que destilaba simpatía.

—Yo solo estoy cuidando la casa del maestro —replicó Anatolio para persuadirlos de que se fueran, aunque el vago ya le caía bien, era más simpático—. No tengo la menor idea de cuándo va a volver. —Se encogió de hombros, como si eso le importara poco.

Poseidón avanzó un paso amenazante, Hades lo sujetó del brazo y le obligó a darle la espalda a Anatolio.

—Debemos entrar a la fuerza y matar al viejo —murmuró Poseidón, harto de ese humano insolente.

—No seas idiota, lo único que lograremos serán problemas... Está prohibido matar humanos —rechazó Hades en el mismo tono de secretismo—. El viejo no va a decir nada... ¿No lo sientes acaso? La presencia de Hefesto aquí es fuerte, pero se ha ido. Sugiero que sigamos su rastro.

Poseidón bufó y aceptó la propuesta de su hermano. Era lo más sensato, la paciencia era algo que estaba perdiendo con mucha rapidez. No era propio de él reaccionar de esa manera tan violenta e impulsiva. Pero sentía una creciente urgencia por ver al herrero y encontrar respuestas.

Dieron media vuelta, con sonrisas falsas y tirantes.

—Muchas gracias por la información —masculló el dios de los mares.

—Gracias, señor, que tenga un hermoso día —agregó Hades, haciendo un gesto amanerado con sus dedos.

Anatolio no dijo nada más, solo emitió un gruñido de despedida y cerró la puerta.

Hades se puso las manos en las caderas y resopló. Inspiró hondo, despejó su mente y abrió sus sentidos.

—Hay otra energía en este lugar —aseveró después de un rato.

Poseidón asintió, su hermano tenía toda la razón, lo percibía en la tierra, en la humedad del ambiente, sí… también…

—En el río —aseguró—. Vamos.

Tomaron rumbo hacia el río Imperial. No caminaron demasiados minutos cuando el serpenteante río ya estaba frente a ellos con sus tranquilas aguas. Poseidón oteó en el aire por alguna señal, sus fosas nasales se dilataban cuando sus pulmones se llenaban.

Halló otra señal, más fuerte. Caminó río abajo, con Hades a la saga, hasta un lugar que estaba relativamente oculto para los ojos curiosos. Sin decir más palabras, arremangó sus pantalones, se quitó los zapatos y los calcetines para internarse en las frías aguas.

Apenas sus pies tomaron contacto con el agua, fue como un golpe que lo dejó atontado. La energía divina de Hêphaistos fluía con el río como si él fuera un ser de agua; pudo sentir su soledad, el anhelo, tristeza y melancolía. También, podía percibir la serenidad y temple de su espíritu, el deseo y el amor… ¿por una humana?

Había reminiscencias de otra presencia bastante poderosa y que había sentido antes… la nereida Caicai. Poseidón alzó sus cejas con sorpresa, esa mujer le mintió deliberadamente al decirle que no había visto al herrero, ¿por qué?

—El herrero está aquí… —aseguró Poseidón—. No en esta ciudad, más al sur.

—¡*Sugoi*[17]! —celebró Hades aplaudiendo—. Helios es un tarado, nunca iba a encontrar al herrero si solo se limitaba a dar paseítos en su ridículo carro, era cosa de aterrizar y hacer el trabajo sucio de buscar a pie —agregó Hades, divertido—. ¿Cuánto tardarás en hallarlo?

—No lo sé, lo más lógico será llegar hasta la desembocadura del río en el océano Pacífico, y ahí veremos qué nos dice el mar —respondió Poseidón, enfocando su vista río abajo.

---

17 *Fenomenal en japonés.*

—Ya quiero ver qué cara pone el herrero cuando nos vea —dijo Hades emocionado, poniendo su mano en el hombro de su hermano.

—No será una visita de cortesía —replicó Poseidón.

Un haz de luz los engulló y los hizo desaparecer de Carahue. La noche ya se estaba empezando a derramar sobre las costas del Nuevo Mundo.

Mientras tanto, en Chiloé, las llamas de una hoguera comenzaban a lamer el cielo estrellado, dándole la bienvenida a la tercera jornada del ritual de Deméter.

Capítulo XIX

Dulce ambrosía. Millaray ya estaba acostumbrada a sumergirse en esa miel divina. Salió de la tinaja con la ayuda de Caicai. Nereo rezaba. Por algún motivo que no alcazaba a vislumbrar, ella estaba empezando a comprender las palabras de él.

Caminó lentamente, embadurnada de ambrosía, hacia la gigantesca pira, sintiendo cómo la tierra húmeda se le pegaba a la planta de los pies. Durante el día había llovido copiosamente, pero esa noche, el cielo estaba despejado. A Millaray le parecía que el brillo de las estrellas que titilaban a millones de años luz, era más potente que antes. Curioso, a medida que transcurrían las horas, descubría algo nuevo en su cuerpo, en sus sentidos, en su mente.

En la mañana descubrió más formas de amar a su dios. En la tarde notó que sus habilidades físicas habían aumentado exponencialmente. Si el día anterior había sido un fiasco, intentando usar su arma, ahora era casi una experta; su vista, fuerza, agilidad y reflejos, superaban a los de un humano corriente. Y esa noche podía presagiar que le faltaba poco para concluir el ritual.

Estaba lista, dispuesta.

Hefesto, tal como la noche anterior, la esperaba en medio de las llamas.

Qué hombre más precioso.

Inspiró hondo.

El fuego le dio la furiosa y ardiente bienvenida.

Si la noche anterior el dolor había sido intenso, ahora era inenarrable. Sentía que sus huesos se derretían, que ya no la sostenían. Si hubiera querido intentar escapar del fuego, no habría podido —aunque su orgullo tampoco se lo hubiera permitido—. Lanzando un grito contenido de dolor, Millaray se desvaneció sin remedio, pero no alcanzó a tocar el suelo. Hefesto la tomó entre sus brazos y descendió junto con ella al corazón de la hoguera. El dios se sentía impotente, no sabía qué hacer para mitigar el sufrimiento de Millaray. Solo podía murmurar palabras de aliento y consuelo, intentando alejar de su mente el implacable temor de perderla.

Millaray apretaba los dientes, sollozaba bajito, el ardor que provenía desde la médula de sus huesos y arrasaba con sus órganos internos era insoportable. Sin embargo, no debía permitirse ser débil, tenía que luchar por alcanzar la inmortalidad, dejar de ser una carga y vivir para siempre con su dios. Debía aguantar, por ella, por él, por su futuro.

Hefesto lloraba junto con su esposa, pero sus lágrimas no alcanzaban a brotar de sus ojos, cuando ya eran evaporadas por el fuego. Caicai y Nereo jamás habían presenciado algo semejante, estaban atónitos, con un sentimiento de ser completamente inútiles. Las historias apenas daban cuenta del sufrimiento del humano que se sometía al ritual. El corazón se les encogía con los sollozos de dolor que soportaba su señora estoica, quien tenía todo el derecho de dar alaridos y nadie se lo reprocharía. Pero ella era terca y orgullosa, estaban seguros de que no quería demostrar su humana debilidad.

Quería ser digna de su mundo.

Horas y horas transcurrieron, el cuerpo de Millaray no toleró más el dolor y se desmayó. Tal vez era mejor así. Hefesto atrajo a su lánguida y valiente esposa hacia él, acunándola entre sus brazos, acariciando su piel cubierta de una gruesa capa de cenizas, y desprendiendo diminutas chispas en el proceso. Eran sus frágiles y mortales huesos y órganos que abandonaban el cuerpo casi inmortal de Millaray.

Las llamas no dejaban de arder con furia, el ritual estaba siendo más extenso que las noches anteriores. Hefesto miró hacia el oriente, el cielo ya no estaba completamente oscuro. El sol, como cada día, comenzaba a devorar la negrura noche y sus estrellas. El dios del fuego intentó despertar a Millaray.

—Despierta, Millaray... —susurraba, dándole suaves palmadas a las mejillas de su esposa—. Despierta, muchacha... Me estás asustando.

Ella no respondía. Su pecho solo se alzaba exiguamente, evidenciando que respiraba.

—¡Millaray!

Miedo. Terror. Pánico. Desesperación.

Hefesto miró al padre de Caicai, que se mantenía quieto en su posición, todavía orando junto a su hija.

—Nereo… —susurró con voz débil. Necesitaba respuestas, un consuelo al menos. Posó su oído en el pecho de su esposa, sus latidos eran constantes, pero carentes de vigor—. No me dejes, Millaray —rogó en un hilo de voz.

Un haz de luz divina y cegadora apareció frente a la hoguera. ¡Dioses!

Hefesto se protegió de esa luz con sus manos, no podía ver con claridad, de lo único que estaba seguro era de que estaban separados de Nereo y Caicai. Con delicadeza, dejó el laxo cuerpo de Millaray en medio de la hoguera y se levantó, era mejor que el fuego la protegiera. Salió de en medio de las llamas, maldiciendo para sus adentros. Su arma estaba incompleta en el interior de la cabaña, junto con la de su esposa, no podía arriesgarse a ir a buscarla.

Empuñó sus manos y se situó frente a Millaray para protegerla siendo su escudo, listo para recibir a quien fuera que estuviera dentro del haz de luz.

El fulgor divino se disipó.

Hades… Poseidón.

Rayos eléctricos treparon por los brazos de Hefesto. Poseidón lo miraba severo, pero su expresión se endureció más al ver la hoguera y el cuerpo de una mujer en su núcleo.

De inmediato, el señor de los mares intuyó lo que estaba sucediendo. ¿Por eso Zeus buscaba al herrero? ¡¿Hêphaistos estaba intentando darle inmortalidad a una humana?!

—¡¿Qué aberración se está llevando a cabo aquí!? —interpeló Poseidón, cegado por la ira—. ¡Contesta, herrero!

—Tengo nombre… ¡Úsalo! —exigió Hefesto altanero, intentando controlar las ganas de expulsar al dios de los mares de un solo golpe. No tenía derecho a cuestionarlo, ¡nadie!

—Estar entre los humanos te ha vuelto ridículamente altivo, Hêphaistos —señaló Poseidón con sorna al decir su nombre a regañadientes—. Contesta lo que he preguntado.

—Como puede apreciar, vuestra alteza, estoy llevando a cabo el ritual de Deméter para que mi esposa sea inmortal —respondió, confirmando las sospechas de Poseidón.

El dios de los mares se movió tan rápido como el sonido. Hefesto solo alcanzó a sentir el golpe en su mandíbula, que le hizo retroceder un paso, y el sabor del icor manando en su boca. Escupió al suelo el líquido vital dorado, maldiciendo su torpeza. Poseidón le agarró el cuello con una mano con la intención de levantarlo, pero no lo logró. Ocultó su sorpresa hábilmente, su rostro solo expresaba reprobación.

—Los humanos no deben ser inmortales, conoces la ley —advirtió Poseidón, amenazante—. El castigo de Zeus será la muerte de tu humana.

—Zeus hace y quiebra leyes cuando le conviene —rebatió Hefesto, sintiendo que el agarre de Poseidón se cerraba sobre su tráquea.

—Por algo es el rey, es el único que tiene esas facultades.

—Él es un rey que no hace bien su trabajo, todos somos dioses… ¡Suéltame! demandó Hefesto, amenazante—. O te arrepentirás.

Poseidón sonrió de medio lado, con soberbia.

—Ya quiero ver cómo lo intentas… herrero.

Hefesto imitó la sonrisa de su tío, provocando la furia de él.

—Entonces, mira y aprende —anunció Hefesto, desafiante.

En un abrir y cerrar de ojos, una esfera incandescente de fuego, rayos eléctricos y rocas se interpuso entre ellos dos. Poseidón contempló estupefacto cómo aumentaba de tamaño con rapidez. Un ardor atravesó su piel.

Hefesto inclinó levemente su cabeza, conminando, sin palabras, a su tío para que lo soltara, era una última advertencia. Poseidón solo apretó un poco más su cuello.

—Te lo advertí…

Poseidón voló por encima del lago por varios kilómetros. Las aguas se iban abriendo a su paso, debido a la fuerza y violencia con la que era propulsado su cuerpo por esa masa de energía titánica que intentaba penetrar su abdomen.

Su viaje culminó en la otra orilla del lago, aterrizando en medio de un bosque, al mismo tiempo que esa energía desconocida estalló sobre su cuerpo.

Hades observaba boquiabierto el espectáculo, una explosión cataclísmica quemó una porción del bosque. Miraba alternadamente entre el desastre que dejó Poseidón y la cara de furia de Hefesto.

—Dioses —susurró.

No pasaron demasiados segundos, cuando un sonido acuático grave y profundo, les abombó los oídos. Hefesto sabía que aquella pelea todavía no terminaba, Poseidón era un dios poderoso. Una ola gigantesca apareció de la nada. El rey de los mares estaba en la cresta dominando las aguas. Alzó su mano y su tridente apareció. Lo apuntó, amenazando con inundar la tierra. Hefesto miró de soslayo la hoguera, el fuego se estaba apagando.

Alzó sus manos al cielo, su cuerpo fue envuelto por llamas rojas, azules y doradas. Con una mano avivó la hoguera ritual, y con la otra dirigió una columna de fuego directo al pecho de Poseidón, quien aguantó el ataque.

No era suficiente, no podía vencerlo con sus fuerzas divididas.

Hefesto dejó de lado la hoguera, estaba seguro, con esa inyección de energía era suficiente para mantener el fuego vivo por un rato más. Poseidón comenzaba a rechazar su ataque, avanzando con su gigantesca ola que ya se adentraba en la tierra.

El Señor de los Cuatro Elementos unió sus manos y, al abrirlas, rasgó la ola con violencia, separando las aguas que se desplomaron y mojaron los pies de todos. Poseidón, estupefacto, perdió el equilibrio y cayó en medio del furioso estropicio acuático.

La tierra tembló, Hefesto dirigió las vibraciones a sus manos y, al alzarlas en dirección a la orilla del lago, emergieron en todas direcciones estacas gigantes de roca que elevaron el cuerpo de Poseidón, apresando sus extremidades, pero sin hacerle daño; ninguna de ellas atravesó el cuerpo del dios que estaba agotado, adolorido e impactado.

Silencio.

—Es el puto amo… —susurró Hades incrédulo y levantó sus brazos—. ¡Es el puto amo! —exclamó extasiado y, acto seguido, se tapó la boca con ambas manos como si estuviera reprendiéndose a sí mismo. Jamás había visto al herrero cojo hacer algo semejante.

A decir verdad, a ningún dios le había visto hacer algo de esa magnitud. Pudo sentir la fuerza titánica del herrero, los cuatro elementos convergiendo en un solo dios, entregándose a él… Ni siquiera el poder de Poseidón pudo contrarrestar el dominio de Hêphaistos sobre su elemento. El agua, simplemente, no obedeció al soberano del reino de los mares.

Definitivamente, no quería estar en los zapatos de su hermano. Tan temperamental que era a veces. Hades supuso que el anciano malas pulgas de Carahue le agotó la poca paciencia que tenía Poseidón... O tal vez fue el largo viaje en avión —y eso que fue en primera clase—, no podía decidirlo.

Dejó de divagar... Miró a Hefesto, el herrero tenía algo diferente, aparte del poder demostrado y una esposa. ¿Qué demonios estaba pasando?

—¿Quieres ser el siguiente? —espetó Hefesto, mirándolo con dureza y tronando sus nudillos. Hades parpadeó y alzó sus manos.

—Ni siquiera me interesa si haces inmortal a tu mujer, herre... Hêphaistos —rectificó—. Yo solo vine a hacer preguntas —respondió con una sonrisa burlona—. En realidad, tenemos muchas preguntas.

—Bonita forma de hacer un interrogatorio —bufó Hefesto—. ¿Cómo me encontraron?

—Internet, señor Tahiel —respondió guasón. Hefesto alzó una ceja al escuchar su nombre humano—. Disculpa el humor belicoso de Poseidón, sabes que no es así. Hemos viajado más de treinta horas en avión, un humano viejo lo trató como si fuera un idiota y te hemos estado rastreando desde Carahue. A medida que íbamos dando saltos hacia el sur, entre él y yo, tu huella se incrementaba, pero nos agotamos en Pargua. Ahí tomamos el ultimo transbordador hacia Chiloé, el de la medianoche, y dormimos en un hostal. Digamos que mi hermano no está contento de viajar tanto, como si fuera un humano ordinario —resumió su travesía, el dios del Inframundo se lo había gozado todo, a diferencia de Poseidón.

—Ya veo, paciencia no tiene. —Hefesto escupió icor y dio media vuelta. Miró en dirección a Millaray, el fuego se había extinguido—. ¡Maldita sea! —masculló.

El ritual de Deméter se había interrumpido. Hefesto entornó sus ojos, debían repetirlo a la siguiente noche, no quería someterla nuevamente a ese suplicio.

—Hefesto... —La voz débil de Millaray lo llamó—. Hefesto... Tengo frío.

Los rayos del sol comenzaron a iluminar el cielo con fuerza, el amanecer comenzaba a reinar en Chiloé. Hefesto tomó entre sus brazos a Millaray, y ella se aferró a su cuello con debilidad. El enorme cuerpo del dios se encendió, cálidas llamas doradas emergieron para infundirle su calor.

Hades observó con interés a la mujer. ¡Vaya, qué curioso! Tenía tatuajes dorados... y Hefesto, también. Estaba impresionado.

Al igual que él y Perséfone. Pero ellos los mantenían ocultos de los ojos de Zeus. Nunca se sabía qué cosa podía despertar los celos y envidia de su hermano, ese era el mismo motivo por el cual no tenían descendencia.

Hades esbozó una sonrisa, le dio gusto saber que no eran los únicos dioses fieles y devotos de sus consortes.

—Si van a hacer preguntas, tendrán que esperar, tengo que atender a mi esposa primero —dictaminó severo. Miró a sus amigos, que se habían mantenido al margen de la pelea. En cierto modo, se los agradecía, pudo medirse con uno de los dioses más poderosos y había salido victorioso—... Nereo, Caicai... saquen a su alteza del río, por favor. —Dio media vuelta, y las púas de roca se retrajeron en el acto, dejando caer a Poseidón en las dulces aguas del Huillinco.

*****

Reunidos alrededor de la mesa, estaban los únicos representantes de una era que estaba en completa decadencia. Después de dejar a Millaray descansando en su habitación, Hefesto le cedió a Nereo la misión de relatar a Hades y Poseidón los hechos y circunstancias en los que se vio involucrado cuando Urano buscó su consejo, respecto a dar su última profecía antes de fundirse con el cielo.

Poseidón lo miró con reproche por ocultarle esa información cuando lo visitó. Sin embargo, a diferencia de Zeus, no lo iba a fulminar con sus poderes. Estaba molesto, sí, pero no al punto de sentir el impulso de asesinar al gran anciano.

Nereo resopló.

—¿Y qué hubiera hecho, su alteza, con aquella información? —interpeló Nereo a Poseidón, obteniendo un inusual silencio—. Se suponía que nadie, ni siquiera yo, estábamos al tanto de esa profecía. Ambos conocemos a su hermano, sabemos de qué es capaz. Yo tomé partido, principalmente, porque nuestro mundo está pereciendo. Ni siquiera sabemos si lo que dijo el dios del rayo en el Gran Salón es cierto. Ninguno de nosotros lo cuestionó en su momento... Pero, últimamente, lo estoy haciendo. ¿Y qué ha pasado desde ese entonces? Los humanos se han multiplicado y sobre-explotado el planeta sin ningún control, y nuestra influencia para proteger nuestros elementos fue restringida por nuestro «castigo». Los mares están inhabitables, la tierra profanada, el aire irrespirable, el fuego se ha convertido en un arma de guerra que puede aniquilar millones de vidas en un solo instante. Nosotros tenemos el poder de mantener a raya el desastre humano, pero nos hemos quedado estáticos, viendo cómo pasa el tiempo y cómo se destruye nuestro único hogar, solo por el hecho de que Zeus nos ha dicho que no podemos influir en los destinos humanos. Creo que hasta en eso nos ha engañado, solo Hipnos podría confirmar esa información.

Poseidón se levantó de su asiento, se sentía inquieto. Lo revelado era más grande de lo que imaginaba. El poder de Hefesto era perturbador, el herrero pudo haberlo matado si lo hubiera querido de verdad.

—¿Entiendes lo que me estás pidiendo, Nereo? Traicionar, otra vez, a mi hermano, al rey, quien nos rescató de la oscuridad eterna de Crono y nos entregó un reino a mí y a Hades —cuestionó Poseidón, sintiéndose dividido entre el deber y la lealtad que, poco a poco, se iba mermando.

—¿Y acaso, él no los ha traicionado ya? —espetó Hefesto, quien se había mantenido en silencio, con los brazos y piernas cruzadas—. Quebrando reglas, imponiendo castigos desmesurados, seduciendo mujeres, usando estrategias más que dudosas, engañando a mi madre y volviéndola loca con sus infidelidades. Ninguno de nosotros somos mejores, en cierto modo, pero tenemos límites, y eso es lo que él no conoce. Ha hecho lo indecible para mantener el poder en sus manos y al resto de los dioses subyugados... Yo no pedí esto, pero mi destino se ha escrito por la profecía. El esposo de mi madre, por más que lo intentó, no hizo más que retrasar lo inexorable...

—¿Y qué harás cuando tomes el lugar del rey? —interpeló Poseidón, entrecerrando sus ojos.

—Yo solo intentaré hacer lo mejor posible para todos. ¿Cómo? No tengo la menor idea... Gea me ha revelado que soy el último con un destino ya designado. Después de que se realice mi sino, no habrán más profecías, oráculos que provoquen tragedias innecesarias… Todo se acabará, todos tendremos el poder de ser arquitectos de nuestras vidas. Nuestras decisiones, nuestros actos, serán los que nos llevarán por un camino u otro.

—Un verdadero libre albedrío —agregó Caicai—. Quiero creer que podemos tomar nuestras decisiones sin que alguien esté vaticinando sus resultados. Un nuevo régimen es lo que necesitamos, un rey que comprenda tanto a los dioses como a los humanos. Alcanzar un equilibrio.

El silencio se cernió en la estancia.

Hades los miraba a todos con una seriedad que pocas veces se le había visto las últimas horas. Golpeó la mesa con la palma de sus manos.

—Creo, Poseidón, que debemos tomar un bando. Yo ya he decidido.

Un fulgor dorado, solar, que inundó la casa y los dejó a todos ciegos.

El sonido de vidrios quebrados.

Caballos relinchando.

Helios.

CAPÍTULO XX

Hefesto, con los ojos cerrados, caminaba a tientas hacia la habitación donde estaba Millaray. Estaba desorientado, un insistente pitido atravesaba sus oídos y no lo dejaba pensar con claridad. Sin embargo, sintió en la misma médula de sus huesos el ominoso presentimiento de que a su esposa era a la que capturarían primero. No podía siquiera entrecerrar los ojos para poder vislumbrar por dónde iba, si lo hacía, sentía que la terrible luz le quemaba la retina. Tampoco se sentía capaz de usar sus poderes; estando a ciegas podría herir a alguien sin querer. Estaba atado de manos.

¡Dioses! ¡Maldito Helios!

—¡Millaray! —llamó desesperado—. ¡¡Millaray!!

Silencio, nadie respondió.

Bruscamente, la luz dejó de brillar en la habitación y el pitido cesó. El ataque no había durado más de un minuto, pero el Señor de los Cuatro Elementos todavía sentía en sus sentidos las consecuencias.

Parpadeó rápido para poder acostumbrarse a la luz natural del sol. Se sentía mareado, todo estaba en una fría penumbra. Conforme pasaban los segundos, pudo distinguir formas y, poco a poco, la claridad llegó. Pero con ella, llegó la confirmación de su más grande y terrible temor.

La cama estaba vacía.

Helios los había encontrado, y se había llevado a su esposa.

Con la esperanza de atrapar a Helios, Hefesto salió al patio, dando un salto por la ventana que estaba hecha trizas. Miró al cielo, Helios usaba el poder del sol para encandilarlo, emitiendo un fulgor que él no podía soslayar. Si intentaba usar su dominio sobre el aire, podría costarle caro. Impotente, dio un grito lleno de rabia y frustración que se tradujo en una onda expansiva que dobló troncos de árboles milenarios, voló hojas y ahuyentó aves. Toda la flora y fauna se manifestó.

El carro de Helios vaciló en su brillo y encabritó los caballos. Hefesto pudo ver que al dios del sol le estaba costando trabajo controlar el carruaje.

Si Millaray caía, no había garantía de que él la pudiera alcanzar, ni tampoco de que ella sobreviviera al impacto. El ritual estaba inconcluso, sus huesos no eran del todo inmortales.

Maldijo nuevamente. No se arriesgaría actuando con ese ímpetu visceral. En vez de ello, debía pensar en cómo darle alcance… O llegar antes que Helios al Olimpo.

—¿Por qué no la mató? —murmuró Poseidón. Había llegado al lado de Hefesto sin que él se diera cuenta y miraba al cielo igual que él. Su expresión era impasible—. Yo lo hubiera hecho si estuviera en el lugar de Zeus —afirmó, encogiéndose de hombros—. No sería la primera vez que él asesina a una mujer para impedir que una profecía se cumpla.

—La profecía sí se ha cumplido, en cierto modo —intervino Hades, también mirando el cielo, usando sus manos como una visera para proteger sus ojos—. Solo falta un paso, que Hêphaistos le arrebate el reinado a nuestro hermano. —Dirigió su atención a Hefesto—. La humana es solo una carnada, nuestro hermanito la necesita con vida. Si la mata, cabreará a Hêphaistos y se lo cargará. Es lo que dicta la lógica…

Hefesto bajó la cabeza y resopló frustrado… Sabía perfectamente a dónde quería llegar Zeus. Un intercambio, hacer el clásico «vida por vida». Un sacrificio.

—¿Eres capaz de hacer ese sacrificio, mi señor? —intervino Nereo con su voz serena y apacible. Era como si le hubiera leído el pensamiento a Hefesto.

—Esa pregunta ni siquiera debería ser formulada, Nereo —contestó Hefesto—. Sé que el objetivo de él es que yo muera. Con ello se acaba la amenaza.

—Y así, damas y caballeros, es cómo se impide una profecía —añadió Hades burlón, dando un aplauso, Hefesto gruñó, el dios del Inframundo cesó con sus bromas y metió sus manos a los bolsillos—. Pero con respeto, no te ofendas, sobrinito —se defendió enseguida—. Por nuestra parte, y creo que hablo en nombre de «Posei». —Poseidón lo reprendió con la mirada, Hades puso sus ojos en blanco y continuó con voz grave sobreactuada—: El gran Poseidón y yo, el señor invisible del Inframundo... ¿En qué estaba?... Ah, sí. Nosotros te ayudaremos a alcanzar a tu mujer e intervendremos en tu favor, solo si es necesario. Básicamente, nos sentaremos a comer palomitas de maíz mientras tú y Zeus se sacan los ojos. —Miró a Poseidón y él asintió levemente con su cabeza.

—Entiendo... —aceptó Hefesto el ofrecimiento, sin resentimientos—. Están en una situación comprometida y sus reinos pueden ser perjudicados. Pero podría ser peor. Gracias.

—No se trata de eso... —intervino Poseidón—. Como ya sabes, no es la primera vez que conspiro contra Zeus. La primera vez, hace demasiado tiempo, cometimos errores infantiles Hera, Atenea y yo, y ahora, la posibilidad de éxito es muy alta. Si te apoyamos abiertamente, pondremos en sobre aviso a mi hermano. La idea es que crea que estás solo.

Hefesto se quedó pensativo, no sabía si confiar del todo en sus tíos; uno que era lunático y el otro que no era mejor que Zeus en muchos aspectos. Pero le daba igual. Su objetivo primordial era Millaray. Ya había comprobado que era más poderoso que Poseidón y Hades... Bueno, Hades era Hades, no contaba demasiado.

—Les agradezco nuevamente su apoyo —insistió Hefesto, tranquilo.

—Sabía que podías ser razonable —alabó Hades, sin rastro de burla. Inclinó su cabeza, estudiando a su sobrino, entornó sus ojos hasta que fueron dos rendijas—. Te veo bastante sereno como para haber perdido a tu mujer hace cinco minutos.

—No la he perdido —subrayó Hefesto vehemente—. No puedo entrar en pánico, debo ser más inteligente que Zeus —se atrevió a nombrarlo, ya no había razón de ocultarse, el rey había ganado la primera partida—. Él espera que vaya, embistiendo las puertas de su palacio como un toro furioso e irracional.

Poseidón asintió aprobador ante ese pensamiento. Era extraño, Hêphaistos no era como los demás dioses y no solo por su evidente fealdad. Su carácter había cambiado, era como si hubiera evolucionado de un modo que él no alcanzaba a comprender.

Tal vez, por eso el herrero era la profecía hecha dios. No podía ser otro capaz de cumplir ese rol. Era lo que el Olimpo necesitaba, sangre nueva. Ellos, por su parte, no eran aptos para esa tarea, sobre todo él que era tan parecido a Zeus, que mejor ni intentaba apoderarse del trono. Además, debía hacerse cargo de verdad de su reino, el mar se encontraba en un aberrante abandono. Y Hades, a él no le importaba regir todo el mundo divino, era feliz con su vida.

—¿Cuánto puede tardar Helios en llegar al Olimpo? —preguntó Hefesto a cualquiera que pudiera responder.

Solo se escuchó el sonido de los pájaros y las hojas al viento.

—En este momento, Grecia tiene una diferencia de cinco horas más que Chile —intervino Caicai, que se había mantenido al margen hasta ese momento. Ella prefería observar de cerca a Hades y Poseidón—. Pero él va en dirección opuesta, dado que sigue el camino del sol y, a esta hora, está comenzando el ocaso en el Olimpo. No llegaría a tiempo y lo alcanzaría la noche. Debe hacer el viaje largo —razonó con frialdad.

—Tengo que llegar antes o al mismo tiempo que él —estipuló Hefesto.

—Desde aquí, con la tecnología humana, solo podemos llegar en dos días —terció Hades.

—Y aunque se demore cinco minutos, no me volverán a meter en un avión. Se los advierto —rechazó Poseidón, frunciendo el ceño.

Se quedaron todos pensativos. Una brisa hizo que las hojas de los árboles susurraran.

—La distancia más corta entre un punto y otro, es la línea recta —dijo Hefesto, al cabo de unos minutos—. Para cubrir esa distancia, podríamos turnarnos, haciendo un salto cada uno, lo más extenso posible... Tal vez, podremos llegar al mismo tiempo que Helios.

—No es tan descabellado —comentó Hades con la atención puesta en su teléfono inteligente, deslizando su dedo por la pantalla, haciendo cálculos con un mapa—. Hay un poco más de trece mil kilómetros de distancia, si vamos en línea casi recta. El problema es el océano Atlántico. El salto debe empezar y terminar en tierra firme y son unos dos mil kilómetros de océano los que hay que cruzar.

Poseidón se aclaró la garganta.

—El océano no es impedimento para mí, por algo soy el regente. Además, no soy el único que domina ese elemento, Nereo,

Caicai y Hêphaistos no tendrían inconveniente en usar su poder para cruzar el océano. —Miró a Hades con maliciosa diversión—… Solo tú estorbarías.

—Podría practicar *sky* acuático —replicó el señor del Inframundo, mirándose las uñas—. Ato un par de cuerdas en sus cuellos para que me arrastren y listo.

—Ya veremos cómo lo hacemos en el mar —cortó Hefesto el intercambio de sus tíos. Necesitaba orden y ellos eran como niños de primaria—, ¿estamos de acuerdo en cómo llegar?

Todos asintieron.

—Necesito ir a empacar un par de cosas, no tardo. En diez minutos partimos —decretó Hefesto, determinado. Todos asintieron.

Hefesto caminó renqueante hacia su improvisada herrería. Si alguien osaba hacerle algún daño a su mujer, literalmente, le arrancaría los ojos.

*****

La inequívoca y titánica señal que sintió Helios en esa isla fue lo que lo guio a la ubicación exacta en donde se encontraba Hêphaistos. No se atrevió a atacar de frente, estaba en clara desventaja y bastaba con solo sentir aquel monstruoso poder para saber que no saldría vivo.

Su herida había sanado del todo. No obstante, con un solo brazo, tenía pocas posibilidades de éxito, por ese motivo, primero, se dedicó a espiar para dilucidar quiénes estaban al interior de aquella cabaña y, en ese instante, quedó estupefacto. El herrero no estaba solo; Poseidón, Hades, el venerable Nereo y la nereida mentirosa, estaban con él conversando.

¿Por qué? ¿Acaso se trataba de una nueva conspiración?

Negó con la cabeza, no podía perder tiempo en escuchar, estaban distraídos y eso era una gran ventaja para él. Se limitó a obedecer la orden de Zeus, debía tomar solo a la mujer. Pero había dos en ese lugar, la nereida y una humana. Por simple lógica, decidió llevarse a la última.

Fue fácil y rápido, la mujer yacía durmiendo en su cama. A Helios solo le bastó iluminar la casa con su poder solar para desorientar a todos. Fue sencillo y sin esfuerzo, entrar y llevársela envuelta en las mantas que la cubrían.

La humana estaba tan débil que ni siquiera ofreció resistencia alguna. Con suerte susurraba el nombre del herrero.

La subió al carruaje dorado y la dejó a sus pies. Fustigó a sus caballos y emprendió rumbo al Olimpo sin mayor dilación. Sin embargo, no estaba tranquilo. Al elevarse el carruaje sintió un poder que lo dejó helado. Ira, dolor, desesperación y venganza lo golpearon con la forma de una ola expansiva que encabritó a sus caballos.

Le costó mucho controlar a sus bestias con un solo brazo, la mujer todavía estaba inconsciente. Volvió a fustigar a sus caballos, el sol los alimentaba lo suficiente para ir a toda velocidad hacia el Olimpo.

*****

Millaray parpadeó lentamente. Todo era borroso.

¿Dónde estaba?

El aire estaba caliente, no era la hoguera ritual.

Cerró sus ojos. No podía recordar nada, solo el dolor en sus huesos, en su pecho... su esposo arrullándola, y luego... oscuridad.

Y en esa oscuridad, abrió sus sentidos. Inspiró hondo.

Respiraciones... no, bufidos de animales. Como si corrieran.

Olor a cuero, metal... un aroma desconocido que era una mezcla de sudor, ambrosía y carne quemada. Una persona... un hombre.

Se movían a gran velocidad, pero apenas se mecía el vehículo. Sus cabellos volaban al viento.

No sentía la presencia de Hefesto.

¡Hefesto!

Miedo, pánico, dolor...

¿Dónde estás?

¿Dónde estoy?

¡No, Millaray! ¡No seas débil!

Abrió los ojos... No estaba en Chiloé. Ni siquiera estaba en alguna parte del continente. Ante ella se extendía el cielo y abajo, la tierra y una estela de un fulgor dorado.

No quiso moverse, sus huesos dolían, no como la noche anterior, sino aquel dolor que sentía de niña cuando crecía.

Se incorporó con cautela, cubriéndose con la manta. Tenía el olor de su esposo, aquello la confortaba. Evadía, intencionalmente, hacer contacto físico y visual con la persona que estaba de pie al lado de ella.

—Has despertado, mujer —señaló una voz masculina. Grave y sedosa como una caricia.

A Millaray no le agradó su tono paternal y condescendiente.

A juzgar por el lugar donde estaba y el medio de transporte, era fácil deducir que el hombre que la había separado de su esposo era Helios. El dios que ellos no deseaban llamar su atención.

¿Cómo los encontró?

Millaray no quiso mirarlo, se arrinconó lo más que pudo en ese diminuto espacio y se abrazó las rodillas. Miró hacia el camino que dejaban atrás, donde el dorado se mezclaba con el maravilloso azul.

—¿No vas a contestar? —interpeló el dios del sol—. ¿No vas a gritar desesperada? ¿No intentarás hacer nada?

Millaray se negó a contestar. ¿Para qué iba a hacer todo eso? No era tonta. Debía ser paciente.

Mientras ese idiota no intentara nada en contra de ella, se portaría bien.

—¿Eres muda? ¿Sorda? ¿Lerda? —insistió Helios con su interrogatorio.

A Millaray le hirvió la sangre… Su corazón comenzó a latir frenético de la pura rabia. Sus fosas nasales se dilataron, su respiración era casi un bufido. Odiaba que le dijeran tonta o cualquier sinónimo parecido.

Paciencia, Millaray, paciencia.

Se ovilló y cerró los ojos.

El hombre rio flojo… Pero no había burla en su tono.

—Será un viaje largo, mujer. Ponte cómoda.

*****

Hefesto volvió al grupo cargando un bolso pequeño. Según los cálculos mentales que había sacado, si usaba todo su poder, podía dar un buen salto inicial que los dejaría en el continente, del otro lado de la cordillera de Los Andes, en el sur de Argentina. Después de ello, avanzarían conforme a la capacidad individual de cada dios... o nereida.

—¿Están listos? —preguntó Hefesto, mirándolos alternadamente. La unánime respuesta fue afirmativa.

—Cada cinco saltos descansaremos —indicó Caicai—. Mi padre y yo llevaremos botellas con ambrosía para recuperar fuerzas con más rapidez, así que no escatimen esfuerzos en usar todo su poder.

—Bien pensado, Caicai —alabó Hefesto, e inspiró hondo—. Yo seré el primero en dar el salto.

Caicai y Nereo, con solemnidad, tomaron el hombro derecho de Hefesto, mientras que Hades y Poseidón serios y determinados, lo tomaron del hombro izquierdo. El antiguo dios del fuego cerró sus ojos, concentró todo su poder, todo su anhelo en ir al encuentro de Millaray. Al abrirlos, invocó a la luz que mueve, esa que está dentro de cada dios y conoce sus deseos, la cual ya sabía hasta dónde podía llevarlos.

El inconfundible círculo de luz rodeó a todos esos seres divinos, formando el túnel de colores luminosos y fulgurantes. Los pies de Hefesto comenzaron a elevarse lentamente, abandonando la tierra, donde había encontrado su vida, su mujer, su destino.

Su hogar.

Se prometió volver... con su esposa.

Diez segundos después, el patio de la cabaña estaba desierto, y solo quedó el rastro de partículas de luz flotando como motas de polvo al sol.

Capítulo XXI

Algo despertó a Millaray. Una mano sobre su hombro moviéndola con firmeza.

Parpadeó lento, se había quedado dormida en algún momento del viaje. Al enfocar su vista, se dio cuenta de que ya no volaban. Estaban en un lugar desconocido, alejado de todo lo que conocía.

—Levántate —ordenó la voz masculina.

Millaray, evitando mirar a Helios, obedeció, cubriéndose con la manta, como si fuera una especie de capa. Cuando estuvo segura de que no se caería con facilidad, alzó la vista y se atrevió a mirar al señor del sol. Un hombre tan alto como su esposo, de cabellos desordenados y ondulados, de un brillante rubio, casi dorado. Su piel era blanca e inmaculada, sus facciones masculinas y angulosas eran perfectas, ojos azules grandes, nariz recta, labios carnosos. Su cuerpo, ataviado con una especie de armadura dorada y una capa del mismo color, no podía ser más esbelto y perfecto, si no fuera porque le faltaba un brazo. Era más hermoso que cualquier estatua, pintura o actor de Hollywood que haya visto en su vida.

Ahora entendía por qué consideraban a Hefesto un ser horrendo. Su esposo, al lado de ellos, era como un simple mortal, su piel y cabellos morenos, sus facciones duras y casi salvajes, su voz grave y gruñona. Lo único que lo hacía sobresaltar entre los mortales, era su cuerpo macizo y corpulento. Pero ella amaba profundamente a su esposo, su alma, su corazón y su cuerpo le pertenecía al Señor de los Cuatro Elementos. Helios, con toda su perfección, era solo un tipo muy lindo y ya, no le hacía sentir nada.

Miró a su alrededor. Era un lugar extraño, como si flotara en medio de las nubes, estaba sobre lo que parecía la entrada a un palacio; jardines verdes salpicados de flores que jamás había visto en su vida, árboles enormes y frondosos con troncos gruesos. Lo que más le asombró fue ver más palacios alrededor, similares al que tenía al frente, todo era abundancia y esplendor. Lo más remarcable era que estas edificaciones estaban erigidas sobre piedras flotantes, interconectadas por escaleras.

—¿Dónde estamos? —preguntó Millaray; *ipso facto* se tapó la boca y sus ojos se desorbitaron por la sorpresa. Había formulado esa pregunta en el idioma que hablaban los dioses. Ahora se daba cuenta de que Helios no le estuvo haciendo preguntas en español, sino en ese idioma divino y ancestral que ahora ella entendía, como si lo hubiera hablado siempre.

No sabía a ciencia cierta si el ritual había terminado o no, pero cada día, cuando despertaba, había algo nuevo en ella. Nereo le había dicho que solo sabrían si el ritual había concluido con éxito, cuando ella se introdujera en la hoguera sin experimentar ningún tipo de dolor, ni volaran cenizas de su piel, la cual debería tornarse dorada en contacto con el fuego.

Esa sería la prueba inequívoca de su inmortalidad.

Mientras no lo supiera a cabalidad, ella no tentaría su suerte.

—¿Una mortal hablando el idioma de los dioses? —interpeló Helios muy intrigado, mirando a Millaray con sumo interés y cierta diversión. Ella lo fulminaba con sus ojitos castaños—. Estoy sorprendido, mujer.

—Mi nombre es Millaray —replicó con altivez—. Mi esposo me enseñó a hablarlo —mintió, aunque en cierto modo tenía un tinte de verdad, sencillamente, el método no era el tradicional.

—¿Tu esposo es Hêphaistos? —interrogó Helios, alzando sus cejas. Así que el dios del fuego tenía una nueva esposa. Eso, por un instante, le produjo cierta satisfacción. No tenía nada en contra del dios del fuego, no lo consideraba un mal sujeto, y siempre pensó que no merecía un matrimonio como el que tuvo como Afrodita...

—Así es —afirmó Millaray con orgullo en su voz—. No ha respondido mi pregunta, señor. ¿Dónde estoy?

—Mi señora, usted se encuentra en el Olimpo. —Hizo una floritura, mostrándole el lugar, y luego con un gesto la conminó a que lo siguiera—. La llevaré ante el monarca de los dioses —anunció, al tiempo que ambos comenzaban a caminar.

—Zeus —nombró Millaray, impasible—. ¿Él será el que me asesinará?

Helios detuvo sus pasos y miró a Millaray. La verdad, no sabía con qué propósito Zeus buscaba con tanto afán a Hêphaistos, y después, cuando lo había casi encontrado, cambió de opinión y le exigió que le llevara a «la mujer».

Ahora se daba cuenta de que ella era una carnada.

—La verdad, no sé si le quitará la vida, mi señora —admitió Helios—. Hêphaistos ha quebrado la ley.

—¿Cuál ley?, si se puede saber.

—Se ha casado con una mortal, él no debía hacerlo. Sin embargo, su atenuante era que él desconocía esa ley, dado que fue impuesta después de que Zeus nos volviera a convocar al Olimpo, cuando el árbol dejó de dar manzanas. Con el retorno de los dioses, el rey se enteró de que unos, desobedeciendo su orden, habían dejado descendencia entre los humanos. Hêphaistos nunca volvió.

—Él no volvió porque no lo convocaron, él pensó que todo siguió con su curso normal por siglos —justificó Millaray, eso fue lo que en algún momento le contó Hefesto—. Ha vuelto cada diez años a este lugar para comer su manzana dorada. Como puede ver, le han mentido, el árbol siguió dando frutos.

—¿Qué ha dicho? —interpeló sorprendido.

—¿Por qué cree que mi esposo no ha muerto? —cuestionó, alzando sus cejas.

—Todos pensaron que en algún momento el herrero había fallecido. Yo también lo creí, hasta el día en que su Alteza me pidió buscarlo.

—¿Y le dio algún motivo por el cual tuvo ese súbito interés en Hefesto? —cuestionó Millaray para mantenerlo entretenido y retrasar el mayor tiempo posible su encuentro con Zeus.

—Durante todo el camino, mi señora, se ha negado a hablar y ahora nada la silencia —replicó Helios, evadiendo la pregunta.

—Los viajes me marean y me sientan mal —explicó, aunque ese viaje en particular no le había afectado—. ¿Por qué me llama «mi señora»?

—Es el trato que se le da a la consorte de un dios, sea humana o no —respondió sin perder la paciencia; era lógico que la mujer de Hêphaistos no conociera los modales divinos.

—Entiendo... Usted no se ha presentado, solo irrumpió en mi casa y me secuestró. Supongo que es Helios, el señor del sol.

—Así es —afirmó, obviando los verbos irrumpir y secuestrar—, ¿qué clase de humana eres? Cualquier otra habría perdido la razón al enterarse de que su esposo es un dios.

—Soy una muy especial —aseguró Millaray con suficiencia—. Soy la consorte del Señor de los Cuatro Elementos.

Helios frunció el ceño, ese título jamás lo había escuchado, ni en poesías, cantos, mitos o leyendas divinas, o humanas.

—Ah, veo que usted no conoce la profecía —continuó Millaray ufana—. No lo culpo, mi esposo tampoco la conocía. Pero su poder despertó gracias a mí.

—¿De qué profecía habla, mi señora?

—La que dice que el Señor de los Cuatro Elementos será el nuevo monarca —resumió—. Debería ver a mi esposo en acción, señor. Es todo un espectáculo; el aire, el agua, la tierra y el fuego, todos los elementos, le obedecen al mismo tiempo. Seguramente, le pateará el olímpico trasero a Zeus.

—¿Cómo sé que no está mintiendo, mi señora? —interpeló suspicaz, pero en el fondo, le daba sentido a la fuerza titánica que había percibido y que delató a Hêphaistos.

—¿Cómo sabe que Zeus no le está ocultando algo? —contraatacó Millaray, alzando una ceja inquisidora.

—No me importa—replicó un tanto vacilante y se aclaró la garganta. Esa mujer era muy irreverente, le hablaba con respeto, pero su trato era como si lo hiciera con un igual—... lo único que sé es que he cumplido con mi misión y su Alteza le devolverá la vida a mi hijo.

—Oh, lo siento mucho por su hijo, mi pésame... —dijo Millaray sintiendo empatía por Helios. Si ella fuera él, haría lo mismo si le prometieran regresar a la vida a un ser querido.

—Gracias... —susurró sin saber muy bien por qué había revelado aquella información. La humana tenía razón, ella era especial—. Vamos, mi señora. —Posó su mano en la espalda de Millaray para que empezaran a caminar, pero ella se negó.

—¡Espere! —pidió Millaray—. Sé que mi destino es inevitable, pero le aconsejo que no se ilusione con las promesas de Zeus. A ese imbécil lo odio con mi alma, por todo lo que le ha hecho a mi esposo y algún día pagará muy caro por ello... Si muero, Hefesto lo hará pedazos con sus propias manos, por lo que es probable que ese tipo nunca logre cumplir la promesa que le ha hecho —sentenció—. Aunque siendo más objetiva, Zeus, simplemente, no va a cumplir con su palabra. Ha quedado claro que es un mentiroso.

Helios no dijo nada, hizo un gesto y la invitó a entrar. Millaray suspiró. Había ganado diez minutos como mucho. Solo esperaba que Zeus no la hiciera chicharrón en cuanto la viera.

*****

Un haz de luz blanca y cegadora se difuminó en el aire, revelando a cinco personas a los pies del monte Olimpo. Hefesto retiró su mano del hombro de Nereo, quien había hecho el último salto después de Caicai. Había sido un viaje largo, que les exigió a todos dar dos saltos y cruzar el océano Atlántico a toda velocidad, recurriendo a transformaciones y al uso de la fuerza del mar.

Hefesto inhaló el aire familiar que no sentía desde hacía casi diez años y miró al cielo. Desde ese punto, el monte no era más que cualquier otro monte de la tierra, una mole viva de rocas, tierra y vegetación por doquier. La tradición decía que en la cima era donde residían los dioses, pero aquello no era del todo acertado. Vivían más alto todavía, tan alto, que Zeus podía observar la mitad del mundo desde esa posición. Los dioses vivían en el cielo, el mismo dios del rayo se encargó de alzar rocas que desafiaban la ley de gravedad para instalar los palacios que, posteriormente, Hefesto diseñó y construyó. Estaban ocultos a los mortales, gracias al fuego sagrado, no había tecnología humana que detectara esas ancestrales construcciones.

Hefesto recorrió con la mirada a todos sus acompañantes.

—Gracias a todos. Nereo, Caicai, el viaje de ustedes llega hasta aquí. —Caicai abrió la boca para negarse, pero Hefesto alzó su dedo índice para impedir su objeción—. No quiero arriesgar la vida de ninguno, ya han hecho demasiado por nosotros. Prefiero que tú y tu padre vayan a la seguridad del Egeo. Es lo mejor —decretó severo, sin dar derecho a réplica.

—Como usted ordene, Señor de los Cuatro Elementos —claudicó Caicai, ganándose la mirada reprobadora de Hefesto ante ese apelativo—. No me mires así. Lo diré cada vez que quiera molestarte… —Suspiró. En el fondo, sabía que su señor tenía razón, el poder de ellos no se podía comparar con el de Zeus estando en sus dominios, iban a ser un estorbo más que una ayuda. Sin su elemento cerca, poco y nada podían hacer.

Era el momento de que Hefesto enfrentara su destino.

—Vamos, hija mía. —Con un gesto, Nereo invitó a la nereida a que le tomara el hombro para llegar a la costa del mar Egeo con su última gota de energía—. Mi señor, sé que lo veré pronto, que los dioses lo protejan.

—Gracias, Nereo.

El túnel de luz los engulló e hizo desaparecer. Hefesto miró decidido a sus tíos.

—Vamos. —Acordaron que viajarían en saltos separados. Hades le tomó el hombro a Poseidón y Hefesto saltaría solo.

El plan ya estaba en marcha. Su poder lograba ocultar el rastro de sus tíos, quienes tenían la misión de contener a los demás dioses para que no interrumpieran su encuentro en el palacio. Zeus solo iba a advertir la presencia del dios del fuego.

*****

Millaray entró al Gran Salón acompañada por Helios. La luz del sol entraba clara y cálida por enormes ventanales, y rebotaba en el blanco níveo del mármol de paredes y columnas que soportaban el inmenso techo abovedado. Hermosas pinturas lo decoraban, relatando gloriosas historias pasadas. Al bajar la vista, en medio de la estancia, reinaba un enorme trono, también de mármol y oro. Zeus estaba sentado, esperando, usando un amenazante rayo como báculo.

Ahí estaba el rey de los dioses que, por evitar que le quitaran el poder, había eludido exitosamente profecías y conspiraciones, gracias a su buena suerte y su falta de escrúpulos. Para él, el fin justificaba todos, todos, todos los medios.

Millaray lo observó con flagrante descaro. Era como ver una de las estatuas griegas, pero viva. El hombre era hermoso; en apariencia, no tenía más de cuarenta años, ojos grises, cabellos sedosos del mismo color, barba larga y blanca, cuerpo atlético.

Ante ella, estaba la viva representación de la belleza clásica e inalcanzable que trataban de emular los griegos, y que muchos humanos apenas alcanzaban a punta de cirugías, gimnasio, comida especial y tratamientos de belleza.

Sí, definitivamente, Hefesto, al lado de él, parecía una bestia, una mole de músculos, tendones y huesos, al lado del hermoso y perfecto Zeus. Cualquier mujer caería rendida a sus pies, sin dudar un instante.

No obstante, Millaray solo sentía repulsión. En la mirada fría y gris de Zeus solo había enajenación y crueldad.

—Su Alteza. —Helios saludó con humildad, poniendo una rodilla en el suelo y bajando la vista—. He traído a la mujer del herrero.

—Así veo. —Miró de soslayo a Millaray y la recorrió rápido de pies a cabeza. Ella, al sentir su escrutinio, intentó cubrirse todavía más con sus mantas—. Al fin haces algo bien, Helios. —Zeus estudió a la humana, una mujer horrenda que carecía de toda belleza y encanto; ojos oscuros, piel morena, cabello negro, todo en ella era corriente y mortal. Esbozó una sardónica sonrisa, la amada humanidad de Hefesto era tan horrible como él. Eran tal para cual. La profecía de Urano, al parecer, estaba errada. Miró a Helios, que todavía no alzaba la vista—. ¿Cómo la hallaste?

—Hice lo que su Alteza me dijo. Seguí el poder de los titanes y….

—¡No son titanes! —estalló Zeus, golpeando el suelo con su rayo, provocando que un fuerte eco reverberara en toda la habitación. Helios se encogió de miedo, temía por su vida.

—Perdón, su Alteza, no fue mi intención ofenderlo —rogó Helios con un tono suplicante—. Seguí el poder del herrero —rectificó—. Estaban en una isla, en una pocilga… Ahí estaba… —Helios se quedó en silencio. Inspiró hondo—. El herrero se hallaba en su forja y la mujer dormía. Solo me bastó un minuto para llevármela —relató, ocultando lo que verdaderamente vio. Helios no sabía por qué lo había hecho, pero ya no se podía retractar.

—¿El cojo te siguió? —interrogó en un tono que Helios no supo interpretar, no sabía si su respuesta lo iba a complacer o iba a desatar su ira.

—Creo que eso es lo que va a hacer. Al momento de llevarme a la humana, él me descubrió, pero no pudo impedirlo, yo ya estaba escapando.

Zeus se alzó sobre sus pies, revelando su imponente altura. Helios entornó sus ojos.

—Perfecto. Vete. —Helios no se movió, Zeus frunció el ceño—. ¿Tienes algo más que decirme?

—Mi hijo… —balbuceó Helios. Había cumplido con su misión, quería su recompensa.

—Después —desestimó Zeus, indolente—. No has cumplido a cabalidad tu misión. Quería al herrero, pero no fuiste capaz de encontrarlo a tiempo. Hiciste que mis planes se arruinaran. Ahora vete, ya consideraré si mereces que Faetón vuelva a tu lado.

Helios resopló, dilatando sus fosas nasales. Las advertencias de la mujer se habían hecho realidad. Se puso de pie sin mirar a Zeus, dirigió su atención a Millaray.

—Adiós, mi señora —se despidió Helios. Millaray solo asintió con un leve gesto de cabeza. Dio media vuelta y abandonó el Gran Salón. Estaba cansado y desolado, necesitaba estar solo.

El silencio se cernió sobre Millaray y Zeus. Ella lo miraba a los ojos, pendiente de cualquier movimiento del dios del rayo.

—Viendo que solo eres una humana sin importancia, he cambiado de opinión. Pero no sé si matarte ahora, o hacerlo en frente del herrero —deliberó Zeus, burlón, a sabiendas que la mujer no entendía el idioma de los dioses.

—No sé si mi esposo te arrancará primero los ojos o el corazón —replicó rebelde y orgullosa, haciendo honor a su sangre mapuche que era belicosa, incluso cuando todo parecía estar en contra. Ella no iba a rogar ni a suplicar por su vida.

Por un segundo, el dios se paralizó. Una mortal jamás podría hablar el idioma de los dioses. ¿Qué significaba eso?

¡¿Qué estaba pasando?!

Mejor no iba a tentar a su suerte. Era preferible quedarse con la duda, que encontrar la respuesta a ello de la peor forma imaginable. Furioso, con los ojos inyectados de icor, alzó su brazo, apuntando su mortal rayo hacia la humana engreída, y lo lanzó con todas sus fuerzas. Millaray alcanzó a ver las intenciones del dios loco y se movió con agilidad sobrehumana para evadir el ataque.

Pero no fue suficiente.

Capítulo XXII

La luminosa columna se hizo presente en la estancia, justo frente a Zeus, que respiraba agitado. La luz no alcanzó a disiparse cuando Hefesto ya estaba alargando un brazo hacia el cuello del dios del rayo, quien se asió firme a sus muñecas, esbozando una sonrisa triunfal que era similar a una mueca enfermiza. Los ojos grises del dios loco se desviaron hacia la derecha. Hefesto, sin soltar su agarre, miró en esa misma dirección.

Un bulto ardiendo en llamas.

El cuerpo de Hefesto se incendió en furiosas flamas rojas. Dando un grito ronco de dolor, arrojó a Zeus con todas sus fuerzas, haciendo que el rey se azotara contra las paredes de mármol, quedando incrustado en ella.

Hefesto, desesperado, se dirigió con sobrenatural rapidez hacia el bulto ardiente. Se sentía morir en vida, no sabía con qué se iba a encontrar. El ritual había quedado inconcluso, sin la ambrosía que protegiera el cuerpo de Millaray, las llamas le harían daño como a cualquier humano.

—¡Millaray! —gritó Hefesto con su grave voz rasgada de dolor—. ¡¡Millaray!!

Con el alma entumida, cerró sus ojos. Contuvo el aire de sus pulmones. Con cuidado y temor, alzó la manta carbonizada que cubría el cuerpo inerte de su esposa. Sus manos temblaban.

Abrió sus ojos.

La piel de ella estaba intacta, ostentado un tono dorado. Millaray lo miraba tranquila desde la oscuridad, con su cuerpo ovillado. Ella se había ocultado bajo la manta ardiente que se incendió al no poder evadir del todo el rayo fulminante de Zeus, pero que le sirvió de perfecto escondite. Ella había sentido la presencia de su esposo, solo necesitaba unos segundos más. Lo había arriesgado todo en ese instante, en el último instante, confió en su instinto que le gritaba que ya no debía temer. Su vida ya no era algo frágil y efímero.

El ritual de Deméter le había dado la inmortalidad.

Millaray, con su dedo índice le indicó a su esposo que no la delatara. Hefesto, apenas entendiendo lo que sucedía, pero con un inmenso alivio, solo asintió y la volvió a cubrir, no sin antes dejarle discretamente el arma que había hecho para ella. Necesitaba, de algún modo, protegerla.

Hefesto, incluso con el consuelo de saber que Millaray estaba bien, todavía sentía la furia corriendo por sus venas. Miró hacia donde había lanzado a Zeus, pero solo estaba el rastro de destrucción en el muro, el dios del rayo ya no estaba ahí.

—¡Arriba, cojo estúpido! —señaló Zeus con sorna. Flotaba sobre él, dominando el aire que lo elevaba del suelo, como si tuviera el poder de volar—. Ahora que tu humana ha perecido, ¿qué harás?

Hefesto se preguntó si podía hacer lo mismo. El aire le susurró en su piel que podía invocarlo de esa misma manera. Suave y seguro, Hefesto se elevó hasta llegar a la altura de Zeus y lo miró a los ojos, desafiándolo.

—Lo que debió suceder hace eones. Eso es lo que haré —declaró Hefesto, mascullando ira—. Cumplir la última profecía de Urano.

Sin previo aviso, una estaca de roca emergió del suelo. Zeus no pudo advertir ese ataque para esquivarlo, y la punta filosa le rasgó su hermoso rostro, atravesando su carne inmortal. El dios del rayo aulló y se llevó las manos a la cara. Miró al Señor de los Cuatro Elementos con odio, y lleno de furia olvidó su dolor. Arremetió contra él con un puñetazo que dio justo en la quijada de Hefesto, que lo hizo retroceder en el aire.

Hefesto sabía que Zeus era poderoso, y su golpe lo demostraba, escupió icor al suelo y su mandíbula protestó por el daño recibido. El rey del Olimpo había bregado una guerra de diez años contra los titanes, luchando cuerpo a cuerpo y usando sus rayos como armas. Hefesto estaba en clara desventaja por su inexperiencia.

Pero él tenía ingenio… y ahora debía ver cómo contrarrestar la superioridad de Zeus.

El dios del rayo no desperdició más segundos, volvió al ataque y propinó rápidos golpes al abdomen de Hefesto, quien aguantó estoico, esperando el momento perfecto.

Millaray, aprovechando que Zeus y Hefesto estaban enfrascados en su enfrentamiento, salió de su escondite de fuego que ya estaba convirtiéndose en cenizas y, sigilosamente, se ocultó detrás de una columna. La temperatura de la estancia había comenzado a ascender, lo sentía en su piel desnuda. En su interior bullía la impotencia al ver a Hefesto pelear contra Zeus, pero confiaba en su esposo. En sus manos sentía el peso de su arma, se le antojaba más ligera. Debía ser sabia al usarla, si lo hacía demasiado pronto, revelaría que no estaba muerta y podría perjudicar a Hefesto. Debía esperar.

Una cálida mano tocó su hombro.

Millaray dio un respingo y miró hacia su derecha. Era Helios, que hacía un silencioso gesto de ir en son de paz. Le ofreció su capa dorada para que se cubriera como si fuera una toga.

—Yo la protegeré, mi señora —declaró solemne.

—¿Por qué? —preguntó ella un tanto incrédula.

—Porque ya no tengo nada que perder. Zeus ya no tiene el derecho de ser llamado rey.

Ambos miraron hacia arriba.

Zeus estaba disfrutando descargar la furia acumulada por milenios. El dios que tanto temía no era rival para él. Hefesto, un artesano inútil, ¿dónde estaba el Señor de los Cuatro Elementos? ¡El cojo no era más que un burdo imitador! Un dios que no sabía qué hacer con su poder.

Respirando agitado, Zeus asestó su último golpe en el ojo de Hefesto, pero no alcanzó su objetivo. Atónito, el dios del rayo no podía creer lo que estaba viendo. Su puño fue interceptado por la enorme mano del herrero.

—Ahora es mi turno. —Al mismo tiempo que terminaba de decir esas palabras, Hefesto intensificó su agarre hasta hacerle crujir los huesos a Zeus, provocándole un intenso dolor y, acto seguido, lo empujó con una masa de energía que mezclaba el aire, fuego y rocas.

El cuerpo de Zeus chocó contra la gruesa pared de mármol e hizo un enorme boquete, saliendo expulsado del palacio por esa fuerza arrolladora que le quemaba la piel.

Pero todo estaba lejos de terminar. Hefesto lo sabía, Zeus volvería, necesitaba ganar tiempo. De sus bolsillos, sacó un puñado de bolitas de adamantio que estaban destinadas a ser balas, las alzó y quedaron suspendidas en el aire. Hefesto hizo una enorme bola de fuego y las forjó entre sus manos. Estas se alargaron y se convirtieron en púas incandescentes.

En ese instante, Zeus volvió volando a toda velocidad, contraatacando e invocando nubes negras que se aglutinaron y estallaron en una poderosa tormenta. Extendió sus manos, la lluvia arreció; truenos resonaron dando vida a dos rayos, que se convirtieron en lanzas que arrojó contra Hefesto, quien, al mismo tiempo, disparó las púas de adamantio hacia el cuerpo de Zeus.

Hefesto, sin dificultad, atrapó los rayos con sus manos, los juntó en uno solo, los quebró con la rodilla y los arrojó al suelo. Ese ataque era inútil, tantos años forjando rayos para Zeus, que aquel poder era casi nativo en él.

Zeus, por su parte, no pudo esquivar todas las púas ardientes de adamantio; unas se le clavaron en las piernas, en el abdomen, y otra que iba directo a su ojo, la evadió, pero no lo suficiente, en el proceso, le arrancó una oreja.

Era la segunda vez que Zeus daba un alarido, su icor dorado manaba profusamente. Se cubrió su herida, al tiempo que se encorvaba por las púas que penetraban su carne. De soslayo, vio que el bulto donde debía estar calcinándose la mujer era solo cenizas, no había carne ni huesos quemados. Masculló maldiciones iracundas. ¡Por eso el herrero tenía tanta confianza en sí mismo! Si la mujer estuviera muerta, estaría desolado, en agonía, llorando en medio de su propia devastación, estaría rogando por morir.

¿¡Dónde estaba!?

No alcanzó a conjeturar más, Hefesto estaba sobre él descargando un golpe en su espalda que lo envió al piso, donde cientos de estacas comenzaban a emerger desde el suelo, intentando atravesarlo. Zeus rodaba ágil, evitándolas, pero lleno de lacerante agonía. Su velocidad había disminuido por las púas de adamantio que, con cada movimiento, se incrustaban más en su interior.

Logró levantarse con dificultad, al tiempo que invocaba un artero rayo que dio en la espalda de Hefesto, quien no pudo anticipar esa jugada, haciéndolo caer también al suelo.

Con Hefesto fuera de combate, Zeus comenzó a buscar a la mujer, lanzó rayos a todas las columnas que sostenían el techo para hacerla salir. No trascurrieron muchos segundos cuando notó la reluciente armadura dorada de Helios detrás de una columna que se partía por la mitad. Él protegía a alguien, le caían rocas en la espalda y no se movía de ese lugar.

—Helios… cerdo traidor —masculló Zeus.

Usó lo poco que quedaba de energía, y en un segundo llegó a ellos. El señor del sol, preocupado en proteger a Millaray de las rocas que caían, no advirtió la presencia de Zeus con la suficiente antelación. Solo alcanzó a empujar a Millaray, al mismo tiempo que él eludía un rayo. Trastabilló y cayó al suelo, invocó al sol para cegar al dios del rayo.

Zeus chilló de dolor al sentir que uno de sus ojos se carbonizaba ante el poder solar de Helios. Lanzó rayos a diestra y siniestra, haciendo que el techo del palacio comenzara a derrumbarse sobre ellos. Helios sorteaba las rocas, pero una cayó sobre su cabeza y se transformó en un blanco fácil para Zeus, quien le propinó un rayo fulminante que iba directo a la cabeza del señor del sol, pero su objetivo no se cumplió. Millaray salió de su escondite y le disparó en la mano, destrozándola, al mismo tiempo que desviaba el curso del rayo. Mas aquella acción no fue suficiente para proteger a Helios, el rayo alcanzó a arrancarle el otro brazo.

A Zeus ya no le importaba el dolor, con su mano hecha jirones, lanzó su ataque hacia Millaray. Sus rayos deformes se dispersaban al azar, hacia cualquier punto de lo que quedaba del Gran Salón.

Todo era un caos, las rocas que caían, la tormenta que arreciaba, las estacas de roca en el suelo. Y en medio de esa catástrofe, Hefesto recuperó la consciencia. El dolor de su espalda quemada le señaló que todavía estaba vivo, pero agotado. Al ponerse de pie, vio que Millaray intentaba dispararle a Zeus mientras evadía sus rayos, pero era prácticamente imposible, todo estaba fuera de control.

El poder del dios del rayo era alimentado por la tormenta. Y para Hefesto, aquella escena fue como un *déjà vu*, todo era tan parecido a ese sueño que tuvo hace pocos días, y a la vez, tan diferente. Su esposa estaba a merced de Zeus, pero peleaba, luchaba. Se mantenía viva.

Hefesto, con la poca energía que le quedaba, corrió a toda velocidad hacia Zeus, que intentaba asesinar a Millaray a como diera lugar. Con cada paso que daba, sentía que su energía se renovaba; el suelo comenzaba a temblar, el fuego rojo de su piel se encendió con brío, el agua de lluvia danzaba a su alrededor. Alzó sus manos e invocó al aire que formó un tornado que dirigió hacia Zeus y lo engulló como si fuera un ente vivo, azotándolo con las rocas que arrastraba consigo.

Hefesto ordenó a los elementos que se unieran al aire y el resultado fue dantesco. La enardecida columna de agua, tierra, aire y fuego golpearon al rey loco con toda su fuerza, quien daba alaridos y maldiciones con su voz desgarrada de dolor y furia. Los ojos de Hefesto ya no eran grises, eran dorados, como los tatuajes que se intensificaron en su piel.

El Señor de los Cuatro Elementos había despertado por completo. El poder manaba infinito por sus venas, no existía el cansancio, no existía el dolor, sus heridas y golpes sanaron. Sentía que había vuelto a nacer.

Millaray observaba impactada el espectáculo, los rayos iluminaban intermitente el interior del tornado y se lograba ver la silueta de Zeus despedazándose en su interior. Una larga agonía que acababa poco a poco con el reinado y la vida del rey del Olimpo. Ella ya no quiso seguir escuchando la voz de Zeus, quien se aferraba neciamente a lo que alguna vez poseyó.

Apuntó sin vacilar hacia el centro del tornado, ansiaba terminar con ese suplicio. Hefesto rompió en dos la columna y Millaray disparó.

El tiempo se alargó. Hefesto y Millaray pudieron ver con absoluta claridad cómo la bala de adamantio rasgaba el aire y se abría paso entre el agua, los rayos y las rocas, hasta llegar a la frente de Zeus, penetrando su piel inmortal. El dios del rayo tenía los ojos abiertos y fue consciente del preciso instante en que su vida se apagó, cuando la punta hueca de la bala se abrió al impactar y romper su cráneo en mil pedazos.

Lo que quedaba del cuerpo de Zeus cayó al suelo, dando un golpe seco. La tormenta cesó, y un silencio mortal se cernió en el palacio, dando fin a la era de los dioses olímpicos.

Capítulo XXIII

Hefesto suspiró hondo. Miró a su alrededor y todo era un verdadero campo de batalla. El trono de Zeus estaba destruido, el mismo dios loco lo había hecho pedazos. El Señor de los Cuatro Elementos se sentía contrariado, un alivio inmenso le brindaba calma y paz, pero también, en su corazón había pesar. Era la primera vez que mataba y esperaba que fuera la última. No fue una pelea justa, se vio forzado a luchar desde el comienzo, sin tener oportunidad de lograr que Zeus cediera de otra forma. El rey había perdido la razón y a Hefesto no le quedó más alternativa que proteger los vestigios de su mundo, destruyendo a quien había sentado las bases del mismo. Lo maldijo, no le dio oportunidad de arreglar la situación de una forma menos definitiva.

Millaray se acercó a su lado con cautela y lo abrazó fuerte. Hefesto le besó la coronilla e inhaló su aroma, que fue un aliciente para su espíritu. Todavía había reminiscencias de la ambrosía en su cabello negro. Ella siempre olía a miel.

Un quejido los distrajo, era Helios. Millaray ahogó un grito de consternación y corrió hacia el señor del sol, que estaba sepultado bajo los escombros y, rauda, comenzó a retirarlos. Su icor dorado estaba derramándose sobre el suelo.

—Ambrosía —susurró Helios adolorido y debilitado—. Ayudará a curar...

Millaray asintió, miró a su alrededor. ¿Dónde podría encontrar ambrosía en ese lugar? Hefesto llegó a su lado, su expresión era severa.

—Ayúdame, Hefesto... —rogó Millaray—. Necesito ambrosía para la herida de Helios. ¡Morirá! —exclamó.

Hefesto no contestó de inmediato. Estaba divido, ahí estaba quien obedecía ciegamente a Zeus y se había llevado a Millaray. No sabía si ayudarle o no.

—¡No, Hefesto! —reprendió Millaray, severa, notando el cruel dilema de su esposo—. Así no.

Hefesto parpadeó, sacudió su cabeza. Todavía sentía que la ira nublaba su razón, pero el tono de voz de su mujer lo remeció, no debía juzgar con demasiada prontitud.

—Afuera hay un santuario, ahí debería estar la fuente —respondió al fin—. Iré a buscarla.

—Rápido —demandó Millaray.

Y Hefesto obedeció. En veinte segundos, ya estaba de vuelta con una jarra llena de ambrosía, la cual vertió sobre la herida de Helios, quien dio un alarido de sufrimiento. Sintió lástima por el señor del sol, ya no tenía brazos, solo un par de muñones, uno sano y el otro se encontraba entre desgarrado y carbonizado.

Pasaron unos minutos y el icor dejó de manar, Helios comenzó a sentir que su herida se adormecía de inmediato. La ambrosía era milagrosa, aparte de sus propiedades curativas, también era anestésica. Le dieron de comer un poco para recobrar fuerzas y se pudiera levantar.

—¿Puede ponerse de pie? —preguntó Millaray, preocupada.

—Sí, mi señora. Ya me siento mejor —respondió Helios, evidenciando la veracidad de sus palabras en el tono de su voz, se le escuchaba con más fuerza.

—Me alegra —dijo ella, esbozando una bondadosa sonrisa.

Millaray ayudó a Helios a levantarse. El señor del sol, tambaleando, pero digno, hizo una leve reverencia hacia Hefesto.

—Reciba mis más sinceras disculpas, mi señor —ofreció con la cabeza gacha—. Obedecí a Zeus, por el sencillo motivo de...

—Ya hablaremos, Helios —interrumpió Hefesto, alzando su mano, quitándole importancia a las explicaciones—. La verdad, es que estoy un poco cansado y esto, en realidad, lejos de terminar, está recién empezando.

Puso sus manos en las caderas y dio un barrido visual a su alrededor. Frunció el ceño. En ese palacio se había llevado a cabo una pelea de proporciones épicas, pero no hubo ningún dios fisgoneando o intentando interferir, es más, todo estaba bajo un silencio sepulcral que daba escalofríos.

—¿Dónde están los demás olímpicos? —interpeló Hefesto a Helios.

Helios alzó su cabeza, y parpadeó como si hubiera despertado de un sueño.

—N-no lo sé, mi señor —respondió vacilante. Helios no frecuentaba demasiado el Olimpo, y veía ocasionalmente a uno que otro dios. Pero solo en ese instante cayó en la cuenta de que no había visto a ningún olímpico, aparte de Zeus, desde hacía varias décadas.

—¡Hola! —intervino Hades despreocupado, entrando en lo que quedaba del palacio, mirando todo el desastre. Helios quedó boquiabierto, tanto por la apariencia, como por la presencia del señor del Inframundo—. Sabía que no había por qué preocuparse. Desde afuera se notaba que mi hermano, lamentablemente, no tenía oportunidad —aseveró, inspirando hondo. Se sentía extraño no sentir la presencia de Zeus, era como si un peso se hubiera quitado del ambiente. El poder de su hermano era el que enrarecía el aire, volviéndolo denso y apenas respirable con miedo, locura e incertidumbre. Era una verdadera lástima, todo pudo ser tan diferente—. Tienes que venir afuera, no vas a creer lo que encontramos Poseidón y yo… ¡Demonios! ¡Pisé caca! —Miró al suelo e inspeccionó la suela de su zapato y tragó saliva—. No es caca —susurró y un frío estremecimiento le recorrió el espinazo, al ver que más allá estaba lo que quedaba del cuerpo de Zeus.

Se aclaró la garganta y, en solemne silencio se acercó al cuerpo de su hermano, se quitó la camiseta que traía puesta y la extendió. La prenda se transformó en una manta de seda negra y cubrió los restos de Zeus como si fuera una mortaja, dejando lo que quedaba de su cabeza al descubierto. Se metió las manos a los bolsillos, sacó una moneda y la puso debajo de la lengua de su difunto hermano, quería seguir con la ancestral tradición de darle un óbolo al barquero Caronte. Pocas cosas impresionaban a Hades, pero ver el cuerpo destrozado e inerte de su hermano, hizo que todo fuera real. Cubrió el rostro de su hermano, entornó sus ojos y alzó su mano sobre la manta.

—Vuestra alma será juzgada, hermano… —decretó con un tono rígido, muy diferente al mostrado hasta ese momento. Su papel de regente del Inframundo se lo tomaba muy en serio—. Mis jueces inflexibles, Éaco, Radamantis y Minos determinarán el destino final de vuestra alma... —finalizó, sabiendo perfectamente que Zeus no iría a otra parte, sino al Tártaro. Una lástima, el poder era algo terrible, si lo poseía el dios equivocado.

No hubo más palabras por un largo rato. Hades volvió a suspirar.

—Poseidón y yo tenemos algo que mostrarles —declaró serio—. Síganme.

Hefesto, Millaray y Helios lo siguieron, salieron del palacio y tomaron rumbo por una de las escaleras que conectaba al palacio de Hera. Millaray pudo notar que su esposo estaba nervioso. No la veía desde que había abandonado el Olimpo.

Al llegar, Poseidón estaba esperándolos en la entrada del palacio. En su expresión se reflejaba una profunda aflicción. No necesitaba saber que el reinado de Zeus había terminado, lo había sentido en el alma y la piel. Lamentaba que el final de su hermano hubiera sido de esa forma, pero más lamentaba no haber actuado antes con más determinación, sus hermanas y sobrinos lo habían pagado muy caro.

Abrió las enormes puertas del palacio de Hera y los goznes se quejaron, haciendo eco en el interior. Entraron, secundando a Poseidón, quien se dirigía a los aposentos de la madre de Hefesto. Sobre la enorme cama con doseles de gasa, dormía ella. Joven, hermosa, e imperturbable. Hefesto se quedó rígido ante ella, como si estuviera esperando a que su madre abriera sus ojos, solo para demostrar su asco al mirarlo.

—No me ha sido posible despertarla —señaló Poseidón, con un tono que reflejaba su sentimiento de culpa y congoja.

Hefesto tragó el nudo en su garganta. La situación no parecía mejorar, conforme pasaban los minutos.

—¿Y los demás? —preguntó, intuyendo la respuesta

—Todos están así —confirmó Poseidón—. Afrodita, Ares, Atenea, Hermes, Apolo, Artemisa, Dionisio y Hestia...

—¡Hestia! ¿Y el fuego sagrado? —interrogó Hefesto con urgencia.

—En su santuario el fuego se está apagando... Es posible que dure así unos cuantos meses más —respondió Poseidón.

—Maldición —masculló y miró de reojo a su esposa, quien dirigía su atención a unos y a otros sin entender mucho —. Hestia es la guardiana del fuego sagrado —precisó Hefesto a Millaray—.

Es lo que sostiene al Olimpo suspendido en el cielo e invisible a los ojos humanos. Zeus erigió este lugar, pero Hestia es quien lo mantiene, gracias al fuego sagrado.

—Oh, entiendo… Pero, tú puedes ayudar a que no se apague, ¿cierto?

Hefesto asintió, pero no se veía muy feliz con esa afirmación.

—Puedo tomar el lugar de Hestia por un tiempo, pero aquello me obligará a quedarme aquí. —Dirigió a Poseidón su atención y preguntó—: ¿Sabe vuestra alteza qué o quién mantiene a los dioses dormidos?

—Hipnos —respondió Poseidón, resuelto—. Es el único que puede hacer dormir a los dioses de esta manera, todavía se siente un vestigio de su influencia… Pero, aun así… No es natural que su sueño sea tan profundo, debieron despertar con el ruido de tu contienda con Zeus... —Se quedó ensimismado mirando a Hera—. A juzgar por cómo está todo, creo llevan años así.

—¿Es posible que estén en coma? —preguntó Millaray con inocencia, pero también consternada—. Hace un par de días, Hefesto me explicó que si los dioses están mucho tiempo sin alimentarse pueden entrar en ese estado. Pues, creo que lo más lógico es que ya no estén solo durmiendo.

Todos los dioses que estaban en ese instante, alzaron sus cejas, comprendiendo la magnitud de ese terrible escenario. Había demasiadas preguntas sin responder, pero, por lo pronto, necesitaban soluciones.

—Hades, trae a Deméter y a Perséfone —ordenó Hefesto con tono marcial—. Poseidón, llama a Nereo y a Caicai. Necesitamos ayuda, debemos alimentar a los dioses y despertarlos… —Miró a Helios, cuyo semblante se había vuelto sombrío. Sabía cómo se sentía, inútil. Hermes, el mensajero de los dioses estaba dormido, el señor del sol era quien debía reemplazarlo y no podía cumplir su misión, guiar su carruaje dorado sin brazos era casi imposible—. Despertaré a mis doncellas de hierro. Millaray, es hora de trabajar en la forja. Haremos unos brazos para Helios…

*****

Esa noche, después de muchos siglos, Hefesto dormía por primera vez en su palacio del Olimpo. Millaray descansaba abrazada a su ancho pecho, que subía y bajaba con serena regularidad.

Ella no lograba conciliar el sueño, todavía sentía bullir en su interior las emociones vividas ese día. Era irónico, estaba tan cansada, física y mentalmente, que no podía realizar el simple acto de cerrar los ojos y dormir.

El palacio de su esposo era como una versión antigua y más grande de su casa en Carahue, pero, de igual manera, estaba fascinada con la hermosa construcción, los muebles, la decoración sobria y masculina. Sin embargo, lo que más le gustó fue el taller de su esposo, era soberbio, lleno de herramientas, materiales, artilugios, magia y poder. Mientras los demás comenzaron con la labor de improvisar una casa de curación en el palacio de Hera, para poder atender a todos los dioses dormidos, ellos lograron, por su parte, forjar uno de los dos brazos de bronce para Helios, para que pudiera cumplir con su misión; llevar la noticia a todos los dioses menores, y fuerzas titánicas de la naturaleza, sobre el deceso de Zeus y anunciar que el nuevo regente provisional del Olimpo era Hefesto, el Señor de los Cuatro Elementos.

Y todavía les quedaba tanto trabajo por hacer; mantener el fuego sagrado, realizar el funeral de Zeus y sofocar el caos que había dejado el dios loco en todo orden de cosas, instaurar nuevas leyes, lograr que los dioses despertaran y después... lidiar cuando ellos se enteraran de que, básicamente, Hefesto había asesinado al rey para luego tomar su lugar.

Todo lo que se avecinaba era incierto.

Iban a necesitar mucho tiempo para volver a instaurar el equilibrio. No obstante, Millaray estaba maravillada por todo lo que estaba viviendo, no añoraba su vida humana, solo extrañaba a su abuelo. Se hizo una nota mental de que debía llamarlo en cuanto pudiera; Hades podía echarle una mano con eso.

Suspiró, recordó a sus hermanas. Se había distanciado tanto, y no solo porque residieran en diferentes ciudades, sus formas de ser, sentir y vivir la vida las separaba. No sabía si debía intentar acercarse a ellas, o ir desapareciendo de sus vidas cuando su amado tata dejara de existir; aunque esperaba que eso sucediera en muchos años más.

Volvió a suspirar, ella estaba cambiando irreversiblemente. Haberse vuelto inmortal le trajo resultados colaterales que no dimensionó. Ella, al ser una humana mestiza, con algo de sangre divina corriendo por sus venas, desarrolló un poder. Tal parecía que nadie se había dado cuenta, pero podía controlar el tiempo...

Lo supo cuando le disparó a Zeus, fue tanto su deseo de acertar que el tiempo le obedeció. Para Millaray un segundo era eterno, fue casi como vivir todo en cámara ultra lenta y, de ese modo, ella supo en qué preciso instante debía disparar para que nada alterara la trayectoria de la bala.

No sabía si ese poder provenía directamente de su ancestro divino, o si ella lo había desarrollado como consecuencia de su nueva inmortalidad. Y muchas preguntas volvían a estar sin respuesta; ¿de qué rama de su familia provenía su sangre de dioses? ¿Por parte de su madre o del hombre que la engendró? ¿Un dios era capaz de reconocer que ella tenía su sangre? Si su poder estaba relacionado con el tiempo, ¿Chronos[18] era su antepasado, u otro dios? ¿Era capaz de manipular de otras formas el tiempo?

—Deja de moverte, muchacha —gruñó Hefesto medio dormido.

—No puedo dormir, maestro —susurró Millaray, siguiéndole la corriente—. No puedo dejar de pensar.

—Si no fuera porque estoy tan agotado, te estaría haciendo el amor en este instante —aseveró un poco más despierto. Gruñó, se sentó a la orilla de la cama y se estiró.

—Y yo que pensaba que los dioses tenían energía infinita —replicó sarcástica.

—He estado despierto por casi dos días, he peleado con Poseidón, he atravesado el mundo, he luchado contra Zeus, hemos forjado uno de los brazos para Helios… No, ni medio litro de ambrosía me va a permitir tener una erección esta noche —enumeró con voz cansada, pero todavía podía bromear, el desparpajo de Hades era contagioso—. Espérame, te traeré algo para que puedas dormir. —Se levantó y se dirigió a la puerta.

—Oh, esto parece otro *déjà vu* —contestó Millaray, socarrona.

—No será un masaje, ya sabemos cómo termina —replicó, alzando una ceja—. Pero, esta vez, ni siquiera podré empezar y será decepcionante para ambos.

Hefesto salió de la habitación, arrastrando los pies. Millaray se sentó en la cama con una sonrisa en los labios. Hefesto no tardó en regresar, en sus manos traía un tazón humeante que parecía tener miles de años.

—Es vino de néctar y vainilla. Te ayudará a dormir —ofreció—. Cuidado, está caliente.

18 Dios del tiempo, no debe ser confundido con Crono el titán.

—Gracias, mi dios —dijo Millaray; sopló el vino caliente y bebió un sorbo—... Mmmm, delicioso. Es parecido al vino, pero mucho más dulce. —Sintió un leve mareo—. Y mucho más fuerte que un buen tinto. —Dio una risita y bebió un poco más.

—Con eso es suficiente —determinó Hefesto, tomando el tazón de las manos de su esposa y dejándolo en el velador—. Hay que tener hígado y cabeza para beber todo el contenido, la idea no es emborracharte.

—Odio las resacas —señaló Millaray, bostezando.

—Dionisio tiene buenas recetas para ello... Espero que pronto despierte, que todos lo hagan. —Hefesto se acostó de nuevo, seguía tan cansado y somnoliento, como cuando despertó. Abrazó a su esposa y ella volvió a bostezar, al tiempo que enredaba sus piernas a las suyas. Siempre lo hacía.

—Ojalá eso suceda pronto, pero me da susto —dijo Millaray, acurrucándose más en el pecho de Hefesto.

—¿Por qué?

—Porque a muchos no les agradará la idea de que seas su rey —respondió, casi quedándose dormida.

Hefesto suspiró.

—Lo sé.

—Te amo, mi dios.

—Yo también te amo, mi eterna flor dorada.

*****

Millaray cortó el llamado y le entregó el móvil a Hades con una sonrisa. Gracias al señor del Inframundo podía llamar todos los días a su querido tata. Al menos podía decir una mentira a medias; estaba en Grecia en medio de construcciones ancestrales.

—Muchas gracias, tío Hades —agradeció Millaray socarrona—. Eres el mejor.

—Lo sé, sobrina mía. Eres mi favorita después de Perséfone —aseguró guasón.

Millaray se quedó pensativa un par de segundos, para luego estallar en carcajadas. Sí, la historia familiar de los dioses era bastante incestuosa y endogámica, pero ya nada se podía hacer con el pasado. El presente y el futuro podían cambiar ese sórdido aspecto divino.

Los días en la casa de curación transcurrieron lentamente. Hefesto y Millaray llevaban dos semanas en el Olimpo y el estado de los dioses seguía siendo el mismo, vivos, pero profundamente dormidos. Millaray, Caicai, Deméter y Perséfone eran las encargadas de dar cucharadas de ambrosía y néctar, cada dos horas, a cada uno de los dioses que dormían profundamente.

Hacía unos días, Helios llevó a Hipnos ante Hefesto, confirmando las conjeturas de Poseidón. El dios del sueño era quien había provocado el profundo sopor de los dioses. Durante los últimos treinta años, Hipnos había estado en su palacio cercano al Inframundo, ejerciendo su poder sobre los dioses, manteniéndolos dormidos a la fuerza. Zeus le ordenó llevar a cabo esa abominación, sin ninguna explicación razonable. Si se negaba, el dios del rayo le iba a fulminar, tal como lo hizo con su hijo Morfeo. Muchas alternativas no tuvo de rechazar esa orden, Zeus se aparecía todos los días en su palacio para presionarlo. En cuanto percibió el deceso del dios del rayo, dejó de usar su poder sobre los dioses.

También confesó que Zeus tergiversó y ocultó el verdadero alcance del castigo que el Creador de los Cuatro Primeros impuso a los dioses. Si bien, los dioses ya no podían intervenir en el destino de los humanos, sí podían relacionarse con ellos, solo podrían mostrar su poder y engendrar descendencia con un mortal, si había amor eterno de por medio. Los dioses tampoco podrían tener hijos entre ellos, si no cumplían con el requisito.

Para Zeus, aquello significaba un castigo terrible, no podía yacer con nadie porque siempre recurrió a su poder para someter a una mujer, hombre, diosa o criatura divina. El dios loco no conocía el significado del amor, el consentimiento y el respeto.

Hefesto, Poseidón y Hades, ante esas explicaciones, decidieron que no tomarían represalias en contra de Hipnos, tampoco contra Helios. Llegaron a la unánime conclusión de que sus crímenes fueron cometidos solo porque Zeus impuso su locura sobre ellos, amenazando u ofreciendo imposibles.

Ese fue el primer juicio del triunvirato del Olimpo. Las decisiones, las leyes y los juicios no los llevaría a cabo solo Hefesto, todo sería en conjunto con Poseidón y Hades. Nereo sería su consejero. El Señor de los Cuatro Elementos no quería gobernar solo el destino de los dioses, la idea era no centrar el poder en un solo dios.

Hefesto llegó a la conclusión de que, si no quería que el poder lo corrompiera como a sus antecesores, debía compartirlo con los otros regentes. Sus reinos no debían estar separados, todos debían estar unidos. Esa decisión no era por simple altruismo, el motivo principal era el temor de que el amor por Millaray dejara de ser importante y se borraran sus tatuajes sagrados.

Hefesto, Poseidón, Hades y Nereo. Después de cremar el cuerpo de Zeus, echaron abajo lo que quedaba del antiguo palacio, limpiaron los escombros y estaban empezando a construir otro. En el lugar donde se llevó a cabo la cremación del cuerpo de Zeus, para sorpresa de todos, comenzó a crecer un árbol. Al día siguiente de la ceremonia funeraria, irrumpieron entre las cenizas unas hojas tiernas y diminutas. Después de dos semanas, esas hojas se habían transformado en un árbol joven que estaba dando unas hermosas flores blancas y perfumadas. El gran misterio eran las propiedades de esas flores y sus posibles frutos. Ni siquiera Deméter, la diosa de la agricultura, se atrevía a experimentar con ello, sentía cierta reticencia hacia el árbol que creció de las cenizas del dios loco.

Y mientras todo eso sucedía, Hefesto dedicaba todos los días dos horas para avivar el fuego sagrado. No era un alma precisamente pura y virginal, como su tía Hestia, para presidir el ritual que mantenía las llamas vivas, pero ayudaba que él fuera el señor del fuego.

Cada día que pasaba, Hefesto se preguntaba si algún día los dioses despertarían. Quedaba tanto por hacer y, aunque él no quisiera reconocerlo, hacía falta que todos ellos volvieran a la vida y se hicieran cargo de su parte para equilibrar el mundo, o llegarían a un punto en que la tierra estaría perdida para siempre.

No podían esperar eternamente, necesitaba encontrar otra alternativa para despertar a los dioses, porque tal parecía, que no solo se trataba de néctar y ambrosía.

Epílogo

Carahue, solsticio de verano, 2018.

Seis meses habían transcurrido desde que Millaray abandonó Carahue siendo una mujer mortal que aprendía orfebrería. Al llegar a su tierra natal junto a Hefesto, como una diosa, se sintió feliz y tranquila con la decisión que había tomado.

No importaba dónde estuviera su hogar, el Olimpo o el sur de Chile. Su hogar se encontraba donde estuviera Hefesto.

Después de seis meses de arduo trabajo, Hefesto se aseguró de que el fuego sagrado estaba con fuerza suficiente para sostener el Olimpo por, al menos, un año. Fue el momento en que anunció a sus tíos que debía llevar a su esposa a su tierra para visitar a Anatolio. Estarían tres meses con él, viviendo como mortales, tanto Millaray como él necesitaban estar en la tierra por un tiempo. El Olimpo no requería de ellos, por el momento, dado que los dioses todavía no despertaban.

Todo estaba en relativa calma, cada uno cumplía con su función y se relevaban para alimentar y vigilar el reino de los dioses.

Anatolio recibió a su nieta con una enorme sonrisa y sus ojos llorosos. Él cumplió con su misión de cuidar la casa del maestro y contestar los numerosos llamados telefónicos que solicitaban su trabajo. Ya no trabajaba en el campo, estaba cansado y la vida tranquila en la casa del maestro había sido como las vacaciones que nunca tuvo. Subsistía gracias a su jubilación, una que en la práctica era bastante precaria, pero que Hefesto se encargaba de abultar en secreto cada fin de mes.

—Ya, pues. ¿Me va a contar o no? —dijo de pronto Anatolio, después de conversar por largo rato— ¿*Pa'* cuando es el casorio de ustedes dos? —interrogó con poca sutileza y presionando a don Tahiel a que hiciera honorable a su nieta. El hombre era chapado a la antigua.

Hefesto y Millaray sonrieron. No había una explicación terrenal para su matrimonio sagrado.

—Mañana pediré hora en el registro civil, don Anatolio —respondió Hefesto, dándole en el gusto—. Así que vaya preparándose, porque lo haremos en grande.

—Nos casaremos, tata… Además, tengo una noticia… usted va a ser bisabuelo otra vez… Tengo tres meses de embarazo —reveló Millaray, acariciando su vientre; todavía no se le notaba su estado, pero sus ojos lo decían todo.

Anatolio rio con lágrimas de profunda emoción. Tomó las manos de su nieta y las besó. Sentía que, al fin, había hecho bien su trabajo. Su deuda como padre había sido saldada. Su gran culpa fue no haber sido lo que su hija Juani necesitaba. Ahora, tenía el consuelo de que sus nietas habían sido criadas de la mejor manera que pudieron, por él y su esposa. Ellas eran mujeres felices con la vida que habían elegido libremente, pero guiadas por sus abuelos.

Al fin Millaray era una mujer realizada, y no porque se iba a casar, sino porque había encontrado lo que le llenaba el corazón, su amado oficio, viajar y descubrir nuevos lugares, amar a un hombre que le correspondía, formar una familia. Una que ella deseaba de verdad, no por accidentes, ni artificios para retener a un hombre.

—Tu *güeli* va a estar feliz en el cielo, *mijita*… Ojalá que tu mamá también…

*****

Y tal como sentenció Hefesto, la ceremonia fue en grande. Dos meses después, él y Millaray dieron el sí ante un oficial del registro civil… y ante Nereo, quien, después del formalismo humano, ofició una ceremonia que ningún mortal había presenciado jamás.

La boda se realizó al atardecer del cálido veintidós de febrero a las orillas de la playa, en Puerto Saavedra, un año después de que el dios del fuego aceptara a su aprendiz. Parecía que todos los elementos convergieron ese día para hacerlo ideal, nadie podía quejarse del calor, o el frío, el viento o la arena.

Para Anatolio, las hermanas de Millaray y sus familias, era una especie de casamiento medio hippie y pagano de una cultura extranjera, pero aquello no les importó. Su hermana menor se veía radiante y feliz. Y, a pesar de lo extraño que era todo, no le restaba emoción, solemnidad y belleza. El novio y sus parientes parecían celebridades de Hollywood, todos ellos eran hermosos, perfectos, jóvenes y muy simpáticos, sobre todo el tío Hades, un tipo raro que parecía venir saliendo de un concierto de rock. La tradición de esa extraña familia era tener nombres de dioses griegos, y nadie se atrevía a romperla. Incluso, don Tahiel tenía un nombre de dios, pero prefería su «segundo nombre».

El bebé que esperaba Millaray sería varón —o, al menos, eso deseaba—, y ella decidió que llevaría el nombre humano de Hefesto; Tahiel, porque, tal como su padre, iba a ser un hombre libre, un dios. El primero que nacía después de miles de años.

Ante humanos y dioses, Nereo dio un hermoso discurso, lleno de poesía, música y espiritualidad. La voz y las palabras del señor del mar llenaban de felicidad y esperanza a todos los que estaban en ese lugar. Bendijo la unión con una hermosa canción que arrancó lágrimas de emoción.

En su conjunto, la ceremonia era algo único y maravilloso y, tal como los humanos, los dioses también tenían tradiciones nupciales.

Caicai y Perséfone fueron las madrinas de Millaray. Antes de la ceremonia hicieron el rito nupcial de bañarla en ambrosía, vestirla y perfumarla para prepararla para su noche de bodas. El vestido de la novia era muy sencillo, de lino blanco, hilado y confeccionado a mano por las madrinas.

Poseidón y Hades fueron los padrinos de Hefesto. El rito de ellos consistía en preparar el lecho nupcial en la casa de la pareja. Debía ser todo nuevo, la cama, el colchón, sábanas de seda y mantas de lana. Debía estar rodeada de pétalos de flores rojas, y el ambiente perfumado e iluminado con velas de cera de abeja. El traje del novio era solo pantalón negro y camisa blanca. Poseidón y Hades tenían nulas habilidades manuales, se limitaron a contratar a un sastre.

Hacia el final de la ceremonia, los novios debían intercambiar votos y alianzas. Millaray y Hefesto se miraron a los ojos y, mientras deslizaban sus alianzas de adamantio en sus anulares que se forjaron mutuamente, a una sola voz recitaron:

—Me uno a ti, mi aire, mi agua, mi sol, mi vida. Ofrezco mi alma, mi fidelidad y mi ser. Recibo de ti tu amor, protección y riqueza. Multipliquemos nuestra felicidad, nuestros amigos y descendencia. Dividamos aflicciones, enfermedades y turbulencias. Que nuestra vida, juntos, sea por toda la eternidad y que la prueba tangible de nuestro amor sea imborrable e imperecedera.

—Que así sea, que los dioses bendigan vuestra unión —continuó Nereo, solemne. Posó sus manos sobre las cabezas de los novios y los instó a mirar hacia los invitados—. Amigos y familiares, les presento a la nueva familia. Millaray Mailen Colina Colina y Hefesto Tahiel Dodekatheon, desde ahora esposos, que vuestra descendencia sea próspera y numerosa.

Todos aplaudieron, pétalos de flores cayeron del cielo.

Hefesto besó a Millaray con el corazón henchido de amor. Acarició el abultado vientre de su esposa, su hijo crecía lleno de vida y energía. Aquello era solo el comienzo, les quedaba —literalmente— toda la eternidad.

*****

Sentada frente al mar, Caicai sentía cómo la brisa fría le acariciaba el rostro. Sus señores volverían al Olimpo después de su luna de miel en Chiloé.

Se puso de pie. Los dioses llevaban más de treinta años dormidos y sentía que el tiempo se les acababa. Estaba segura, nadie le podía quitar de la cabeza que el árbol de Zeus era la clave. No obstante, ¿qué dios se iba a arriesgar a probar sus frutos? Para Deméter era un árbol maldito, nada bueno iba a provenir del dios loco. Hefesto tenía una posición más neutral, muchas veces salían cosas buenas de situaciones malas, pero no quería arriesgar la vida de nadie.

Suspiró. Era como estar en un callejón sin salida.

¿Y si le daba a un humano un fruto? ¿Qué pasaría?

Caicai comenzó a conjeturar. Independiente de que los efectos que podía tener el fruto eran diferentes entre un mortal y un dios, la lógica dictaba que, si no dañaba a un humano, tampoco a un ser divino.

Decidió ir al Olimpo, obtener un fruto y poner en práctica su teoría, se lo daría a alguien que estuviera dispuesto a arriesgarse a probar.

Era el único camino.

El Olimpo todavía no está perdido…

AGRADECIMIENTOS

Gracias a todos ustedes por estar, una vez más, a mi lado en esta nueva aventura literaria, y vaya que lo fue. Todo comenzó con un relato, que fue un desafío a salir de mi zona de confort. Gracias a Hefesto, todo resultó mejor de lo que imaginé.

Así que, mis primeros agradecimientos son para las chicas del grupo «El Olimpo Entre Libros», por ofrecerme la oportunidad de hacer una historia que jamás imaginé escribir. Sin ellas, este libro no habría existido jamás.

Gracias a mis lectoras beta, Margarita, Ana, Camila, Juls, Jelly, Alejandra y Nicole, cada una de ellas me dan una visión diferente y me ayudan a encontrar el camino cuando estoy un poco perdida.

Gracias a todas las chicas del grupo «Novelas y algo más» de Facebook y a las lectoras de Wattpad, por la paciencia de esperar cada capítulo, por darme esos maravillosos comentarios e impresiones. Ustedes son mi brújula.

Como siempre, gracias a mi familia, por ser los mejores.

A mis hijos, por ser ellos.

A mi esposo, mi mejor amigo, gracias por darme una historia, una idea y un patrocinio. Te amo.

Y, si llegaste hasta aquí, gracias a ti, por darme tu tiempo, tu apoyo y difusión a mi trabajo. Sin ti, finalmente, nada sería posible.

Hilda Rojas Correa

No dejes de leer

¿Qué sucede cuando tu esposo te dice de la noche a la mañana, que nunca te ha amado, y que para colmo te ha sido infiel con tu amiga?

Paola tenía toda su vida armada, llevaba cinco años de feliz matrimonio y una hija recién nacida cuando le cae esta horrenda, repentina e inesperada confesión.

A partir de ese momento, ella deberá lidiar con una nueva realidad: soledad, maternidad, manejar una separación, vivir con la culpa, descubrir terribles secretos, y recibir el impensado apoyo de un amigo, que le empujará a tomar decisiones desesperadas que cambiarán su vida para siempre.

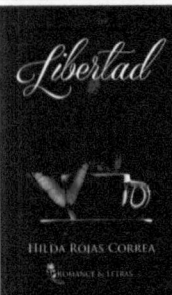

Libertad es una joven de alma libre, alegre y optimista, con un prontuario amoroso que raya lo desastroso, y que no puede salir del círculo vicioso emocional que representa Marcos, su ex pareja.

Su vida es un constante tira y afloja hasta que conoce de golpe, literalmente, a un hombre solitario y misterioso, que lleva a cuestas una vida cargada de secretos, decepciones y vivencias tristes.

Juntos aprenderán a vivir la vida de otra manera, y nuevas experiencias los llevaran por el cumino del umor, el romance, la tensión sexual y eventos inesperados que pondrán a prueba hasta qué punto su amor es verdadero.

Leonardo, es un joven profesional del área informática que vive y trabaja como cualquier persona normal. A sus veintisiete años tiene casi todo lo que un hombre de su edad puede ambicionar. Casi.

Lo único que le falta, es salir de la "friendzone". Ya no quiere ser parte de la población de ese lugar desolado.

Bueno, ese era el plan inicial.

Una confesión frustrada, cambios en el trabajo, amigos incondicionales, una mujer que le comienza a "mover el piso" e intentar recuperar el equilibrio, son las pruebas que deberá afrontar en su nueva vida. A veces sentirá que no avanza, otras que casi corre una maratón pero, a pesar de todo, él irá hacia adelante sin dudar, dando siempre un paso a la vez.

Cuánto tarda en cumplirse un deseo?, ¿un día?, ¿una semana?, ¿un mes, tal vez? En su cumpleaños número treinta, Isidora deseó tantas cosas para su vida que, en ese instante, pensó que eran casi imposibles de realizar... ¿o no?

Cuando soplas las velitas, los deseos sí se cumplen, pero no de la forma «automágica» que uno quiere. A veces, ni siquiera te das cuenta cuando todos ellos se van realizando uno por uno... Sobre todo, cuando el más grande de todos, está personificado en un hombre molesto, irritante, y con una estúpida y sensual voz. ¿Qué será de Isidora?, ¿se resistirá a cumplir sus deseos con dientes y uñas, o se dejará llevar?

David es un hombre de veintinueve años, tiene dos trabajos, estudia de noche e intenta llevar su relación amorosa con Ingrid al siguiente nivel.

Ainelen es técnico en enfermería cuya vida amorosa está llena de malas elecciones y parece que nunca rompe su patrón al momento de elegir pareja. Tanto, así, que acaba de descubrir que su prometido ya lleva un año de casado con otra.

Sus vidas están a punto de cruzarse inesperadamente. El destino le da la peor jugada a David y a la vez le ofrece a Ainelen una oportunidad para cambiar su rumbo.

¿Sabrán cómo utilizar las cartas que les ha entregado la rueda de la fortuna, o se rendirán sin siquiera jugar?

Ángel Larenas ha llevado una doble vida durante diez años, con el objetivo de enmendar errores y honrar una promesa... Una promesa que le ha costado demasiado caro; el cariño de su familia, el amor de una mujer, tener una vida normal.

Pero él es un hombre con honor y está resuelto de cumplir su palabra hasta el final... Al menos eso creía.

Un viaje a Italia será el comienzo del fin de lo que conocía. Recibe un inusual regalo, el cuerpo de una mujer, a la que, por sus principios, no podrá abandonar, la cual, inmediatamente, y sin querer, comenzará a debilitar lo cimientos de su vida, desencadenando una serie de peligrosos eventos, que lo pondrán en el conflicto de continuar por honor o dejar todo por amor.

Damián Cortés, es un hombre común y corriente que descubrió hace un par años que sus preferencias sexuales se inclinan hacia la dominación. Desde entonces, ha acumulado mucha teoría y nada de práctica. Está ansioso, frustrado, y necesita una compañera, pero, ¿quién se atrevería a ser conejillo de indias de un dominante sin experiencia?

Haidée González se atraviesa en su camino, una madre soltera y divorciada que vive encerrada en su incesante rutina y no se ha permitido disfrutar de su vida, juventud y sexualidad.

El destino coludido con el universo se empeña en unirlos.

Una propuesta cambiará la dirección de sus vidas para siempre.

Y, todo esto, con un solo objetivo para ambos, aprender, experimentar, descubrir y, tal vez, amar.

El señor Edmundo Cortés, no es como el común de los hombres, pero él no lo sabe. Hay algo singular en su forma de ser que no le permite mantener una relación duradera con ninguna mujer. El sexo lo arruina todo. Siempre.

Por accidente, encuentra un libro BDSM que será una gran revelación sobre su naturaleza, que ni él mismo imaginó y, todo esto sucede, al mismo tiempo que conoce a una mujer que no es lo que aparenta, y que se convierte en un regalo del destino; una amiga, que le hace romper todas sus creencias acerca de lo imposible que es la amistad entre un hombre y una mujer.

¿Qué sucede cuando descubres que lo único que te llena es la dominación sexual? Lo deseas practicar. Pero no con cualquiera, no todas tienen lo suficiente... Pero tal vez ella sí... ¿O no?

Buscar su destino. Ese fue el dictado de su corazón.

Yeison Barrios, detective infiltrado de la PDI, decide cambiar el rumbo de su existencia en el momento en que despierta herido en un hospital.

Usando el nombre que le corresponde por derecho, empieza una nueva vida como detective privado, en la cual un hombre le ofrece resolver un caso que le es imposible rechazar.

Cuando conoce a Ana, la hija de quien lo contrató, emerge entre ellos una innegable atracción. Él sabe que el destino, en cualquier momento se dejará caer de nuevo, recordándole que todo lo que anhela es inalcanzable para él... ¿O será que al fin esta vez el destino se apiadará de él y le otorgará la oportunidad de tomarlo con sus manos y cambiar para siempre su realidad?

Lady Olivia ha pasado los últimos tres años enclaustrada en un bosque, al norte de Inglaterra. Ha sido repudiada por su familia, y apenas le permitieron quedarse con lo más preciado de su vida, su hijo.

Andrew Witney, antes de ser el vizconde Rothbury, era veterano de guerra y tenía la vida de un hombre común. Nada hacía presagiar que obtendría su título gracias a una tragedia familiar, y junto con ello, hacerse cargo de un sinfín de responsabilidades, entre ellas, engendrar un heredero.

A la orilla de un lago comienza la verdadera historia. Un encuentro fortuito desencadenará la unión de sus vidas. Pero para el resto de la sociedad, ese amor solo podrá ser catalogado de una manera: como una total y absoluta relación inapropiada.

Margaret Croft, condesa de Swindon, ha sido apostada por su esposo, para poder recuperar el dinero perdido un juego de cartas.

Para escándalo de todo el mundo, lord Swindon, no ganó... Y ella no lo sabe.

Michael Martin, conocido granuja, truhan y libertino, ha construido su reputación y fortuna, jugando al whist en todas las mesas de juegos disponibles en Londres. Y su última adquisición es, nada más y nada menos, que lady Swindon.

Y, a pesar de que su fama lo precede, nada es lo que parece.

Dicen que el azar es el retorcido y caprichoso hermano del destino. ¿Qué se puede hacer cuando él, es quien baraja las cartas?

Pues, el deber de todo granuja es jugar y arriesgarlo todo por ganar la apuesta... Aunque sea indecorosa.

Angus Moore, noveno conde de Corby, es el típico libertino londinense hasta el preciso momento en que es herido de gravedad en Whitechapel y cae inconsciente a los pies de una mujer.

Esa mujer es Katherine Thompson, una sirvienta que, sin dudar, auxilia al libertino sin sospechar quién es y, con la ayuda de su padre, logran salvarle la vida.

En dos semanas, sus vidas cambian por completo. Él desea reformarse y tomarse en serio su responsabilidad ante su título y decide buscar una esposa.

Ella, en cambio, decidida a no esperar que un hombre le solucione la vida, deberá buscar un nuevo trabajo cuando las heridas de Angus sanen, pues la han despedido por cuidarlo.

Pero, como siempre suele suceder, las cosas no salen de acuerdo a cómo se planean en un principio.

Decisiones, cambios, secretos que salen a la luz. Todo puede pasar porque ambos, muy a su pesar, han hecho su elección.

Una elección nada conveniente.

www.hildarojascorrea.com

@HildaRojasC

@hildarojascorrea

www.facebook.com/hildarojascorrea
«Novelas y algo más - Hilda Rojas Correa»